選

アジャストメント

フィリップ・K・ディック
大森 望編

早川書房
6848

ADJUSTMENT TEAM AND OTHER STORIES

by

Philip K. Dick

Edited and translated by
Nozomi Ohmori
Translated by
Hisashi Asakura
Published 2024 in Japan by
HAYAKAWA PUBLISHING, INC.
This book is published in Japan by
direct arrangement with
THE WYLIE AGENCY (UK) LTD.

The official website of Philip K. Dick : www.philipkdick.com

目次

アジャストメント

アジャストメント

Adjustment Team

浅倉久志◎訳

うららかな朝だった。濡れた芝生と歩道に日ざしが降りそそぎ、パークした車にキラキラ反射していた。書記は急ぎ足に歩きながら、訓令書のページをめくり、ひたいにしわをよせた。グリーンの化粧しっくいを塗った小さな家の前で立ちどまると、私道を通って裏庭にはいってきた。

犬は外の世界に背を向けて、犬小屋の中で眠っていた。太いしっぽだけがのぞいている。

「あきれたもんだ」書記は両手を腰にあててさけんだ。シャープ・ペンシルでコッコツとクリップボードをたたいて、「起きろ、そこにいるおまえだ」

犬は身じろぎした。頭を先にのんびり小屋の中から出てきて、朝日の下でまばたきし、あくびした。「ああ、あんたか。早いね」またあくびをした。

「大仕事だ」書記は慣れた指先で交通整理表の上をなぞった。「けさ、むこうの連中がT

一三七区域を調整する。正九時開始だ」懐中時計に目をやって、「三時間の改変。正午に完了する」

「T一三七区域？　じゃ、ここからそう遠くない」

書記の薄い唇が軽蔑にゆがんだ。「そのとおり。驚くべきご明察だな、黒もじゃ君。では、わたしがなぜここにきたかも正しく見ぬけるのでは」

「うちの区域がT一三七と重なりあうんだ」

「まさにしかり。この区域の分子がそこに関係してくる。調整作業がはじまったときに、それらが適切に配置されるよう、念をいれなくてはならん」書記はグリーンの化粧しっくいの小さな家にちらと目をやった。「きみの特別任務はあの家の男と関係がある。彼の勤務先は、T一三七区域にある会社だ。ぜひとも九時以前に彼をそこへ送りこまねばならん」

犬はその家をじっと観察した。窓のブラインドは引きあげてある。キッチンに明かりがともっている。レースのカーテンのむこうに、食卓をはさんでぼんやりした人影が動く。男と女。コーヒーを飲んでいるところだ。

「あれか」犬がいった。「男のほうだって？　まさか、やっこさん、危害を加えられるんじゃなかろうな？」

「もちろんだ。しかし、早く出勤させなくちゃならん。あの男、いつもは九時すぎまで家を出ない。きょうは八時半に出てもらう。作業開始までにT一三七区域へはいってないと、彼を新規調整と合致させるように改変できなくなる」

犬はためいきをついた。「すると、おれが呼び出しをかけるわけか」

「さよう」書記は訓令書をチェックした。「きみが八時十五分きっかりに呼び出しをかける。わかったな？　八時十五分。遅れるなよ」

「八時十五分に呼び出しをかけると、なにがやってくるんだ？」

書記は訓令書をひらき、コード欄に目をやった。「やってくるのは〈車に乗った友人〉だ。あの男を会社まで乗せていく」訓令書を閉じて、腕組みすると、じっくり待つ構えになった。「それなら、あの男は小一時間も前に会社に着く。ここが肝要なんだ」

「肝要ね」犬はつぶやいて、なかば犬小屋の中にもぐりこみ、体を伏せた。目を閉じる。

「肝要」

「目をさませ！　正確に時間どおりにやらないとだめだ。万一、呼び出しが早すぎたり、遅すぎたりすると——」

犬は眠そうにうなずいた。「知ってる。ちゃんとやるよ。いつだってちゃんとやってきた」

エド・フレッチャーはコーヒーにクリームをつぎたした。吐息をつき、椅子の背にもたれた。うしろではオーブンがシューシューとやわらかな音をたてて、キッチンの中をあたたかい蒸気でみたしている。黄色い天井灯があたりを照らしている。

「ロールパン、もひとつどう？」ルースがきいた。「きみが食べろよ」

「もう満腹だ」エドはコーヒーをすすった。

「あたしは行かなきゃ」ルースは立ちあがり、ガウンの紐をほどいた。「出勤時間」

「もう？」

「そうよ。あなたはいいわね、ぐうたらさん。あたしものんびりしたいな」ルースは黒く長い髪を指ですきながら、バスルームのほうに歩きだした。「役所に勤めてたころのあなたは、もっと早くでかけたじゃない」

「しかし、きみは仕事がひけるのも早い」エドはそういうと、クロニクル紙をひらいて、スポーツ欄をながめた。「まあ、きょうもたのしくやっておいでよ。まちがった単語をタイプしないこと。二重の意味にとられる単語をね」

バスルームのドアが閉まった。ルースがガウンをぬぎ、着替えをはじめたのだ。

エドはあくびをして、流しの上の時計に目をやった。まだ時間はたっぷりある。八時にもなっていない。またコーヒーをすすって、ひげの伸びたあごをさすった。ひげ剃りか。のんびり肩をすくめる。十分も見とけばいいだろう。

ルースがナイロン・スリップ一枚で急ぎ足に出てきて、ベッドルームへはいった。「遅いわ」せかせか歩きまわって、ブラウスとスカートをつけ、ストッキングをはき、小さい白靴をはいた。最後に背をかがめて彼にキスした。「じゃ、行ってきます。今晩の買物、あたしがしてくるから」

「行ってらっしゃい」エドは新聞を下におくと、妻のすらりとした腰に腕をまわして、優しく抱きしめた。「いい匂いだ。ボスといちゃついたりするな」

ルースはカタカタ靴音をさせながら、表のステップを駆けおりた。ハイヒールのひびきがしだいに歩道を遠ざかっていく。

ルースは行ってしまった。家の中は静かになった。もう自分ひとりだ。

エドは椅子をうしろにずらして立ちあがった。のんびりバスルームにはいり、カミソリを手にとった。八時十分。顔を洗い、シェービング・クリームを塗りつけ、ひげを剃りはじめた。ゆうゆうたる手つきだった。時間はたっぷりある。


書記はまるい懐中時計をのぞきこみ、神経質そうに唇をなめた。ひたいに汗がにじむ。秒針はチクタク動きつづける。八時十四分。そろそろだ。

「用意はいいか？」書記はかみつくようにいった。緊張に小柄な体をこわばらせて――

「あと十秒！」

「いまだ！」書記はさけんだ。

なにも起こらない。

書記は恐怖に目を見はって向きなおった。犬小屋から太く黒いしっぽがのぞいている。犬がまた眠りこけてしまったのだ。

「時間だ！」書記は絶叫した。毛のふさふさした尻を思いきりけとばす。「まったくもう――」

犬がもぞもぞ動いた。あわててあっちにぶつかり、こっちにぶつかり、あとずさりに小屋から出てきた。「こりゃまずい」うろたえたようすで、小走りに垣根に近づいた。後足で立ちあがり、大きく口をあける。「うー、わん！」と犬は呼びだした。すまなさそうに書記をふりかえった。「申し訳ない。おれとしたことが――」

書記は懐中時計をじっと見つめた。つめたい恐怖がみぞおちにしこりを作る。時計の針がさしているのは八時十六分。

「しくじった」と書記はどなった。「おまえがしくじったんだ！　このみじめなシラミたかりの老いぼれワン公！　しくじりやがって！」

犬は前足をつくと、心配そうにもどってきた。「おれがしくじったって？　というと、呼び出し時間が――？」

「呼び出しが遅すぎた」書記は生気のない表情で、のろのろと時計をしまった。「おまえの呼び出しが遅すぎた。〈車に乗った友人〉はこない。そのかわりになにがくるか、知れたもんじゃない。八時十六分がなにをよこすか、見るのも恐ろしい」

「彼が時間どおりにT一三七区域へはいってくれるといいが」

「むりだな」書記は泣き声を出した。「絶対間にあわない。われわれはしくじった。ひどいヘマをやらかした！」


エドが顔からシェービング・クリームを洗い落としているとき、静まりかえった家の中に、くぐもった犬の鳴き声がこだました。

「くそ。町内ぜんぶを起こしちまうぞ」顔をふきながら耳をすました。だれかがうちへきたのか？


ある振動。それから——

ブザーが鳴った。

エドがバスルームから出た。いまごろだれだろう？　ルースが忘れ物をとりにもどってきたのか？　彼はワイシャツをはおると、玄関のドアをあけた。

元気のいい青年が、熱心な顔つきでにっこりほほえんだ。「おはようございます」帽子をちょっとあげてあいさつした。「朝早くおじゃましてすみません——」

「どなた？」

「連邦生命保険からまいりました。ぜひお話を聞いていただこうと——」

エドはドアを押しもどした。「聞きたくない。いそいでる。会社に遅れる」

「奥様は、あなたがつかまるのはこの時間だけだとおっしゃいました」青年は書類カバンを持ちあげ、またドアを押しあけた。「奥様は朝早くくるようにと、わざわざおっしゃいました。ふつうですと、わたしたちもこの時間にはまだ仕事をはじめておりません。奥様がおっしゃったので、こうしておじゃましたんですよ」

「わかった」疲れたためいきをついて、エドは青年を中に通した。「ぼくは着替えをするから、そのあいだに説明してくれ」

青年は長椅子の上で書類カバンをひらき、パンフレットや図解入りの参考資料をとりだした。「まず、この数字の説明からまいりましょう。あなたとご家族にとっていちばんたいせつなのは――」

気がつくとエドは腰をおろして、パンフレットに目を通していた。自分を被保険者にした一万ドルの生命保険にはいって、やっとおひきとりねがった。壁の時計に目をやる。かれこれ九時半じゃないか！

「くそったれ」こりゃ遅刻だ。ネクタイを結び、コートをひっつかむと、オーブンと電灯のスイッチを切り、汚れた皿を流しにつっこんで、ポーチからとびだした。

バス停へいそぎながら、口の中で悪態をついた。生命保険の勧誘員。よりにもよって、なんで出勤前にあんな野郎が訪ねてこなきゃならないんだ？

エドはうめきをもらした。遅刻なんてしたら、どんな結果になるか知れたもんじゃない。この調子だと、会社に着くのは十時近くだぞ。彼は覚悟をきめることにした。いやな虫の知らせがする。なにかまずいことだ。きょうは遅刻しちゃいけない日なんだ。

あの勧誘員さえこなければ。

エドは会社まで一ブロックの停留所でバスを降りた。急ぎ足に歩きだした。スタイン宝石店の時計台がもうじき十時と告げている。

気分がめいってきた。ダグラスのおやじにどなりつけられるだろう。いまから目に見えるようだ。ダグラスのおやじが真っ赤な顔で、息をはずませながら、太い指をつきつけるありさまが。ミス・エヴァンズはタイプライターのかげで忍び笑い。給仕のジャッキーはニタニタ笑い。アール・ヘンドリクス。ジョーとトム。黒い瞳と大きな胸と長いまつげのメアリー。あの連中みんなに、一日じゅうからかわれるな……。

交差点までくると、赤信号だった。通りの向かい側には大きな白亜のビルがそそり立っている。スチールとセメント、鉄骨とガラスでできた、そそり立つ円柱――彼の勤め先のあるオフィス・ビルだ。エドは顔をしかめた。エレベーターが故障したという言い訳はどうだろう。二階と三階のあいだでエンコしたとか。

信号が変わった。ほかにはだれも横断していない。道を横ぎったのはエドだけだ。向かい側の歩道の縁石にたどりつき――

そこで、はたと立ちどまった。

太陽がふっと消えたのだ。いまのいままでの明るい日ざし。それがもうどこにもない。エドは鋭く目を上げた。灰色の雲が上空で渦巻いている。形のない巨大な雲。それだけだ。不気味な濃いもやが、あらゆるものを揺らめかせ、おぼろにしている。悪寒《おかん》がしのびよる。これはなんだ？

エドは手さぐりでもやの中を用心ぶかく前進した。あらゆるものが静まりかえっている。なんの物音もしない――交通の騒音さえない。エドは狂おしくあたりを見まわし、渦巻くもやの彼方を見すかそうとした。人影もない。車もない。太陽もない。なにもない。

オフィス・ビルは、行く手で亡霊のようににゅっと立っている。くすんだ灰色。エドが心細く片手をさしだすと――

ビルの一角が崩れた。崩れた部分が雨のように降りそそいできた。細かい粒の奔流。砂そっくりだ。エドはぽかんと見とれた。灰色の粉の滝が足もとに流れ落ちる。そして、エドがさわった外壁には、ぎざぎざの空洞が口をあけた――コンクリートにできたみにくい傷痕。

呆然として、彼は正面階段に足をかけた。それを上りはじめた。ステップが靴の下でたわんだ。靴が沈む。まるで流砂の中を歩いているようだ。階段は、朽ち果てた、弱々しい物質になっていた。体重をささえきれそうもない。

ロビーにやっとたどりついた。ロビーは薄暗い。天井灯がその薄暗がりで力なくまたたいている。不気味なとばりが、あらゆるものをおおい隠している。

タバコの売店が目にはいった。店員は楊枝《ようじ》をくわえて静かにカウンターにもたれているが、顔はうつろだ。それに灰色。全身が灰色。

「おーい」エドは声をしぼりだした。「なにがあったんだ?」

店員は返事をしない。エドは手をのばした。彼の手は店員の灰色の腕にふれ――そして、むこうへつきぬけた。

「そんなばかな」

店員の腕がもげた。ロビーの床に落ちて、こなごなになった。灰色の繊維の細片。粉に似た細片。エドの五官はきりきりまいした。

「助けてくれ!」それだけさけぶのにも、ひまがかかった。

返事はない。あたりを見まわした。人影がちらほら見える。新聞を読む男。エレベーターを待つふたりの女。

エドはその男に近づいた。手をのばして、さわった。

この男もゆっくりと崩れていった。まもなくひとつの山ができあがった。むぞうさに積みあげられた灰色の砂。塵。微粉。ふたりの女も、彼がさわったとたんに崩壊をはじめた。静かに。粉末の山に変わるあいだも、音ひとつしなかった。

エドは階段を見つけた。手すりをつかんで上りはじめた。階段が足もとで崩れていく。足を早めた。うしろには破壊の跡がつづく――コンクリートの上に、自分の足跡がはっきり見える。二階にたどりついたときには、灰の雲がもうもうと舞いあがっていた。

静まりかえった廊下に目をやる。ここにも灰の雲。物音はまったくしない。暗闇があるだけ――渦巻く暗闇だけ。

おぼつかない足どりで三階にむかった。一度、靴が完全に階段を踏みぬいた。戦慄の一瞬、大きく口をひらいた穴の上で、底なしの虚無を見おろしてぶらさがった。

それからまた上りはじめ、やっと自分の勤め先にたどりついた――〈ダグラス・アンド・ブレーク不動産〉。

廊下は薄暗く、灰の雲でかすんでいた。天井灯がたよりなくまたたいている。ドアの取手をつかんだ。取手がぽろっともげた。取手を投げ捨て、ドアの中に指をこじいれた。ガラスがたわいもなくこなごなになった。彼はドアをこじあけ、塵の山をまたいで、事務所の中にはいった。

ミス・エヴァンズはタイプライターの前にすわり、キーの上に指をおいていた。彼女はまったく動かなかった。彼女は灰色だった。髪も、肌も、衣服も。ほかの色はなにもない。そっとさわってみた。指が肩の中にもぐり、かさかさした薄い鱗《うろこ》のようなものが手にふれた。

ぞっとして手をひっこめた。ミス・エヴァンズは身じろぎもしない。彼は歩みを進めた。デスクを押してみる。デスクが崩れて塵に返った。アール・ヘンドリクスが冷水器のそばで、コップを手に持って立っている。これまた灰色の彫像のように動かない。なにひとつ動くものはない。音もない。生命もない。事務所ぜんたいが灰色の塵だ——生命も動きもない。

無意識のうちに、エドはまた廊下にひきかえしていた。呆然と首をふった。これはどういうことだ？　自分の頭がおかしくなったのか？　それとも——？

物音。

エドはうしろをふりかえり、灰色のもやの中をのぞきこんだ。生き物がせかせかとした足どりで近づいてくる。男——長い白衣を着た男だ。そのうしろから仲間がやってくる。白衣の男たちとなにかの機械。みんなで複雑な機械をひっぱってくるところだ。

「おーい——」エドは弱々しい声をだした。

むこうは立ちどまった。いっせいに口をポカンとあけた。目がとびだした。

「見ろ！」

「なにかの手ちがいだ！」

「まだひとり残っていた」

「脱力機を使え」

「これじゃ作業が——」

男たちはエドに近づいて、彼をとりかこもうとした。ひとりが一種のノズルのついた長いホースをひきずりだした。カートに乗っかった機械がこっちへ近づいてくる。早口に指図が飛びかう。

エドは麻痺状態からさめた。恐怖が全身にしみとおった。パニック。なにかとんでもないことが起ころうとしている。ここから出なければ。みんなに警告しなくては。逃げよう。

彼はくるりと背を向けて走りだし、階段を駆けおりた。階段が足もとで崩れた。階段の途中からおっこちて、さらさらした灰の中にころがった。起きなおってまた走りだし、一階にたどりついた。

ロビーは灰色のほこりに曇っていた。がむしゃらにその中をつっきり、ドアをめざした。うしろからは白衣の男たちがせまっている。機械をひっぱりながら、おたがいに声をかけあい、彼を追いかけてくる。

エドは歩道に出た。背後ではオフィス・ビルが揺らぎ、崩れ、片方にかたむき、どしゃぶりの灰がたちまち山を作った。彼は交差点へと走りだした。追手はすぐうしろにせまっている。灰色の雲がまわりで渦巻く。両手を前に突きだし、手さぐりで通りを横ぎった。向かい側の歩道にたどりつくと——

太陽がぱっと照りつけた。ぬくもりのある黄色の日ざしが頭上から降りそそいできた。

車のホーンが鳴った。交通信号が変わった。まわりは、明るい春物の服を着た男女でごったがえしている——買物客、青い制服の警官、書類カバンを持ったセールスマン。商店、飾り窓、看板……けたたましい音をたてて、車が通りを行きかう……。

そして頭上には、まぶしい太陽と、なじみぶかい青空がある。

エドは息をあえがせながら、立ちどまった。いまきたほうをふりかえる。通りの向かい側にはオフィス・ビル——いつもそうであったように。明瞭《めいりょう》でどっしりとした姿。コンクリートとガラスとスチール。

エドは一歩うしろにさがろうとして、道をいそいでいた男にぶつかった。「おい」と相手がいった。「気をつけろ」

「ごめん」エドは頭をはっきりさせようと、首をふった。ここからだと、オフィス・ビルはいつもと変わりなく見える。大きく、いかめしく、どっしりして、通りの向かい側に堂々とそびえ立っている。

しかし、ほんの一、二分前には——

ひょっとすると自分は頭がおかしいのかもしれない。さっきは、あのビルが崩れて塵になった。ビルも——その中の人びとも。みんなが灰色の塵の雲に変わった。そして、白衣の男たち——あいつらに追いかけられた。長い白衣を着た男たちが、おたがいにさけびあいながら、複雑な機械をひきずってきた。

やっぱり頭がどうかしたんだ。ほかに説明のつけようがない。エドは向きをかえ、元気なく歩道を歩きだした。頭がくらくらする。混乱と恐怖のもやの中に包まれて、あてどもなしに、むやみに歩きつづけた。

書記は最上階の行政本部に連れていかれ、そこで待つように命じられた。彼は不安に両手をもみしだきながら、おちつきなく行ったり来たりした。メガネをはずし、わななく手でレンズをふいた。

あんまりだ。これだけのトラブルと悩み。しかも、自分のせいでもないのに。だが、罰はこの自分が受けなければならない。召喚係に手順を教えて、その指示を守らせるのは自分の責任だ。あのやくたいもないシラミたかりの召喚係は、職務中に居眠りをしてしまった——そのしりぬぐいがこっちにまわってきた。

ドアがひらいた。「はいれ」と、なにかに余念のない声がいった。疲れた、心労にすりきれた声。書記は身ぶるいして、のろのろとはいっていった。汗がセルロイドのカラーから背すじにしたたり落ちた。

御大は帳簿をわきにどけて、顔を上げた。書記を穏やかに見つめる。その薄青色の瞳——奥ぶかい、年功を積んだ穏やかな目に見つめられて、書記はいっそう身ぶるいがひどくなった。ハンカチを出してひたいの汗をぬぐった。

「手ちがいがあったそうだな」御大がつぶやいた。「T一三七区の件で。隣接区域の一分子と関係があるとか」

「そのとおりです」書記の声はかすれて弱々しかった。「まことに不運で」

「正確にいいたまえ。いったいなにがあった？」

「けさ早く、わたしは訓令書にしたがって行動をはじめました。T一三七区域に関する訓令は、もちろん最高優先度でした。自分の区域の召喚係に、八時十五分の呼び出しが必要であることを通知しました」

「召喚係は、事の重要性を理解したか？」

「はい」書記はちょっと口ごもった。「ただ――」

「ただ、なんだ？」

書記は情けなさそうに体をよじった。「ちょっとわたしがよそを向いたすきに、召喚係は自分の小屋にもぐりこみ、居眠りをしてしまったのです。わたしは自分の時計で正確な時間を測っていたため、手いっぱいでした。いよいよその時刻になったのを知らせたところ――返事がなかったわけで」

「正確に八時十五分を知らせたのか？」

「はい、そのとおりです。きっかり八時十五分を。ところが、召喚係は居眠りをしていました。なんとかたたきおこしたときには、すでに八時十六分でした。彼は呼び出しをかけましたが、〈車に乗った友人〉の代わりに、やってきたのは〈保険の勧誘員〉だったというわけで」書記の顔がひきゆがんだ。「勧誘員は九時三十分近くまであの分子をひきとめてしまいました。したがって、勤め先に早く着くどころか、逆に遅刻したのです」

しばらく御大はだまりこんだ。「すると、その分子は調整がはじまったとき、T一三七区域にいなかったのだな」

「はい。彼が到着したのは十時ごろでした」

「調整のまっさいちゅうか」御大は立ちあがると、手をうしろに組み、きびしい表情になってゆっくり行ったり来たりをはじめた。長い衣がうしろになびいた。

「これは重大問題だ。区域調整には、ほかの区域からの関連分子をすべてそこに集めることになっている。でないと、それらの分子の位置づけが、位相外のままでとり残されるからだ。その分子がT一三七にはいったとき、すでに調整作業は五十分を経過していた。その区域の最も脱力された状態に遭遇したわけだ。彼は調整班のひとつと遭遇するまで、あたりをさまよいつづけた」

「調整班は彼をとらえたのでしょうか？」

「残念ながら、とらえられなかった。彼は区域外へ逃走した。もよりの完全に賦活《ふかつ》されている区域へな」

「では——では、どうなるのですか？」

御大は行ったり来たりをやめ、しわだらけの顔をひきしめた。霜のおりた長い髪を手でかきあげた。

「わからん。彼との接触は絶えた。むろん、まもなく接触はとれるだろう。しかし、いまのところは野放しだ」

「どうなさるおつもりですか？」

「彼と接触をとり、阻止しなければならん。彼をここへ連れてこなければならん。ほかに解決策はない」

「ここへですか？」

「いまさら脱力しても遅い。とらえるまでに、彼はこのことをほかのだれかにしゃべるだろう。記憶を完全に消去すれば、問題はよけいに紛糾する。通常の方法ではどれも不満足だ。この問題はどうしてもわたしがじきじきに処理せねばならん」

「居所が早くつきとめられるといいですが」

「それはだいじょうぶだ。あらゆる監視係が動員されている。あらゆる監視係とあらゆる召喚係が」御大の目はきらりと光った。「書記たちもだ。彼らに信頼をおくのはためらわれるがね」

書記は顔を赤らめて、「早くこの一件が片づきますように」とつぶやいた。

ルースは階段を勢いよく駆けおりて、ビルの中から真昼の暑い日ざしの下に出てきた。タバコに火をつけ、せかせかと歩道を歩きだす。春の空気を呼吸するたびに、小さめの胸が上下をくりかえした。

「ルース」エドが彼女のうしろから追いついた。

「エド！」ふりかえった彼女は驚きの声をあげた。「どうしてまたこんなところへ――」

「こいよ」エドは彼女の腕をつかんで、ひっぱった。「とまっちゃまずい」

「でも、どうして――？」

「あとで話すよ」エドの顔は青ざめて悲痛だった。「どこか話のできる場所へ行こう。ふたりだけで話せる場所」

「ルイの店へ昼食に行くつもりだったの。話ならそこでできるわ」ルースは息を切らしながら、彼に遅れまいとした。「いったいなによ？　なにがあったの？　すごく青い顔。それに、どうして会社じゃないの？　ひょっとして――クビになったんじゃない？」

ふたりは通りを横ぎり、小さいレストランにはいった。昼食どきで中はこみあっている。エドは奥のすみっこに席を見つけた。

「ここだ」だしぬけに腰をおろした。「ここがいい」ルースも向かいの椅子にすわった。

エドはコーヒーを注文した。ルースはサラダとトーストにツナのクリームソースがけ、コーヒーとピーチパイ。エドは彼女がぱくぱく食べるのを、憂鬱《ゆううつ》な顔つきでだまって見まもった。

「話してちょうだい」ルースがいった。

「ほんとに聞きたいか」

「もちろん、聞きたいわよ！」ルースは心配そうに小さな手を彼の手に重ねた。「あなたの妻なんですからね」

「きょう、へんなことがあったんだ。きょうの朝、ぼくは遅刻した。いまいましい保険の勧誘員に粘られて。でかけるのが半時間も遅くなった」

ルースは息をのんだ。「ダグラスさんにクビにされたのね」

「ちがう」エドは紙ナプキンをこまかくちぎった。ちぎったのを、飲みかけの水のグラスに詰めこんだ。「遅刻して気が気じゃなかった。バスから降りて、いそいで歩きだした。あれを見たのは、オフィスの前の歩道にきたときだった」

「あれって？」

エドは彼女に打ち明けた。一部始終を。もれなく。

彼が話しおわると、ルースは椅子の背にもたれた。顔が蒼白《そうはく》になり、手がふるえていた。

「そうだったの。取りみだすのもむりはないわね」ルースはさめたコーヒーを一口すすり、カップをカチャカチャいわせて受け皿にもどした。「なんておそろしい」

エドは妻のほうへ顔を寄せた。「ルース。ぼくの頭がおかしいと思うかい？」

ルースの赤い唇がゆがんだ。「なんといったらいいのかわかんない。すごくふしぎな……」

「そうなんだ。ふしぎどころの騒ぎじゃない。ぼくはあの人たちの体へ実際に手をつっこんだんだぜ。まるで粘土みたいだった。古くてポロポロになった粘土。土。土の彫像だ」

エドはルースにタバコを一本もらって、火をつけた。「外に出たとき、もう一度ふりかえってみたら、こんどはちゃんとあったんだ。オフィス・ビルが。ふだんのとおりに」

「ダグラスさんにどなられるのが怖かったのね、そうでしょ？」

「そうだ。怖かった――それに、気がさした」おびえた光がエドの目にやどった。「きみが考えていることはわかるよ。遅刻したから、ダグラスと顔を合わせたくなかった。そこでなにかの自衛的な精神発作を起こした。現実逃避」タバコをゴリゴリもみ消した。「それからずっと街を歩きまわってたんだよ、ルース。二時間半も。そう、たしかにぼくは怖い。あそこへもどるのが怖い」

「ダグラスさんに会うのが？」

「ちがう！　あの白衣のやつらさ」エドは身ぶるいした。「なんてやつらだ。ぼくを追いかけてくるんだぜ。へんてこなホースと――それに機械をひきずって」

ルースはだまりこんだ。やがて、黒い瞳をきらきらさせて、夫を見あげた。

「もどらなくちゃだめよ、エド」

「もどる？　なぜ？」

「あることを証明するために」

「なにを証明するんだ？」

「だいじょうぶだってことを」ルースの手が彼の手を押しつけた。「そうしなくちゃだめよ、エド。いまからもどって対決しなくちゃ。なにも怖がる必要はないってことを、自分に証明してみせなくちゃ」

「そんなばかな！　あんなものを見たあとでかい？　聞いてくれ、ルース。ぼくは現実の構造がまっぷたつに裂けるのを見たんだ。ぼくは──裏側を見たんだ。現実の底を。そこに本当はなにがあるかを。だから、もうもどりたくない。塵になった人たちをまた見せられたくない。ごめんだ」

　ルースの目は彼をひたと見つめた。「あたしもいっしょに行く」

「冗談じゃない」

「ええ、冗談じゃないわ。あなたの正気のためよ。あなたがなっとくするように」ルースはだしぬけに立ちあがり、コートをはおった。「いきましょ、エド。あたしもいっしょにいく。いっしょに階段を上るのよ。ダグラス・アンド・ブレーク不動産まで。なんなら、いっしょに会社の中にはいって、ダグラスさんに会ってもいいわ」

　エドはのろのろと立ちあがると、穴のあくほど妻の顔を見つめた。「ぼくがしりごみしたと思ってるんだな。逃げ腰になって。ボスに会う勇気がなかったと」彼の声は低く、ひきつっていた。「そうだろ?」

ルースはすでにテーブルのあいだを縫って、レジにむかっていた。「いきましょ。そうすればわかるわ。むこうへ行けば、なにもかもあるはずよ。ふだんのように」

「よし、わかった」エドはゆっくりと彼女のあとを追った。「あそこへもどってみよう——どっちが正しいか、それでわかる」

ふたりはいっしょに通りを横ぎった。ルースはエドの腕をしっかりつかんでいる。ふたりの前方には問題のビルがあった。コンクリートと金属とガラスの、雲つくような建造物。

「ほら、あるじゃない」ルースがいった。「ね?」

そのとおりだった。たしかにある。大ビルディングがどっしりと堅固にそびえ立っている。昼すぎの日ざしに窓をきらめかせて。

エドとルースは歩道の縁石に近づいた。エドは身をこわばらせた。おっかなびっくりで歩道の上に靴をのせる——

しかし、なにも起こらない。街の騒音はひっきりなしにつづいている。車も人も、せわしなく通りすぎていく。少年が新聞を売っている。まっぴるまの市街の賑《にぎ》わいと匂いと騒音。そして、頭上には太陽があり、明るい青空がある。

「ね?」とルースがいった。「あたしが正しかったでしょ」

ふたりは玄関のステップを上って、ロビーにはいった。タバコの売店には腕組みをした店員が立って、野球の中継放送を聞いていた。

「やあ、フレッチャーさん」と店員はエドに呼びかけた。人のよさそうな顔をほころばせて、「そのご婦人はだれ？　こんなこと、奥さんは知ってるのかな？」

エドはひきつった笑い声を上げた。ふたりはエレベーターのほうに歩いた。四、五人のビジネスマンがエレベーターを待っている。みんな中年の男で、身だしなみがよく、かたまりあって、いらいらしているようすだ。

「よう、フレッチャー」とひとりがいった。「きょうはどこにいたんだ？　ダグラスがカンカンだぞ」

「やあ、アール」エドはもぐもぐと返事した。ルースの腕をぎゅっとつかむ。「ちょっと気分が悪くて」

エレベーターがやってきた。みんなは乗りこんだ。エレベーターは動きはじめた。「やあ、エド」とエレベーター係がいった。「その美人はだれ？　みんなに紹介しなさいよ」

エドはおざなりの笑顔を作った。「うちのワイフさ」

エレベーターは三階にとまった。エドとルースは廊下に出て、ダグラス・アンド・ブレーク不動産のガラス戸へとむかった。

エドは足をとめ、浅い息をついた。「待ってくれ」唇をなめた。「ぼくは――」

ルースがおとなしく待っている前で、エドはひたいと首すじをハンカチでふいた。
「もうだいじょうぶ?」
「ああ」エドは歩きだした。ガラス戸をあけた。
ミス・エヴァンズがちらと目を上げ、タイプの手をとめた。「エド・フレッチャー!
いったいどこをうろついてたの?」
「気分が悪かったんだ。やあ、トム」
トムが仕事から目を上げた。「よう、エド。おい、ダグラスがおまえの頭の皮を剝ぐと
いってたぞ。いったいどこにいた?」
「わかってる」エドは疲れた顔でルースをふりかえった。「あそこへ行って、神妙にお裁
きを受けたほうがよさそうだ」
ルースは力づけるように彼の腕を握った。「だいじょうぶよ、きっと」彼女はほほえん
だ。その白い歯と赤い唇を見ると、心が安まった。「じゃ、いいわね? もしあたしが必
要だったら電話して」
「わかった」彼はルースの唇に短いキスをした。「ありがとう。ほんとにありがとう。ど
ういう勘ちがいなのか自分でもわからない。でも、すんだらしいよ」
「忘れなさい。じゃあね」ルースははずむような足どりで事務所を出ていき、ドアが閉ま
った。エドはエレベーターのほうへ廊下を走っていく彼女の靴音に耳をかたむけた。

「いい奥さんだねえ」ジャッキーが感心したようにいった。

「うん」エドはうなずいて、ネクタイの曲がりを直した。気をひきしめ、重い足どりで奥のオフィスへむかう。とにかく、正面から行くしかないだろう。ルースのいうとおりだ。しかし、こんな事情をボスに説明するのは、すごく骨だぞ。ダグラスの姿がもう目に見えるようだ。赤らんで、だぶついたのどの肉、牡牛《おうし》のようなどなり声、怒りにゆがんだ顔——

エドは奥のオフィスの入口できゅうに足をとめた。身を堅くする。奥のオフィス——中のようすがいつもとちがう。

うなじの毛が逆立った。つめたい恐怖が彼をわしづかみにし、気管を締めつけた。奥のオフィスはいつもとちがう。エドはゆっくりと頭をめぐらし、部屋の内部を目にいれた——デスク、椅子、照明器具、ファイル戸棚、壁の絵。

変化。小さい変化。微妙な変化。エドは目をつむって、またゆっくりひらいた。警戒がよみがえった。呼吸が速くなり、脈搏《みゃくはく》があがっていた。たしかに変わっている。まちがいない。

「どうしたんだ、エド?」とトムがきいた。社員がみんな仕事の手をとめ、ふしぎそうにこっちを見ている。

エドはだまっていた。ゆっくりと奥のオフィスにはいった。このオフィスには手が加えられた。自分にはわかる。あっちこっちが変わっている。模様替えだ。目につくちがいじゃない――これと名ざすことはできない。だが、自分にはわかる。

ジョー・ケントが不安そうに彼を迎えた。「どうしたんだ、エド？　まるで野良犬みたいだぞ。どうかしたのか――？」

エドはジョーを観察した。いままでのジョーとちがう。おなじじゃない。どこがちがうのか？

ジョーの顔だ。すこし太った。ワイシャツも青い縞柄。ジョーは青縞のワイシャツをけっして着ないのに。ジョーのデスクに目をやった。メモと計算書が見える。デスクが――右へ寄りすぎている。それに、前より大きい。おなじデスクじゃない。

壁の絵。あれもおなじじゃない。まったくちがう絵だ。それにファイル戸棚のてっぺんにある品物――あるものは新しく、あるものはなくなっている。

エドはドアごしにいまきた部屋のほうをふりかえった。いま考えてみると、ミス・エヴァンズの髪もちがっていた。ちがった髪型だ。それに、色も薄い。

このオフィスの窓ぎわで、爪をみがいているメアリーも――前より背が高く、肉づきがよくなった。デスクにおいてある彼女のハンドバッグ――赤いハンドバッグ、赤いニットのバッグ。

「きみはいつも……そのバッグだったっけ？」エドはたずねた。

メアリーが顔を上げた。「え？」

「そのバッグ。いつもそれだった？」

メアリーは笑いだした。形のよい太腿の上で色っぽくスカートのしわをのばすと、長いまつげをしとやかにふるわせた。「あら、フレッチャーさん。それ、どういう意味ですか？」

エドは背を向けた。おれにはわかっている。たとえ彼女は知らなくても。彼女は手を加えられた――改造された。彼女のバッグも、服も、容姿も――彼女に関するすべてが。だれもそれを知らない――おれ以外は。エドの心はめまぐるしく回転した。みんなが変えられた、みんなが別人になった。みんながちがった鋳型《いがた》にいれられた。微妙なちがい――だが、ちがいはちゃんとある。

屑かご。これも前より小さく、おなじものではない。窓のブラインド――アイボリーではなく白。壁紙もおなじ模様じゃない。照明器具も……。

かぞえあげればきりがない。微妙な変化。

エドは奥のオフィスに向きなおった。手を上げてダグラスのドアをノックした。

「はい」

エドはドアを押しあけた。ネイサン・ダグラスが苛立《いらだ》たしげに顔を上げた。

「ダグラスさん――」エドはいいかけた。おそるおそる部屋の中にはいりかけ――そこで立ちどまった。

ダグラスも前とおなじじゃない。別人だ。オフィスぜんたいが変わっている――カーペットも、カーテンも。デスクはマホガニーじゃなくオーク。それに、ダグラスそのものも……。

ダグラスは前より若くなり、痩せている。髪は茶色。肌も前ほど赤らんでいない。顔はなめらかだ。しわがない。あごも整形された。瞳は黒でなくグリーン。これは別人だ。しかし、やはりダグラス――べつのダグラスだ。異型のダグラスだ。

「なんだ？」ダグラスはせっかちにきいた。「なんだ、フレッチャー、きみか。けさはいったいどこにいた？」

エドはあとずさりして部屋を出た。いそいで。

ドアをばたんと閉めると、奥のオフィスの中を足早にひきかえした。トムとミス・エヴァンズがびっくりしたように顔を上げた。エドはそのそばを通りぬけて、廊下につうじるドアをひきあけた。

「おい！」トムが呼びかけた。「どうしたんだよ――？」

エドは廊下を走りだした。恐怖が全身を吹きぬけた。いそがなくては。おれは見てしまった。もうあんまり時間がない。彼はエレベーターのボタンを押した。

時間がない。

エレベーターをあきらめ、階段を駆けおりはじめた。二階にたどりついた。恐怖がふくれあがる。残された時間は一、二分だ。
一、二分！
公衆電話。エドは電話ボックスにとびこんだ。ドアを閉める。わななく手でコインを入れ、ダイアルをまわした。警察を呼ばないと。受話器を耳に当てた。心臓が早鐘を打っている。

通報するんだ。変化のこと。だれかが現実をいじっていること。変えていること。おれは正しかった。あの白衣の男たち……あの機械……あれでビルを変えてしまったんだ。

「もしもし！」エドはかすれた声をふりしぼった。反応がない。呼び出し音も。なにも。

エドは狂乱の目でドアの外をのぞいた。

つぎにがっくり肩を落とした。のろのろと受話器をもとにもどした。

彼がいる場所はもう二階ではなかった。電話ボックスが二階をおきざりにして上昇をはじめ、速度をはやめながら、彼をどんどん上に運んでいく。階から階へと、音もなく、すみやかに。

電話ボックスはビルの屋根をつきぬけて、まぶしい日ざしの下に出た。さらにスピードが上がった。大地は遠ざかっていった。ビルも街路も刻々と小さくなる。豆粒のように縮んだ車や人間が、はるか下界をちょこまか動いている。

雲が彼と大地のあいだを通りすぎていく。エドは恐怖に頭がくらくらして、思わず目をつむった。電話ボックスの取手に必死でつかまった。

さらにスピードをつのらせて、電話ボックスは上昇していく。みるみるうちに大地はとり残された。はるか下のほうに。

エドはキョロキョロあたりを見まわした。どこだ？　おれはどこへ行くんだ？　どこへ連れていかれるんだ？

ドアの取手につかまって、彼はじっと待ちうけた。

書記はそっけなくうなずいた。「たしかにこの男です。これが問題の分子です」

エド・フレッチャーはまわりを見まわした。いまいるのは巨大な広間。その縁は、ぼんやりとした影の中に溶けこんでいる。目の前には、ノートや帳簿を小脇にかかえた男が、金属縁メガネごしにこっちを見つめている。目つきの鋭い、神経質そうな小男。セルロイドのカラーに、青いサージのスーツ、ヴェスト、懐中時計の鎖。ピカピカに磨きあげた黒靴。

そして、そのむこうには——

ひとりの老人が、とてつもなく大きなモダンな椅子に無言ですわっていた。老人はエドを穏やかに見つめている。その青い瞳は、温厚で疲れた感じだ。奇妙な興奮がエドの身内にわきあがった。恐怖ではなかった。むしろ、一種の振動が骨のずいを揺さぶるような——奥深い畏怖と、そこに混じった魅惑の感覚。

「いったい——いったいここはどこです？」エドは弱々しい声できいた。急上昇のあとでまだめまいがする。

「質問をしてはならん！」神経質な小男が、ペンシルで帳簿をつつきながら、不機嫌になった。「おまえは答弁のためにここへきたのだ。質問のためではない」

御大がすこし身じろぎした。片手を上げた。「この分子とふたりだけで話したい」その声は低いのに、大広間のすみずみまでひびきわたった。ふたたび魅惑と畏怖の波がエドを押し流した。

「ふたりだけで？」小男は帳簿と書類をかき集めながら、あとずさりした。「かしこまりました」エド・フレッチャーをちらと憎々しげに見やった。「この男がとうとう拘束されて、ほっとしました。まったく手を焼かせるやつで——」

小男はドアのむこうに消えた。ドアがそうっと閉まった。エドと御大はふたりきりになった。

「まあ、かけなさい」御大がいった。

エドは椅子を見つけた。ぎごちなく、おちつきなく、腰をおろした。タバコをとりだしかけて、またしまいこんだ。

「なにが気になるんだね？」御大がたずねた。

「やっとわかってきました」

「なにが？」

「ぼくが死んだということが」

　御大はちらとほほえんだ。「死んだ？　ちがうな、きみは死んではおらん。きみは……訪問中だ。異例ではあるが、この状況のもとではやむをえん」御大はエドのほうに身を乗りだした。「フレッチャー君、きみはある事件にまきこまれたんだよ」

「ええ」エドは同意した。「でも、どういうことなのか、さっぱりわからないんです。どうしてそんなことが起きたのかも」

「きみのせいではない。きみは事務的ミスの被害者だ。ある手ちがいが起きた──きみの手ちがいではない。きみはそれにまきこまれた」

「どういう手ちがいですか？」エドは大儀そうにひたいをさすった。「ぼくは──なにかにでくわした。そして、裏を見てしまった。見てはいけないなにかを」

　御大はうなずいた。「そのとおりだ。きみは見てはいけないものを見てしまった──ほんの二、三の分子を除いて、目撃はおろか、意識すらしていないものを」

「分子？」

「公式用語だ。気にせんでくれ。ともかく、手ちがいはあったが、われわれはそれを修正したいと思っている。したがって――」

「あの人たちのことですが」とエドは口をはさんだ。「乾いた灰の山。灰色ずくめの。まるで死んだみたいな。ただ、ぜんぶがそうなんです――階段も、壁も、床も。色もなければ、生命もない」

「あの区域は、一時的に脱力化されたのだ。調整班が中にはいって、改変を加えられるようにした」

「改変ね」エドはうなずいた。「そのとおりです。ぼくがあとでもどってみたら、なにもかもが生きて動いてました。だが、前とおんなじじゃない。みんなちがう」

「調整作業は正午までに完了した。調整班は作業を終わって、あの区域をまた賦活《ふかつ》したのだ」

「なるほど」

「きみは調整作業の開始前にあの区域にはいっているはずだった。ところが、手ちがいでそうならなかった。きみは時間に遅れてあの区域にやってきた――調整の進行中にだ。きみは逃げだし、つぎにもどってきたときには作業は終わっていた。そんなわけで、見てはいけないものを見てしまったのだ。そもそもきみは目撃者でなく、調整の一部であるはずだった。ほかのみんなと同じように、きみも改変を受けるはずだった」

エド・フレッチャーのひたいには汗が噴きだしてきた。彼は汗をぬぐった。胃がうらがえしになった。弱々しく咳ばらいした。「そうなのか」聞きとれないほどの声だった。肌寒い予感がこみあげてきた。「ぼくもほかのみんなのように改変を受けるはずだった。ところが、なにかの手ちがいがあった、と」

「なにかの手ちがいがあった。ひとつのミスが。そして、ここで重大問題が発生した。きみはあれを見てしまった。多くのことを知ってしまった。しかも、新しい配置形態の中に組みこまれていない」

「まいったな」エドはつぶやいた。「でも、だれにもしゃべりませんよ」冷汗がにじみでてきた。「信用してもらってだいじょうぶ。改変されたのも同然ですから」

「きみはすでにほかのだれかにしゃべった」と御大はつめたくいいきった。

「ぼくが？」エドは目をぱちぱちさせた。「だれに？」

「きみの妻だ」

エドは身ぶるいした。顔から血の気がひき、土気色《つちけいろ》になった。「そのとおりです。しゃべりました」

「きみの妻はこのことを知っている」御大の顔は怒りにゆがんだ。「女に話すとはな。こともあろうに――」

「知らなかったんですよ」エドはひるんだ。パニックがつきあげてきた。「でも、もうわかりました。信用してください。改変を受けたと思ってください」

年を経た青い瞳が鋭く彼を見つめ、心の奥底までをさぐりだした。

「しかも、きみは警察を呼ぼうとした。当局に通報しようとした」

「でも、だれが改変をやっているのか知らなかったんです」

「これで知ったわけだ。自然の過程には補足を加える必要がある――あっちこっちを調整してやらねばならん。修正しなければならん。われわれは修正をする資格を与えられている。わが調整班は重要な仕事をおこなっているのだ」

エドはなけなしの勇気をふるいおこした。「こんどの調整のことですが……。ダグラス。あのオフィス。あれはなんのためです？　あれにもなにかりっぱな理由があるんでしょうね」

御大は手をふった。その背後の影の中に、とほうもなく大きい地図がぼうっと輝きはじめた。エドは息をのんだ。地図の縁は闇の中に溶けこんでいる。そこにあるのは、細密な部分がつらなった限りない網のひろがり、四角形と直線とのネットワークだった。四角形にはどれも記号がついていた。青いライトのついたものもあった。無数のライトがたえず変化していた。

「あの区域の一覧図だ」と御大は疲れたようにためいきをついた。「たいへんな仕事だ。ときには、果たしてこの期間を乗りきれるかと疑いさえわく。しかし、やらなければならん。みんなのために。きみたちのために」

「あの改変はどういうことですか。あの――あの区域での」

「きみの会社は不動産を扱っている。以前のダグラスは抜け目のない男だったが、急速な不安定化が見られるようになった。肉体の健康が衰えていた。あと数日で、ダグラスにはカナダ西部の未開発森林地域を購入するチャンスがめぐってくる。それには彼の資産の大部分が必要になる。年とった、あまり元気のないダグラスなら、きっとためらうだろう。しかし、ここで彼がためらっては困るのだ。彼はその土地を購入し、すぐに伐採をはじめなければならない。そんなことを計画実行するのは、もっと若い人間――もっと若いダグラス――でなければだめだ。

その土地が伐採されたとき、そこにある種の人類学的遺跡が発見される。もうすでにそれは設置してある。ダグラスはその土地を学術研究のため、カナダ政府にリースするだろう。そこに発見された遺跡は、知識人のあいだで国際的な興奮をまきおこすだろう。

そこから、連鎖的にひとつの動きが生まれる。世界各国の人たちが、その遺跡の調査のため、カナダにやってくる。ソ連、ポーランド、チェコの科学者たちが遠路はるばるやってくる。

この事件連鎖は、ここ何年かぶりに、世界の科学者を一堂に集めることになる。国家を超越したこの発見の一時的興奮の中で、小さい国家の枠にはまった学術研究は忘れ去られる。ソ連最高の科学者のひとりが、ベルギーのある科学者としたしくなる。別れる前にふたりは文通の約束をかわす——もちろん、両国政府には秘密で。

　この輪はしだいにひろがっていく。ほかの科学者たちも東西の垣根を越えて、この輪にひきいれられる。ひとつの協会が設立される。しだいにより多くの知識人がこの国際的協会のほうに時間を割《さ》くようになる。純然たる国家の枠にはまった研究は、小さいがきわめて決定的な打撃を受ける。戦争の危機がいくらか遠のく。

　この改変はきわめて重要だ。しかも、それはカナダの森林地域の一部を購入し伐採するかどうかできまる。年とったダグラスなら、そのリスクはおかさないだろう。しかし、改変されたダグラスと、改変された、以前より若い彼のスタッフなら、情熱をかけて、献身的にその事業に取り組むだろう。そこからひとつながりの重要な出来事が起こり、しだいに規模をひろげていくだろう。その受益者はきみたちだ。これは奇妙な上に、まわりくどいやりかたに思えるかもしれない。いや、不可解にさえ思えるかもしれない。しかし、断言してもいいが、われわれは自分の仕事をこころえているんだよ」

「いまそれがわかってきました」

「そうか。きみは多くのことを知っている。知りすぎている。いかなる分子も、そんな知識を持つべきではない。本来なら、調整班をここに呼びつけて……」

　ひとつのイメージがエドの頭の中にうかんだ。渦巻く灰色の雲。灰色の男女。彼はぞっと身ぶるいした。「待ってください」かすれ声でいった。「なんでもします。どんなことでも。ただ、脱力化だけはかんべんしてください」汗が顔を流れ落ちた。「おねがいです」

御大は考えこんだ。「なにかそれに代わる方法が見つかるかもしれん。べつの可能性もある……」

「というと？」エドは熱心にたずねた。「どんなことですか？」

御大はゆっくりと、思案深げに話しはじめた。「もし、きみをこのまま帰してやったら、けっしてこのことはだれにも口外しないと誓うか？　きみの見たことをだれにも明かさないと誓うか？　きみの知っていることを？」

「もちろん！」エドは息をはずませて答えた。めまいに似た安心感がわきあがってきた。「誓います！」

「きみの妻もだ。彼女にこれ以上なにも知らせてはならん。彼女には、あれがたんなる一過性の心理的発作——現実逃避だと思わせなければいかん」

「もうすでにそう思ってますよ」

「これからもそう思わせなければだめだ」

エドはあごをひきしめた。「わかりました。あれが一時的な精神異常だったと妻に思わせるようにします。真相はなにも知らせません」

「真実を彼女から隠しとおす自信はあるかね？」

「もちろんです」エドは確信をもって答えた。「できます」

「よろしい」御大はこっくりうなずいた。「では、送りかえすことにしよう。しかし、だれにもいってはならん」御大の体が目に見えてふくらんだ。「忘れるなよ——いずれきみはわたしの前にもどってくる——だれもが結局はそうなる——もしこれを口外したら、きみの運命はけっして好ましいものにはならんぞ」

「彼女にはしゃべりません」エドは汗びっしょりだった。「約束します。心から誓います。ルースの扱い方はこころえてますよ。ご心配なく」

エドは日暮れに帰宅した。

彼は目をぱちぱちさせた。急降下のあとで、まだめまいがしている。体のバランスが回復し、息がととのうまで、しばらく歩道に立ちどまった。それから足早に私道をたどった。

ドアを押しあけ、グリーンの化粧しっくいの小さな家にはいった。

「エド！」ルースが涙に顔を濡《ぬ》らして、中からとびだしてきた。彼の首すじに両腕をからめて抱きついた。「いまごろまで、いったいどこにいたの？」

「いまごろまで？」エドはもごもごといった。「会社だよ。もちろん」

ルースはだしぬけに体をもぎはなした。「いいえ、ちがうわ」

おぼろげな不安の巻きひげがエドをくすぐった。「もちろん会社だよ。ほかにどこへ——

「――？」

「三時ごろ、ダグラスさんに電話したのよ。そしたら、あなたはもう帰ったって。あたしが背中を向けるが早いか、会社から出ていったっていうじゃない。エディ――」

エドはおどおどと彼女の背中をなでた。「おちつけよ、ハニー」コートのボタンをはずしはじめた。「万事解決だ。わかるかい？　なにもかもうまくいったんだよ」

ルースは寝椅子の肘かけに腰をおろした。鼻をかみ、涙をぬぐった。「どれだけあたしが心配したか知ってるの、ほんとに？」ハンカチをしまうと、腕組みした。「さあ、どこにいたか教えてちょうだい」

おちつきなく、エドはコートをクローゼットの中に吊《つ》るした。彼女のそばにもどってキスをする。ルースの唇は氷のようにつめたかった。

「なにもかも話す。でも、その前になにか食べようよ。飢え死にしそうだ」

ルースは彼の顔をじっと見つめた。寝椅子の肘かけからおりる。「着替えをしてから、お夕食をこさえるわ」

ルースはベッドルームにはいって、靴とストッキングをぬいだ。エドもそのあとにつづいた。

「きみを心配させるつもりはこれっぽっちもなかったんだ」エドは慎重に言葉をえらんだ。

「きょう、きみが帰っていったあとで、きみが正しいことがわかった」

「そう？」ルースはブラウスとスカートをぬいで、ハンガーに吊るした。「正しいって、どこが？」

「ぼくのことさ」エドはむりに微笑をこしらえ、顔の上にひろがらせた。「つまり……ぼくに起こったことだよ」

ルースはスリップをハンガーにかけた。ぴっちりしたジーンズに足をつっこみながら、じっと夫を見つめた。「つづけて」

これが決定的瞬間だ。いまいわなければ、永久にいう機会はない。エド・フレッチャーは心をひきしめ、慎重に言葉をえらんだ。

「やっと気がついたんだよ。あのいまいましい事件ぜんたいがぼくの心の産物だってことに。ルース、きみが正しい。きみのいったとおりだ。それに、いまではその原因もわかったよ」

ルースはコットンのTシャツの裾をひっぱって、ジーンズの中に入れた。「原因はなんだったの？」

「過労だ」

「過労？」

「ぼくには休養が必要だ。とにかく、ここ何年か休暇をとってなかったからね。仕事に身をいれてなかったんだ。白昼夢にふけっていたのさ」きっぱりといったつもりだが、内心はらはらしていた。「仕事から離れなきゃだめだ。山へでも行こうかな。スズキ釣りに。それとも――」彼は必死に頭をめぐらした。「それとも――」

ルースがこわい顔で彼に近づいてきた。「エド！」と鋭くとがめた。「こっちを見なさい！」

「どうした？」彼は恐怖にかられた。「なぜそんな目でぼくを見る？」

「きょうの午後、あなたはどこにいたの？」

エドの微笑は消えていった。「いったじゃないか。散歩だよ。いわなかったっけ？　散歩だよ。いろいろ考えごとがあってね」

「嘘はよしなさい、エディー・フレッチャー！　あなたが嘘をつくときは、ちゃんとわかるんだから！」新しい涙がルースの目にあふれてきた。Tシャツの下で胸が激しく波打った。「認めなさいよ！　散歩じゃないわ」

エドは弱々しく口ごもった。汗がどっと噴きだしてきた。力なくドアによりかかった。

「どういう意味だい？」

ルースの黒い瞳が怒りに燃えあがった。「よしてちょうだい！　どこにいたかをきいてるのよ！　いいなさい！　あたし、知る権利があるわ。いったいなにがあったの？」

エドは怖《お》じ気づいて後退した。決心が蠟《ろう》のように溶けていく。こんなはずじゃなかった。

「本当だよ。ぼくは散歩に――」

「いいなさい！」ルースのとがった爪が腕に食いこんできた。「あなたがどこにいたか知りたいだけなのよ――それと、だれといっしょだったかを」

エドは口をあけた。にっこり笑おうとしたが、顔がいうことをきいてくれない。「どういう意味かわからないな」

「いいえ、わかってるはずよ。だれといっしょにいたの？　どこへ行ったのよ？　いまに見つけてやるわ。遅かれ早かれ」

もう逃げ道はない。こっちの負けだ――それはわかっていた。ルースにはなにも隠せない。必死に彼はごまかし、時間をかせいだ。なんとかルースの注意をほかのことにそらせられないだろうか。もし、ほんの一秒でも追及の手をゆるめてくれたら。そうすれば、なにかを――もっとましな口実を――考えだせるのに。時間――もっと時間がほしい。

「ルース、聞いてくれ――」

だしぬけに外で物音がした。犬の吠える声が暗い家の中にこだましてくる。

ルースは彼から手を離して、首をかしげ、耳をすませた。「あれはドビーね。だれかうちへくる」

ブザーが鳴った。

「ここにいて。すぐにもどるから」ルースは部屋から玄関へ駆けだしていった。「なんでまたこんなときに」彼女は玄関のドアをひきあけた。

「こんばんは！」いっぱい品物をかかえた青年がすばやく中にはいり、にっこりとルースに笑いかけた。「スイープ・ライト掃除機からまいりました」

ルースはいらいらと顔をしかめた。「いやねえ、もう。いまから夕食なのよ」

「お手間はとらせませんよ」青年は電気掃除機とその付属器具をガチャンと下においた。巻いてあった図解入りの布製ポスターをくるくるのばして、掃除機の使い方を見せる。「では、ちょっとこれを持っていてください。そのあいだに掃除機のプラグをさしこみますから――」

青年は愛想よくほほえみながら、いそがしく動きまわり、テレビのプラグを抜き、掃除機のプラグをさしこみ、椅子をわきのほうにどけた。

「まず、カーテンのほこりとりから実演してみます」青年は大きなピカピカしたタンクにホースとノズルをとりつけた。「さあ、そこにおかけになってください。この便利なアタッチメントを順番に実演していきますから」青年は掃除機の音に負けまいと、明るい声をはりあげた。「ごらんください――」

エド・フレッチャーはベッドに腰をおろした。ポケットをさぐって、ようやくタバコを見つけた。ふるえる手で火をつけ、壁にもたれた。ほっとして、きゅうに力が抜けてしまったようだ。

彼は感謝の表情をうかべて、天を見あげた。「ありがとう」と小声でいった。「なんとかうまくいきそうですよ——いろいろあったけど。どうもありがとう」

ルーグ
Roog

大森 望◎訳

「ルーグ!」と、犬はいった。彼は両の前足を柵にかけて、周囲を見わたした。

ルーグが庭のほうへと走ってくる。

早朝で、太陽はまだ昇りきっていない。空気は冷たく灰色で、家の壁は湿気でじめついている。犬はちょっと口をあけ、黒い前足で柵板をつかんで、見守っていた。

ルーグが開いた木戸のそばに立ち、庭をのぞきこんでいる。ちいさなルーグで、やせて色が白く、足もとが頼りない。ルーグがこちらを見て目をぱちくりさせると、犬は歯をむきだしにした。

「ルーグ!」と、犬はまたいった。その声が薄闇のしじまに響きわたる。なにも動かず、ぴくりともしない。犬は柵から足をおろすと、庭を横切り、ポーチの階段へともどっていった。いちばん下の段にうずくまって、ルーグを見張る。ルーグがちらっとこちらに目をやった。それから、犬は首をそらし、すぐ上にある家の窓をのぞいた。窓に向かって鼻をつきだし、くんくんにおいを嗅ぐ。

犬は、目にも止まらぬはやさで庭を駆け抜けた。柵に体当たりすると、木戸が揺れて、ぎいぎいと悲鳴をあげた。ルーグは妙ちきりんな小走りで道を去っていく。犬は木戸の板にもたれてうずくまり、赤い舌をだらんとたらしてはあはあ息をした。ルーグが消えてしまうまで、そのうしろ姿を見送った。

犬は黒い瞳を輝かせて、静かにじっとしていた。一日がはじまろうとしている。空の白さがすこし強くなり、朝の空気をつたわって、人間たちが起きだす音があたり一面から聞こえてくる。

犬は動かない。小道を見張っている。

キッチンでは、カードッシ夫人がコーヒー・ポットに湯を注いでいた。もうもうと立ち昇る湯気で、目の前が見えなくなる。夫人はポットをストーブの端に置いて、配膳室にはいった。もどってくると、アルフがキッチンの戸口に立っていた。眼鏡をかけている。

「新聞はとってきたかい？」

「まだ外よ」

アルフ・カードッシはキッチンを横切り、裏口から外に出た。ボルトをおろし、ポーチに歩きだす。灰色の湿っぽい朝の光景をながめわたした。柵のところで、黒くて毛足の長いボリスが、舌を出して寝ていた。

「舌を引っこめろ」と、アルフはいった。犬はさっと顔をあげた。尻尾が地面をたたく。

「舌だよ」ともういちどくりかえす。「舌をひっこめろ」

犬と人間は、たがいに見つめあった。犬がクンクンと鳴く。きらきらした目には熱っぽい光がある。

「ルーグ！」犬は低くいった。

「なんだ？」アルフはまわりを見まわした。「だれか来るのか？　新聞配達？」

犬は口をあけてアルフを見つめている。

「おまえ、ここんとこ、ほんとにおかしいぞ」とアルフ。「もっとのんびりしたほうがいいな。おまえもおれも、もう興奮する歳じゃない」

アルフは家の中にはいった。


太陽が昇った。おもては明るくなり、色彩で息づいた。郵便配達人が手紙や雑誌をたずさえて、小道をやってくる。そのそばを、笑いさざめく子どもたちが急ぎ足で通りすぎる。

午前十一時ごろ、カードッシ夫人は正面のポーチを掃除していた。その手をちょっと止めて、空気のにおいをかぐ。

「きょうはいいにおい。あたたかくなりそうね」

真昼の太陽の熱を浴びて、黒い犬はせいいっぱい体をのばし、ポーチの下に寝そべっていた。胸が上下している。桜の木のあいだで小鳥たちがさえずり、ピーチクパーチクおしゃべりしている。ときおりボリスは頭をあげ、そちらのほうに目をやった。やがて身を起こすと、桜の木の下に走っていった。

木の下にたどりついたとき、ふたりのルーグが柵の上にすわって、こっちを見ているのに気がついた。

「でかいな」とひとりめのルーグがいった。「〈見張り〉の中でも、あんなにでかいのはめずらしい」

もうひとりのルーグがうなずき、首の上の頭がたよりなく揺れた。ボリスはじっと動かず、緊張に体をかたくしてそれを見つめている。ルーグたちは話をやめ、首のまわりだけ白い、毛足の長いおおきな犬をながめた。

「奉納壺はどうだい?」と、最初のルーグがいった。「あらかたいっぱいか?」

「ああ」と、もうひとりがうなずく。「だいたい準備完了だ」

「おい、そこの!」最初のルーグが、声を張り上げてボリスに呼びかけた。「聞こえるか? おれたちは奉納を受け入れることにしたよ、今回は。だから、ちゃんと覚えてて、つぎのときはおれたちを入れるんだぞ。冗談じゃないぜ、これは」

「忘れるなよ」と、もうひとりがつけくわえる。「そう先のことじゃない」

ボリスはなにもいわなかった。

ふたりのルーグは柵からとびおりると、連れ立って、小道のすぐ向こうに歩いていった。片方が地図をとりだし、ふたりはひたいを集めてそれを調べた。

「この地区は、あんまり初仕事向きじゃないな」と最初のルーグがいった。「〈見張り〉が多すぎる……なあ、どうせなら北側の地区のほうが――」

「おれたちが決めることじゃない」ともうひとりのルーグがいった。「ほかにもいろんな要素が――」

「もちろんさ」

ふたりはボリスのほうにちらりと目をやると、柵からさらに離れて歩きだした。もうひとりの返事は、ボリスの耳には聞きとれなかった。

やがて、ルーグたちは地図をしまい、小道を歩き去った。

ボリスは柵のところまで歩いていって、板のにおいをかいだ。ルーグたちの腐敗臭が強くただよい、ボリスの背中の毛が逆立った。

その夜、アルフ・カードッシが帰ってくると、犬が木戸のところに立って、道を見ていた。アルフは木戸をあけて庭にはいった。

「調子はどうだ?」といいながら、犬の脇腹をたたく。「心配ごとはかたづいたか？　最近いらついてるみたいだな。むかしはそんなふうじゃなかったのに」

ボリスはクンクン鼻を鳴らし、人間の顔をまっすぐ見上げた。

「おまえはいい犬だ、ボリス」と、アルフはいった。「それにきれいだよ、犬にしては。ずっとむかし、ほんのちっちゃな子犬だったころのことなんか、おまえは覚えてないだろうな」

ボリスは人間の足に体をこすりつけた。

「いい犬だ」と、アルフがつぶやくようにいう。「ほんとに、おまえが考えてることがわかったらな」

アルフは家の中にはいった。カードッシ夫人はテーブルに夕食の食器を並べている。アルフはリビングルームに行って、コートと帽子を脱いだ。からの弁当箱をサイドボードに置いてから、またキッチンにもどってくる。

「どうしたの？」と、カードッシ夫人がたずねた。

「あの犬に、やかましく吠えたてるのをやめさせなきゃな。また、近所のだれかが警察に苦情をもちこまないうちに」

カードッシ夫人は腕組みして、

「でも、気が狂ったみたいになるのはどうしようもないわよ、とくに金曜の朝、ゴミの回収の人が来るときは」

「そのうちおちつくだろう」アルフはパイプに火をつけ、まじめな顔で煙をくゆらせた。「むかしはああじゃなかった。いずれまた、いい子になるさ、むかしみたいに」

「だといいわね」


太陽が顔を出した。冷たく、不吉な太陽。木々のあいだや地面に霧がわだかまっている。金曜の朝だった。

黒い犬はポーチの下で寝ていた。耳をそばだて、目をおおきく見開いて、じっと見つめている。毛皮のコートは霜でばりばり、鼻孔からもれる息は冷気の中で蒸気の雲に変わる。犬はとつぜん首をもたげ、ぱっと起き上がった。

はるか彼方、ずっと遠くのほうから、かすかな物音が聞こえてくる。なにかがぶつかるような音。

「ルーグ！」ボリスは叫んで、周囲を見まわした。門のところまで走っていき、そこで立ち止まると、前足を柵にかけて立ち上がった。

遠くでまた音がした。さっきよりおおきく、距離も近づいている。がしゃんがしゃんという音。なにかがごろんごろんとひっくりかえっているみたいな、それとも、巨大なドアが開きかけているような音。

「ルーグ！」ボリスは叫んだ。頭上の暗い窓に、心配そうな視線を向ける。ルーグたちを乗せたトラックが、でこぼこの石に乗り上げてガタンゴトンけたたましい音をたてながらやってくる。

「ルーグ！」

ボリスは叫び、目をらんらんと光らせてジャンプした。それから、気持ちをおちつかせ、地面にうずくまると、耳をそばだてて、待った。

木戸の正面で、ルーグたちはトラックをとめた。ルーグたちがドアをあけ、歩道に降り立つ音が聞こえる。ボリスはちいさな輪をかいて走りまわった。クンクン鳴き声をあげ、鼻先をもう一度家のほうに向ける。

あたたかく暗いベッドルームでは、アルフ・カードッシがベッドの上でわずかに身を起こし、壁の時計に目をやった。

「ばか犬め」とつぶやく。「あのばか」

アルフは枕に顔を押しつけ、目を閉じた。

ルーグたちは小道をこちらにやってくる。最初のルーグが木戸を押しあけた。ルーグたちが庭にはいってくる。犬はあとずさりした。

「ルーグ！　ルーグ！」と叫ぶ。不快でおぞましいルーグたちのにおいが鼻孔を刺激し、ボリスは顔をそむけた。

「奉納壺だ」と最初のルーグがいった。「いっぱいだ、と思う」怒りに硬直している犬にほほえみかけて、「なかなか行儀よくしてるじゃないか」

ルーグたちは金属のドラム缶のところにやってきた。ひとりが蓋をとる。

「ルーグ！　ルーグ！」

ボリスは叫び、ポーチのいちばん下の段にうずくまった。恐怖に体がふるえている。ルーグたちはおおきな缶を持ち上げ、横倒しにした。中身が地面にこぼれだし、ルーグたちは、ぱんぱんにふくれてところどころ破れた紙袋をまとめて拾い上げると、あとに残ったオレンジの皮や食べ残し、トーストの耳や卵の殻を拾い集めた。

ルーグのひとりが卵の殻を口の中に放りこんだ。その歯が殻を噛み砕く。

「ルー――グ！」

ボリスは絶望の叫びをあげた。だれかに聞いてもらおうという望みは、もうほとんど失っていた。ルーグたちは奉納物をあつめる仕事をあらかた終えていた。ちょっと足をとめて、ボリスのほうを見る。

それから、ゆっくりと、静かに、ルーグたちは目を上げ、下から上へと家をながめた。化粧しっくいの壁から窓へと視線が移動する。窓には茶色のブラインドがきちんと下りていた。

「ルーグ！」

ボリスは金切り声をあげ、憤怒と絶望にかられてルーグたちに向かっていった。ルーグたちはしぶしぶ窓から目をそむけた。木戸から庭を出ると、うしろ手に戸をしめる。

「あいつを見ろよ」最後に庭を出たルーグが軽蔑したようにいいながら、毛布の端をつかんで肩までひっぱりあげた。ボリスはこわばった体を柵に押しつけ、口をあけてはげしく吠えかかる。いちばん大柄なルーグが腕を荒っぽくふりまわすと、ボリスはあとずさり、ポーチのいちばん下の段にすわりこんだ。口はまだ開いたままで、体の奥底から、みじめで悲しげなうめき声がほとばしり出た。悲嘆と絶望のむせび泣き。

ルーグたちは道を歩きだした。

「さて、と。〈見張り〉たちのまわりのちっぽけな場所をべつにすれば、この地域もじゅうぶんかたづいた」と、いちばんおおきいルーグがいった。「あの〈見張り〉がかたづいたらせいせいするだろうな。あいつはたしかに、たっぷり面倒をかけてくれる」

「そう焦ることはないさ」とべつのルーグがいった。にやっと笑って、「トラックはもうこれでいっぱいだ。来週のためにも、すこしとっておいたほうがいい」

ルーグたちは声をそろえて笑った。

彼らは、たわんだ汚い毛布に奉納物をつめこんで、道を去っていった。

ウーブ身重く横たわる

Beyond Lies the Wub

大森 望◎訳

積み荷の搬入はあらかた終わっていた。船の外ではオプタス人が腕を組み、むっつりした顔で立っている。渡り板をのんびり降りてきたフランコ船長は、にやりと笑って、

「どうした？　金ならちゃんと払ってるじゃないか」

オプタス人はなにもいわなかった。ロープをかき寄せ、きびすを返して歩きだそうとする。船長はブーツで相手のロープのすそを踏みつけて、

「ちょっと待った。話はまだ終わってない」

「ほう？」オプタス人が重々しくふりかえった。「わたしは村にもどる」宇宙船に向かって渡り板を追い立てられていく動物や鳥たちを見やって、「また、狩りの準備をはじめねばならぬ」

フランコはたばこに火をつけた。

「ああ、そうしろよ。おまえたちはまた草原に出て、好きなだけ狩りができる。しかしこっちは、まかりまちがえば、火星と地球の中間で食糧が――」

オプタス人は黙って歩き去った。フランコは渡り板の下で、一等航海士と合流した。

「出航準備はどうだ？」とたずねて、フランコは腕時計に目をやり、「この星じゃ、いい買い物ができたな」

一等航海士は船長に辛辣《しんらつ》な視線を向けた。

「得をする者がいれば、損をする者もいます」

「なにをいうか。こっちのほうが連中以上に切実に必要としているんだ」

「失礼します、船長」

火星産の脚の長いゴーバードたちのあいだを縫うようにして、航海士は渡り板を船へともどっていった。フランコは、そのうしろ姿を見送った。あとについて、自分も板を登ろうと足を踏みだしかけたとき、それに気づいた。

「なんてこった！」

フランコは腰に両手をあてて、おおきく目を見開いた。ピータースンが顔を真っ赤にして、それをひもでひきずりながら、道をやってくる。

「すみません、船長」

ピータースンはひもをひっぱりながらいった。フランコはそちらのほうへ歩み寄った。

「なんだ、そいつは？」

四本足で立っていたそれの巨体が、見ているうちにゆっくり沈みこんでゆく。目を半分閉じ、地面に体を近づける。蝿が二、三匹、胴体のまわりをぶんぶん飛びまわっている。それはしっぽでぴしゃりと蝿をたたいた。

それは地面にすわった。しばし沈黙が流れた。

「ウーブです」とピータースンがいった。「現地人から五十セントで買いました。ずいぶんめずらしい動物で、たいへん珍重されているそうです」

「こいつがか？」フランコはウーブの横腹の広々した斜面をつっついた。「豚じゃないか！　ばかでかくてきたならしい豚だ！」

「はい、船長、こいつは豚です。ただ、現地人はウーブと呼んでるんです」

「しかしでかい豚だな。四百ポンドはありそうだ」

フランコはごわごわした荒い毛をひと房ぐいとつかんだ。ウーブがあえぎ声をもらす。ちいさくてうるんだ目がぱっちり開いた。巨大な口がゆがむ。

涙の粒がウーブの頰をつたい、地面に落ちてはじけた。

「食用になるかもしれません」ピータースンがおちつかない口調でいった。

「すぐにわかる」とフランコはいった。

ウーブは離陸の衝撃にもめげず、船倉でぐっすり眠りこけていた。宇宙船が大気圏を離脱し、すべて順調に運んでいるのを確認すると、フランコ船長は部下に命じてウーブをブリッジに連れてこさせた。どんな種類の動物なのかたしかめてやろうという腹づもりだった。

ウーブは鼻を鳴らし、哀れっぽく鳴きながら、せまい通路をよたよた歩いてきた。

「さあ、来い」

ロープをひっぱりながら、ジョーンズがどなりつけている。ウーブは身をよじり、なめらかなクロームの壁に肌をこすりつけた。つぎの瞬間、休憩室にとびこんだウーブは、勢いあまってつんのめり、その巨体をぶざまに投げ出した。乗組員たちがはじかれたように立ち上がる。

「おやまあ」とフレンチがいった。「なんだ、こりゃ」

「ピータースンはウーブと呼んでた」とジョーンズが答える。「やつの買い物なんだ」

ジョーンズが蹴っとばすと、ウーブはぜえぜえ息を吐きながら、ふらつく四本足で立ち上がった。

「どうかしたのか、そいつ？」フレンチがそばにやってきて、「病気かな？」

乗組員たちはウーブを見つめた。ウーブは悲しげに目をしばたたき、周囲の人間たちを見わたした。

「のどが渇いてるんだろう」

ピータースンがそういって、水をくみにいった。フレンチはやれやれというように首を振り、

「離昇に骨が折れたわけだ。バラスト計算をぜんぶやりなおさなきゃならなかったんだぜ、まったく」

ピータースンが水を持ってもどってきた。ウーブは乗組員たちに水しぶきをはねちらかしながら、うれしそうにがぶがぶ飲みはじめた。

フランコ船長が休憩室の戸口に姿を見せた。

「ひとつ調べてみるとするか」

船長はウーブのそばに歩み寄ると、値踏みするような目でウーブの体をながめまわした。それから、ピータースンに向かって、

「五十セントで買ったといったな?」

「はい、船長」とピータースンが答える。「ほとんどなんでも食べます。最初は穀物をやったんですが、喜んで食べました。それからじゃがいも、かいば、残飯、ミルク。食べるのが好きみたいです。食べちまうと横になって眠るんでさ」

「なるほど。となると、つぎはこいつの味だな。それがいちばんの問題だ。これ以上ふとらせてもしかたあるまい。これだけ大きければじゅうぶんだ。料理長はどこにいる? 連

れてこい。こいつが食べられるかどうか――」

ウーブは水を飲むのをやめて、船長の顔を見上げた。

「船長、じつのところ、ほかにも話しあうべきことがあると思うんだがね」と、ウーブはいった。

部屋の中が水を打ったように静まりかえった。

「なんだ、あれは？」とフランコがいった。「いまのは？」

「ウーブです、船長」とピータースン。「ウーブがしゃべりました」

乗組員たちはみんな、ウーブを見つめた。

「なんといった？　なんといったんだ？」

「ほかにも話しあうべきことがある、と」

フランコはウーブにさらに近づいた。周囲をぐるっとまわり、あらゆる角度からためつすがめつする。それから、部下たちのところにもどってきて、

「現地人が中にはいっているのかもしれんな」と、ゆっくりいった。「腹を切り裂いて、調べてみたほうがよさそうだ」

「やれやれ、まったく！」ウーブが叫んだ。「きみたちはそんなことしか考えられないのかね、殺すとか切り裂くとか」

フランコは両のこぶしをかためた。

「出てこい！　だれだか知らんが、とっとと出てくるんだ！」

なにひとつ動かなかった。乗組員たちはひとかたまりになって、ぽかんとした顔でウーブを見つめている。ウーブがしっぽをひとふりした。だしぬけに、ウーブはおくびをもらし、

「これは失礼」

「だれもはいってないような気がするな」と、ジョーンズが低い声でいった。乗組員たちはそろって目を見合わせた。

料理長が部屋にはいってきた。

「ご用ですかい、船長？　ありゃま、なんです、こいつは？」

「ウーブだ」と船長はいった。「食用になると思うんだが。こいつのサイズを計って、何人分の食糧になるかを——」

「やはり、われわれは話しあったほうがよさそうだね」とウーブがいった。「必要とあれば、この問題をきみと討議することにやぶさかではないよ、船長。きみとわたしのあいだには、いくつか基本的な点で見解の相違が見られるようだから」

船長の返答には長い時間がかかった。ウーブはのど袋の水をなめながら、気のいい態度で待っていた。

「わたしの執務室に来い」

と、船長はようやくいった。きびすを返して、部屋を出てゆく。ウーブは四本足で立ち上がり、よたよたとそのあとをついていった。乗組員たちはウーブのうしろ姿を見送った。ウーブが階段を上がっていく足音が聞こえた。

「いったいどういう結論になるんだろうな」料理長がだれにともなくいった。「まあいい、おれは厨房にいる。結果がわかりしだい教えてくれ」

「いいとも」とジョーンズがいった。「いいとも」


ウーブは吐息をついて、部屋のすみに身をくつろがせた。

「もうしわけない」とウーブはいった。「どうも、いろんな姿勢でくつろぐことが習い性になっているみたいでね。わたしくらい体がおおきいと――」

船長はじれったそうにうなずいた。デスクの前にすわると、両手を組み合わせて、

「よし、本題にはいろう。おまえはウーブだな？　まちがいないな？」

ウーブは肩をすくめた。

「だろうね。そう呼ばれているよ、つまり、現地人たちからは。われわれにはわれわれの呼びかたがあるが」

「で、英語をしゃべれるわけか？　これまで地球人と接触したことがあるのか？」

「いや」

「じゃあ、どうしてしゃべれるんだ？」

「英語を？　わたしは英語をしゃべってるのかね？　とりたててなにをしゃべっているという意識もないが。ただ、きみの心を調べて——」

「わたしの心を？」

「というより、その内容を、だね。とくに、いわば語彙の貯蔵庫を調べて——」

「なるほど、テレパシーというわけか。当然そういうことになるな」

「われわれは、とても古い種族なのだ。とても古くて、とても重い。動きまわるのがたいへんでね。われわれほど動きが緩慢で体重が重い生物だと、もっと活動的な種族のなすがままに生きるしかないことは理解していただけるだろう。物理的な防御手段に頼ることは無意味だ。勝てるわけがないからね。重すぎて走れないし、やわらかすぎて闘えないし、気質が善良すぎて、楽しみのために狩りをすることもできない——」

「じゃあ、なにを食べて生きてるんだ？」

「植物。野菜だね。ほとんどなんでも食べられる。われわれはたいへんおおらかな種族なのだよ。寛容、闊達《かったつ》、そして無限の包容力がある。生き、かつ生かす。そうやって暮らしてきたわけだ」

　ウーブは船長を見やった。

「だからこそ、わたしを料理するという目下の懸案事項については、猛反対せざるを得なかった。きみの心の中にあるイメージが見える――わたしの体の大部分は冷凍貯蔵庫の中、一部分は鍋の中、細切れは猫のえさ――」

「じゃあ、心が読めるんだな」と船長。「じつにおもしろい。ほかにもあるのか？　つまり、その種のことでは、ほかになにができる？」

「二、三、つまらないことがね」ウーブは部屋の中を見まわしながら、気のない口調でいった。「なかなかいい部屋だね、船長。それに、きれいにかたづいている。きれい好きの生命体は尊敬にあたいするよ。火星の鳥の中に、とてもきれい好きな種族がいてね。巣の中のものをどんどん放り出して掃除を――」

「ああ、そうだな」船長はせっかちにうなずいた。「しかし、目下の問題は――」

「たしかに問題だ。わたしを食べるということだったね。わたしは美味だといわれているようだ。多少脂っこいが、肉はやわらかいとか。しかし、きみたちがそのような野蛮な手段に訴えるとなると、わたしの種族ときみたちの種族のあいだに永続的な関係を打ち立てることはとても不可能になるんじゃないかね。それよりも、さまざまな問題をわたしと話しあうほうが賢明だと思う。哲学、芸術――」

　船長は立ち上がった。

「哲学、か。来月になれば、われわれの食糧をどうするかという問題が切実になると知ったら、おまえも興味を持つかもしれんな。食糧調達が不首尾に終わった結果――」

「わかっている」ウーブはうなずいた。「しかし、きみたちの民主主義の原則からすれば、全員でくじを引くとか、そういうやりかたのほうが適切なのではないかね？　けっきょく民主主義とは、このような権利の侵害から少数者を守るためのものだ。そこで、われわれがひとり一票ずつ投じるとすれば――」

船長は戸口に向かって歩きだした。

「おまえのごたくは聞き飽きた」

そういってドアをあけた瞬間、フランコ船長の口があんぐりあいた。

船長は、ノブを握り、ぽかんと口をあけたまま、おおきく目を見開いて凍りついたように立ちつくしていた。

ウーブは船長を見守っていたが、やがて船長の横をすり抜け、部屋を出ると、瞑想にふけるような顔つきで廊下を去っていった。

部屋の中は静かだった。

「これでおわかりのとおり」とウーブがいった。「われわれには共通の神話がある。きみたちの心の中には、おなじみの神話的象徴がたくさんある。イシュタル、オデュセウス――」

ピータースンは黙ってすわったまま、床に目を落としていた。椅子の上でおちつかなげに身じろぎする。

「つづけろ」と、ピータースンは命じた。「先をつづけてくれ」

「きみたちのオデュセウスは、自意識を持つ種族のほとんどに共通する神話的人物なのだ。いいかえれば、オデュセウスは自分がひとりの人間であることを自覚している個人として放浪する。そこには決別のモチーフがある。家族や国家との決別のモチーフ。すなわち、個人を形成するプロセスだよ」

「しかし、オデュセウスは故郷に帰ってくる」ピータースンは舷窓に目をやった。空虚な宇宙で激しく燃える星々、数えきれぬほどの星々に視線をさまよわせる。「最後には帰郷するじゃないか」

「すべての生物が、最終的にはそうしなければならない。決別の時は、一時的なものでしかない。魂の、つかのまの旅だよ。それは始まり、そして終わる。放浪者は、祖国と同胞のもとに帰還する……」

ドアが開いた。ウーブは言葉を切り、巨大な頭を戸口のほうにめぐらせた。

フランコ船長がはいってきた。うしろには部下たちがつきしたがっている。一行は戸口のところで足を止めた。

「だいじょうぶか？」とフレンチがたずねる。

「おれのことかい？」ピータースンがびっくりしたようにききかえした。「なんでまたそんなことを？」

　フランコ船長は銃をおろした。

「こっちに来い」と、ピータースンに向かっていう。「立って、こっちに来るんだ」

　沈黙。

「行くといい」とウーブがいった。「わたしのことは気にしなくていいから」

　ピータースンは立ち上がった。「なんの用です？」

「命令だ」

　ピータースンは戸口に歩いていった。フレンチがその腕をつかむ。

「どういうことです？」ピータースンは腕を自由にしようと体をひねった。「いったいなにがあったんです？」

　フランコ船長はウーブのほうに歩み寄った。壁によりかかって部屋のすみにうずくまっていたウーブが目を上げた。

「おもしろい」とウーブがいった。「わたしを食べるという考えにそれほど固執するとはね。じつに不思議だ」

「立て」とフランコ。

「おおせのままに」ウーブはブーブー鼻を鳴らしながら身を起こした。「せかさないでくれないか。たいへんなのだよ」

ウーブはやっと立ち上がり、息をあえがせた。だらりと垂れ下がった舌が、なんとも間が抜けて見える。

「よし、撃て」フレンチがいった。

「まさか！」

ピータースンが叫んだ。ジョーンズが、恐怖でどんよりした目をさっとピータースンのほうに向けて、

「あれを見てないだろ——銅像みたいにつっ立って、あんぐり口をあけていた。おれたちが助けなかったら、まだあのまま立ってたはずだ」

「だれのことだ？　船長か？」ピータースンは周囲を見まわした。「でも、いまはぴんぴんしてるじゃないか」

人間たちはウーブを見つめた。部屋の中央に四本足で立ち、巨大な胸を上下させている。

「さあ」とフランコ船長がいった。「そこをどけ」

部下たちは戸口にかたまって、場所をあけた。

「ひどくおびえているようだね」とウーブがいった。「わたしがなにかしたかね？　わたしは、だれかを傷つけるという考えには反対だ。さっきは自分の身を守ろうとしただけだよ。それとも、わたしが喜んで死を受けいれるとでも思ったかね？　わたしはきみたち同様、感情を持つ生物なのだよ。わたしにも好奇心がある。きみたちの船を見たかったし、

きみたちのことを知りたかった。わたしはあの星の原住種族たちに申し出て――」

船長の持つ銃がぴくりとふるえた。

「やっぱりな」と船長がいった。「そうだと思った」

ウーブは息をはあはあさせながら床にすわりこんだ。足を広げて、しっぽを体のまわりに巻きつける。

「暑いな」とウーブはいった。「ここは推進装置に近いようだね。原子力か。きみたちは原子力で多くのすばらしい成果をあげた――技術的にね。しかしどうやら、きみたちの科学的ヒエラルキーをもってしても、道徳的、倫理的問題の解決は――」

フランコ船長は、背後にかたまって、押し黙ったまま目をまるくして成り行きを見守っている部下たちのほうをふりかえった。

「おれがやる。おまえたちは見ていろ」

フレンチがうなずいて、

「脳をぶち抜くんです。どうせ脳は食べられませんから。胸にはあてないほうがいい。肋骨が砕けちまったら、あとで骨をとるのに苦労しますぜ」

「なあ」ピータースンが唇をなめながらいった。「こいつがなにかしたのかい？　どんな悪いことをしたっていうんだ？　教えてくれ。それに、ともかくこいつはまだおれのもんだ。撃つ権利なんかないぞ。あんたの持ち物じゃないんだから」

フランコが銃を構えた。

「おれは遠慮する」ジョーンズが気分の悪そうな真っ青な顔でいった。「見たくない」

「おれもだ」とフレンチ。

乗組員たちはなにかささやきあいながら、よろよろと部屋を出ていった。ピータースンだけが、まだ戸口でぐずぐずしている。

「そいつ、神話の話をしてくれてたんだ。だれも傷つけたりしないよ」

ピータースンは部屋を出た。

フランコはウーブのほうに歩み寄った。ウーブがのろのろと顔をあげ、ごくりと唾を飲んだ。

「じつにばかげたふるまいだといわざるを得ないね」とウーブはいった。「きみがこんなことをしたがるとは残念だよ。きみたちの救世主が使ったたとえ話に、たしかこういうのがあった――」

ウーブは言葉を切り、銃を見つめた。

「わたしの目を見つめたままでやれるかな?」とウーブはいった。「できるかね?」

船長はウーブを見下ろした。

「できるとも。家の裏の農場にはやまほど豚がいたからな。小汚い、半分野生の豚どもが」

ウーブのきらきら光る潤んだ目を見つめながら、船長は引き金を引いた。

味は抜群だった。

乗組員たちはむっつりした顔で食卓を囲んでいた。まるで手をつけていない者もいる。喜んで食べているのはただひとり、フランコ船長だけだった。

「もっとどうだ」と部下たちの顔を見まわしながら、船長はいった。「もっと食べないか。それに、ワインももう少し」

「けっこうです」とフレンチがいった。「そろそろ航宙室にもどらないと」

「おれも」ジョーンズが椅子を引いて立ち上がった。「では、のちほど」

船長は出ていくふたりを見送った。ほかにも何人か、もぐもぐと詫びをいって席を立った。

「いったいどうしたんだろうな」

船長はそういって、ピータースンのほうを向いた。ピータースンはじっとすわって、自分の皿に目を落としている。ポテト、グリーン・ピース、そして、やわらかくて熱々のぶあつい肉片。

ピータースンは口を開いた。声が出てこない。

船長はピータースンの肩に手を置いた。

「もう、ただの有機物のかたまりでしかない」と船長はいった。「生命の本質はもうないんだ」

船長はちぎったパンで肉汁をすくいあげ、口に運んだ。

「わたし自身は、食べるのが大好きだ。生きる楽しみとしては最高のもののひとつだな。食べ、休み、考え、議論する」

ピータースンはうなずいた。乗組員のうちさらにふたりが席を立ち、出ていった。船長は水を飲み、吐息をついた。

「ふむ、こいつはじつに楽しい食事だといわねばならんな。これまでに耳にした報告はすべてほんとうだった——ウーブの味については。すばらしい。こんなうまいものをこれまで食べずにいたとは」

船長はナプキンで口もとをぬぐい、椅子の背に体をあずけた。ピータースンは意気消沈したようすで、テーブルに目を伏せている。

船長は熱のこもった視線をピータースンに向けた。身を乗り出して、

「さあ、どうしたんだ。元気を出せ！　議論をはじめようじゃないか」

船長はにっこりした。

「この前は途中まで話したところでじゃまがはいったが、神話におけるオデュセウスの役割は——」

ピータースンはびくっとして目を上げた。

「いいかね」と船長はいった。「オデュセウスは、わたしの理解するところでは——」

にせもの
Impostor

大森 望◎訳

「近いうちに休みをとるぞ」

朝食のテーブルで、スペンス・オーラムはそう宣言した。妻のほうに目をやって、

「あれだけ働きづめに働いてきたんだ、休暇をとる権利くらいあるはずだ。十年といえば短い歳月じゃない」

「でも、〈プロジェクト〉のほうは？」

「おれがいなくたって戦争には勝つ。おれたちが乗っかってるこのどでかい土のかたまりは、じつのところ、それほど深刻な危機にあるわけじゃない」椅子にすわったオーラムは、たばこに火をつけて、「ニュースマシンは情報を改竄《かいざん》して、外宇宙人《アウトスペーサー》がすぐ真上まで来てるってなことをいってるが、なに、そんなものはうそっぱちさ。なあ、休暇がとれたら、おれがなにをしたいかわかるか？　キャンプに行くんだよ、町の外の山へ。ほら、前に行

ったことがあるだろう。おれがうるしにかぶれて、おまえは毒ヘビを踏んづけそうになった」

「サットンの森のこと？」メアリは食器をかたづけはじめた。「あの森なら、二、三週間前に焼けちゃったわよ。知らなかったの？　山火事かなんかで」

オーラムはがっくり肩を落とした。

「原因の調査もなかったのか？」唇の端をゆがめて、「いまじゃだれも、そんなこと気にしないんだな。戦争のことしか頭にない」

オーラムは奥歯をぎゅっと噛みしめた。すべてが一枚の絵となって脳裏にひらめく。外宇宙人、戦争、ニードル・シップ……。

「ほかに考えられることなんか、あるわけないじゃない」

オーラムはうなずいた。ああ、たしかにメアリのいうとおりだ。アルファ・ケンタウリからやってきた黒くてちっぽけな船の一団は、地球の巡洋艦をやすやすとだしぬいた。彼らの前では、地球艦隊など、ひっくりかえった亀にひとしい。戦闘は一方的で、防衛ラインはじりじりと地球に向かって後退しつづけていた。

だが、ついに、ウェスティング・ハウス研究所が防護《プロテク》バブルを開発した。バブルはまず地球上の主要都市をおおい、最終的には惑星全体を包みこむことになった。バブルこそ、われわれにとってはじめての、真の防衛作戦であり、外宇宙人に対してはじめてわれわれの力を示したものである――とニュースマシンは宣言した。

しかし、戦争に勝つとなると話はべつだ。ありとあらゆる研究機関、ありとあらゆるプロジェクトが、昼夜をわかたずたえまなく働きつづけ、模索していた。たんなる防御以上のもの――敵を打倒できる兵器を。オーラム自身が参加しているプロジェクトもそのひとつだ。連日連夜、来る年も来る年も、研究に明け暮れる生活。

オーラムは、たばこの火を消して立ち上がった。

「ダモクレスの剣だな。いつも頭の上にぶらさがっている。もううんざりだよ。とにかく長い休暇をとりたい、願いはそれだけだね。もっとも、みんなそう思ってるだろうけど」

クローゼットからジャケットをとると、オーラムはフロント・ポーチに出た。そろそろシュートが来るころだ。その高速小型車に乗れば、プロジェクト・ビルまでは一直線だ。

「ネルスンが遅れなきゃいいが」腕時計に目を落とし、「もう七時だぞ」

「来たわ」

家並みのあいだに目をこらしていたメアリがそういった。家々の屋根の上で太陽が輝き、その光が鉛板に照りはえている。居住区はしんと静まりかえっていた。起きているのはまだほんの二、三人だけ。

「いってらっしゃい。残業はほどほどにしてね、スペンス」

オーラムは車のドアをあけ、中にすべりこんだ。ひとつためいきをついて、シートに身をあずける。車にはネルスンのほかにもうひとり、年配の男が乗っていた。「で」小型車が驀進《ばくしん》しはじめると、オーラムは口を開いた。「なにか耳寄りなニュースはあるかい？」

「あいかわらずだね」とネルスン。「外宇宙人の船が二、三隻で新たな攻撃をかけてきた。こちらは、戦略上の観点から、またひとつ小惑星を放棄」

「プロジェクトが最終段階にはいれば、戦況も好転するはずだ。ニュースマシンの宣伝にだまされてるだけかもしれんが、しかし先月は、なにもかもつくづくいやになったよ。なにもかも暗くて深刻で、人生に楽しいことなんかひとつもないって感じだった」

「この戦争が無駄だというのかね？」年配の男が唐突に口を開いた。「きみだって、戦争にとって必要不可欠の人員のひとりなんだぞ」

「こちらはピーターズ少佐だ」

とネルスンが紹介した。オーラムはピーターズと握手しながら、相手を値踏みした。

「こんな朝早くから、いったいなんの用です？」とオーラム。「プロジェクト・ビルでお会いしたことはないようですが」

「ああ、わたしはプロジェクトの一員ではない。しかし、きみの仕事のことならいくらか知っている。わたし自身の仕事はまるで畑ちがいだがね」

ピーターズとネルスンがさっと目くばせをかわした。それに気づいて、オーラムは不愉快になった。車はスピードを上げ、荒れ果てた不毛の大地を、彼方に見えるプロジェクトのビル群に向かって疾駆している。

「どういうお仕事です？」とオーラムはたずねた。「それとも、話しちゃいけない規則ですか？」

「政府関係の仕事をしている。ＦＳＡ、保安セクションだよ」

「ほう？」オーラムは眉を上げた。「この地域に敵の潜入でも？」

「率直にいうと、わたしはきみに会いにきたのだよ、オーラムくん」

オーラムはめんくらった。ピーターズの言葉を反芻《はんすう》してみたが、思い当たる節はない。

「わたしに会いに？　どんな用です？」

「外宇宙スパイであるきみを逮捕するためだよ。だからこんな朝早くから起きてきたんだ。ネルスン、彼を確保しろ――」

オーラムの脇腹に銃がつきつけられた。感情をおさえていた理性の糸が切れたのか、ネルスンの手はぶるぶるふるえ、顔は蒼白になっている。ネルスンは深く息を吸い、ゆっくりと吐き出した。

「いま殺しますか？」と、ネルスンがピーターズにささやく。「いますぐ殺したほうがいいと思います。時間を無駄にはできません」

オーラムは友人だったはずの男の顔を見つめた。口を開いてなにかいおうとするが、言葉が出てこない。ネルスンとピーターズは、ふたりとも恐怖にこわばったきびしい表情で、まっすぐこちらを見返してくる。オーラムはめまいを感じた。頭痛がひどく、頭の中がぐるぐるとまわる。

「わからない」オーラムはつぶやくようにいった。

そのとき、シュート・カーが大地を離れ、宇宙に向かって舞い上がった。眼下のプロジェクト・ビルは急速にちいさくなり、やがて見えなくなった。オーラムは口を閉じた。

「多少の時間はある」とピーターズがいった。「処刑の前に、いくつか尋問しておきたい」

オーラムはどんよりした目で、宇宙空間を疾駆する車の前方を見つめていた。

「逮捕は無事完了いたしました」ピーターズが映話スクリーンに向かっていった。スクリーンには、保安局長の顔が映しだされている。「これでみんな、肩の荷がおりるでしょう」

「なにか問題は？」

「いいえ、なにも。やつはまるで疑わずに車に乗ってきました。わたしが同乗していたことにも、とくに不審の念は抱かなかったようです」

「いまどこだ？」

「離脱の途中で、防護バブルのすぐ内側まで来ています。最高速度でそちらに向かっているところですよ。最大の危機は脱したと見ていいでしょう。さいわい、この車の離陸ジェットは快調に作動してくれました。もし離陸時になにか問題が起きていたら……」

「やつをスクリーンに出してくれ」

と、保安局長がいった。まっすぐオーラムの目をのぞきこんでくる。オーラムは両手をひざの上において、正面を向いていた。

「この男がそうなのか」

保安局長はしばらくオーラムを見すえていた。オーラムはなにもいわなかった。やがて、局長はピーターズに向かってうなずいてみせ、

「よろしい。もうじゅうぶんだ」

保安局長の顔にきざまれたかすかなしわが、嫌悪感を物語っていた。

「見たいだけのものは見た。きみのやりとげたことは、長く記憶されるだろう。諸君に対しては、なんらかの勲章が与えられるはずだ」

「いえ、当然のことをしたまでですから」とピーターズ。

「現時点での危険はどの程度だね？　いまでもまだ、可能性としては……」

「多少の危険性はありますが、心配するほどのことはありません。わたしの理解しているかぎりでは、引き金となる特定の言葉を声に出していう必要があるはずです。どのみちある程度のリスクは避けられませんから」

「ムーンベースに、まもなくきみたちが到着すると連絡しておく」

「いえ、せっかくですが」と、ピーターズは首を振った。「ベースから離れた場所に着陸するつもりです。基地を無用の危険にさらしたくありません」

「わかった。きみがいいと思うようにしたまえ」

局長は最後にもう一度オーラムを一瞥《いちべつ》した。その目がきらりと光る。それから、彼の映像が薄れ、スクリーンは空白になった。

オーラムは窓に視線を移した。船はすでに防護バブルを抜け、ますますスピードを上げながら驀進している。ピーターズはよほど急いでいるらしい。足もとの床下では、全開にしたジェット・エンジンが轟音をあげている。彼らは不安に駆られ、狂ったように急いでいる。そして、そのすべての原因がオーラムなのだ。

となりの座席のネルスンが、おちつかなげに身じろぎした。

「いますぐやったほうがいい」とネルスンはいった。「おしまいにできるなら、なんだってしますよ」

「まあおちつけ」とピーターズ。「しばらく船の操縦をかわってくれ。この男と話がしたい」

ピーターズは身をすべらせてオーラムのとなりにすわると、じっと顔をのぞきこんできた。やがておずおずと手をのばし、オーラムの腕に、それから頰に、手を触れた。

オーラムはなにもいわなかった。メアリに連絡がつきさえすれば。またそう考えた。メアリに知らせる手段さえあれば。

オーラムは周囲を見まわした。でも、どうやって？　映話スクリーン？　銃を手にしたネルスンが制御装置のそばにすわっている。やれることはなにひとつない。おれは罠に落ち、囚《とら》われの身になったのだ。

でも、いったいどうして？

「いいか」とピーターズが口を開いた。「おまえにききたいことがいくつかある。この船の目的地は知っているな。われわれは月に向かっている。あと一時間で、月の裏側の、無人の荒野に着陸する。そのあと、おまえはただちに、そこで待機しているチームにひきわたされる。そして、おまえの体はそくざに破壊される。どういうことかわかるか？」

ピーターズは腕時計に目を落とし、

「あと二時間で、おまえの体はばらばらになって、風景の一部になる。指一本残らんだろう」

オーラムは必死に茫然自失の状態から抜け出して、

「いったいどういうことなのか、説明を――」

「もちろん説明するさ」ピーターズはうなずいた。「二日前、一隻の外宇宙船が防護バブルを突破したとの報告があった。その船から、ヒューマノイド・ロボットのスパイが降りた。ロボットはある人間を殺害し、その人間になりすました」

ピーターズはおだやかに視線をオーラムに向けた。

「ロボットの体内にはU爆弾がしかけられている。報告してきた情報部員は、爆弾の起爆方法を特定できなかったが、おそらく、一種の合言葉――ある特定の単語の組み合わせによって爆発するのではないかと推測している。ロボットは、殺した相手の人生をのっとって、その男の仕事や社会生活をそのままひきつぐはずだ。その男そっくりに設計されているからね。だれにもそのちがいは判別できない」

オーラムの顔は、死人のように真っ青になった。

「ロボットがなりすました相手というのが、スペンス・オーラムだった。研究プロジェクトの上級技術者。というのも、彼のプロジェクトは最終段階に近づいていたから、歩く爆弾をまっすぐプロジェクトの心臓部に送りこむことで――」

オーラムは自分の両手を見下ろした。

「でも、ぼくはオーラムだ！」

「オーラムを見つけだし、殺害してしまえば、彼の生活をひきつぐのはかんたんだ。ロボットは、八日前に船から降りたものと考えられる。交替がおこなわれたのは、おそらく先週末、オーラムが山歩きに出かけたときだろう」

「でも、ぼくはオーラムだ」彼は制御装置の前にすわっているネルスンのほうを向いた。

「ぼくがわからないのか？　二十年来の知り合いじゃないか。いっしょにカレッジに行ったのを忘れたのか？」

　オーラムは立ち上がった。

「大学でもいっしょだった。ひとつ屋根の下で暮らしたこともあったのに」

といいながら、ネルスンのほうへと歩きだす。

「おれに近づくな！」ネルスンがうなり声をあげた。

「なあ、二年生のときのことを覚えてるだろう？　ほら、あの女の子……名前は……」オーラムは額の汗をぬぐった。「黒髪の女の子だ。テッドの家で会った……」

「やめろ！」ネルスンは狂ったように銃をふりまわした。「それ以上聞きたくない。おまえはあいつを殺したんだ！　おまえが……機械め！」

　オーラムはネルスンの目を見つめて、

「きみはまちがったんだ。なにがあったのかは知らんが、ロボットはぼくのところには来なかった。たぶん、船が墜落したとか……なにか事故が起きたにちがいない」

　それから、またピーターズのほうをふりかえり、

「ぼくはオーラムだ」と、さっきのせりふをくりかえした。「それはぼくがいちばんよく知っている。交替なんかなかった。ぼくはむかしとおなじぼくだ」

　オーラムは自分の体に両手を触れた。

「なにか証明する方法があるはずだ。地球に連れもどしてくれ。X線検査でも心理テストでも、あんたたちが納得できるやりかたで好きなように検査してみてくれ。それとも、墜落した宇宙船の残骸が見つかるかもしれない」

ピーターズもネルスンも押し黙ったまま口を開かない。

「ぼくはオーラムだ」と、またくりかえす。「本人がいうんだからまちがいない。証明できないだけなんだ」

「ロボットは、自分が本物のスペンス・オーラムでないことに気づかないはずだ」とピーターズがいった。「心も体もオーラムになりきっている。人工的なにせの記憶を植えつけられているだろう。見かけはオーラムそっくり、オーラムの記憶を持ち、オーラムのように考え、オーラムとおなじ趣味を持ち、オーラムとおなじ仕事をする。

ただし、ひとつちがいがある。ロボットの体の中にはU爆弾があって、合言葉の引き金が引かれるとたちまち爆発する」

ピーターズはわずかに身を引いて、

「それが唯一のちがいだ。だからわれわれは、きみを月に連れてゆく。そこできみはばらばらにされ、爆弾を除去される。ひょっとしたら爆発するかもしれんが、あそこでならどうということはない」

オーラムはのろのろと腰をおろした。

「もうまもなく到着だよ」とネルスンがいった。

オーラムは座席に身をあずけて、死にもの狂いで頭をはたらかせた。船はゆっくりと降下しはじめている。眼下には月の地表のあばた面が広がっている。はてしない荒野。いったいなにができる？　どうすれば助かる？

「用意をしろ」とピーターズがいった。

もう二、三分で、おれは死ぬことになる。眼下にちっぽけな点がひとつ見分けられた。なにかの建物だろう。そこには爆発物処理班のクルーたちがいて、おれを八つ裂きにしようと手ぐすねを引いている。やつらはおれの体を引き裂き、腕と脚を切断し、ばらばらにしてしまう。爆弾がないのを知ったらびっくりするだろう。そのときになれば、やつらにもわかる。だが、それではあとの祭りだ。

オーラムはせまいキャビンの中を見まわした。ネルスンはまだ銃をかまえている。やはり、映話スクリーンはだめだ。医者のところへ行って検査してもらう——望みはそれしかない。メアリなら助けてくれるだろう。オーラムは必死に考えた。焦りはつのるばかり。なんとかしてメアリに連絡しなければ。

「おちつけ」

と、ピーターズがいった。船はゆっくりと降下して、ごつごつした月面に着地した。沈黙。

「頼む、聞いてくれ」

オーラムは必死の声で切りだした。

「ぼくがスペンス・オーラムであることは証明できる。医者を呼んでくれ。ここで検査をやってくれれば――」

「処理班です」と、ネルスンが指をさした。「こっちに向かってる」

神経質な視線をオーラムに投げて、

「なにも起きなければいいが」

「連中が仕事にかかる前に、こっちは出発する」とピーターズ。「あっというまに月からおさらばだ」

ピーターズは気密服に体を押しこんだ。用意ができるとネルスンから銃を受けとり、

「しばらく見張りをかわろう」

ネルスンはぎこちない手つきでそそくさと気密服を着こみ、

「こいつはどうしますか？」とオーラムを指さした。「やっぱり気密服がいるかな？」

「いや」ピーターズは首を振った。「ロボットに酸素は必要ないはずだ」

処理班の一団は、もう船のすぐそばまで来ていた。足を止めて、三人が出てくるのを待っている。ピーターズが彼らに合図を送った。

「さあ！」

ピーターズが手を振ると、男たちはおっかなびっくり近づいてきた。ふくれあがった気密服に包まれたその姿は、人間離れしてグロテスクだった。

「ドアをあけたら、ぼくは死ぬ」とオーラムはいった。「殺人だぞ」

「あけてやるさ」

ネルスンがいって、ハンドルに手をのばした。

オーラムはじっとそれを見守った。ネルスンの手が金属のハンドルをきつく握りしめる。一瞬後にはドアがさっと開き、船内の空気が抜け出してしまうことになる。オーラムは死に、やがて彼らはあやまちに気づくだろう。こういう状況でなければ――戦時下でさえなければ、彼らもこんなまねはしなかったはずだ。不安につき動かされて、ひとりの人間をおおあわてで死に追いやるようなまねは。だがいまは、だれもかれも恐怖におびえている。だれもかれも、集団の恐怖に負けて人ひとりを犠牲にすることに、なんの痛痒《つうよう》も感じていない。

おれはもうすぐ殺される。恐怖のあまり、彼らがおれの罪状がはっきりするまで待てなかったばっかりに。時間が足りないのだ。

オーラムはネルスンを見やった。ネルスンとは長年の友人だ。おなじ学校に通い、ネルスンの結婚式では花婿の付き添い人をつとめた。いま、そのネルスンが、おれを殺そうとしている。だが、ネルスンに悪意はない。彼のせいじゃない。時代が悪かったのだ。ペストが大流行した時代も、きっといまとおなじだったのだろう。肌に斑点が出れば、ためらいも証拠もなく、疑わしいというだけで殺された。危険に満ちた時代にあっては、ほかに選択の余地はない。

彼らを責めるつもりはなかった。しかし、いまここで死ぬわけにはいかない。ひとつしかない命を、はいそうですかと犠牲にするなんて願い下げだ。

オーラムはすばやく策をめぐらせた。なにができる？　方法はあるのか？　必死にあたりを見まわし、逃げ道をさがす。

「さあ、あけるぞ」とネルスン。

「ああ、いいとも」オーラムの口から、自分でもびっくりするような声がもれた。やけっぱちの強みだ。「おれに空気はいらない。ドアをあけるんだな」

ネルスンとピーターズは動きを止め、警戒するようにオーラムの表情をうかがった。

「やれよ。あけるんだ。どのみちおなじことだからな」

オーラムの片手がジャケットの内側に消えた。

「おまえたちふたり、どこまで走れるかな」

「走る？」

「生きていられるのもあと十五秒だ」

ジャケットの中の指がひねるようなしぐさをした。腕が急にこわばる。オーラムは体の力を抜き、ちょっとほほえんでみせた。

「合言葉が引き金になるというのははずれだったな。その点だけはまちがっていた。あと十四秒」

ショックに茫然としたふたつの顔が、気密服の中からこちらを見つめている。それからふたりは転がるようにしてドアにとびつき、がむしゃらに開いた。空気がしゅうっという音をたてて噴き出し、真空に吸い出されてゆく。ピーターズとネルスンは船からとびだしていった。オーラムはそのあとを追ってドアのハンドルをつかみ、ひきもどした。ドアが閉じると、自動気圧調節装置が猛烈な勢いで空気を噴出しはじめた。オーラムはぶるっと身をふるわせて、息を吐き出した。

あと一秒遅かったら……。

窓の外では、とびだしていったふたりが処理班のクルーたちと合流していた。男たちは蜘蛛の子を散らすように四方八方に駆け出した。それぞれに身を投げ出し、地面に伏せる。オーラムは制御装置の前に腰をおろした。ダイアルを所定の位置にセットする。船が離陸すると、眼下の男たちはあわてて立ち上がり、ぽかんと空を見上げた。

「悪いな」と、オーラムはつぶやいた。「しかし、地球にもどらなきゃならないんだ」

オーラムは船の針路をもと来た方向に向けた。

夜だった。船のまわり一面でコオロギが鳴き、凍てつく闇を乱している。オーラムは映話スクリーンの上にかがみこんでいた。しだいに像が焦点を結びはじめる。回線は問題なくつながったのだ。オーラムは安堵のためいきをついた。

「メアリ」

と、オーラムはいった。スクリーンの中の女がこちらを見つめる。メアリは、オーラムの姿をみとめると、はっと息をのみ、

「スペンス！　どこにいるの？　いったいどうしたの？」

「それはいえない。いいか、時間がないから急いで話す。この回線も、いつ切られるかもしれないんだ。プロジェクト・ビルに行って、チェンバレン医師を連れてきてくれ。チェンバレンがいなかったら、どの医者でもいい。家まで連れてきて、待たせておいてほしい。検査装置を持ってきてもらってくれ。レントゲンや蛍光透視鏡、なにもかもぜんぶ」

「でも――」

「いうとおりにしてくれ。急いで。一時間で準備させるんだ」オーラムはスクリーンに顔を近づけた。「変わったことはないか？　いま、ひとり？」

「ひとりって？」

「だれかいっしょなんじゃないか？　もしや……ネルスンかだれかから連絡がなかったか？」

「いいえ。スペンス、どういうことなの？」

「わかった。一時間後にそっちへ行く。だれにもなにも話すな。どんな口実を使ってもいいから、チェンバレンを連れてきてくれ。病気で死にそうだとかなんとか」

オーラムは通話を切り、腕時計に目をやった。つぎの瞬間にはもう、船を出て闇の中に足を踏みだしていた。あと半マイル。

彼は歩きはじめた。


ひとつだけ、窓に明かりがともっていた。書斎だ。垣根のそばにひざまずいて、オーラムはようすをうかがった。物音もしないし、動く気配もない。腕時計を目に近づけ、星明かりに照らして文子盤を読んだ。そろそろ一時間になる。

通りをシュート・カーが走ってきた。そのまま通りすぎてゆく。

オーラムはまた、家に視線をもどした。医者はもう着いているはずだ。中でメアリと待っているのだろう。そのとき、不吉な考えが浮かんだ。そもそもメアリは家を出られたのだろうか。ひょっとすると止められたかもしれない。だとすると、家にはいるのは、まっすぐ罠に踏みこんでゆくようなものだ。

しかし、だからといってほかに方法はない。

医師のカルテやレントゲン写真、報告書を使えば、望みはある。証明するチャンスができる。検査を受けることができれば——それまでのあいだ、なんとか生き延びることができさえすれば……。

それで証明できる。おそらく、それが唯一の突破口だろう。プロジェクトの嘱託医《しょくたくい》、チェンバレン医師は、りっぱな人物だ。あの先生ならきちんと検査してくれる。こういう問題についてなら、あの先生の言葉は重みを持つはずだ。やつらのヒステリー、やつらの狂気を、事実でねじ伏せることができる。

狂気——まさしくそれだ。もうちょっと待ってくれさえすれば。ゆっくり時間をかけてくれさえすれば。しかし、彼らは待ったなしだ。証拠も裁判も検査もなしに、オーラムは即刻、死ななければならない。単純そのもののテストで結果が出るというのに、彼らにはその時間さえない。危険のことしか考えられないのだ。危険。ただそれだけ。

オーラムは立ち上がり、家に向かって歩きだした。ポーチの階段を上がる。戸口の前で立ち止まり、聞き耳をたてた。やはり物音はしない。家はしんと静まりかえっている。静かすぎる。

オーラムは身じろぎもせずポーチに立っていた。中の人間は、物音ひとつたてまいとしている。なぜだ？　大きな家ではない。ドアの向こう、ほんの一メートル先に、メアリとチェンバレン医師がいるはずだ。それなのに、なにも聞こえない。話し声はおろか、しわぶきひとつ。オーラムはドアを見つめた。毎朝毎晩、これまでに何千回となくあけしめしてきたドア。

ノブを握る。が、オーラムはやにわに手をのばし、かわりに呼び鈴を押した。家の奥のどこかでベルが鳴る。オーラムはにっこりした。足音が聞こえる。

メアリがドアをあけた。妻の顔を見るなり、オーラムは真実をさとった。

脱兎《だっと》のごとく駆け出して、植え込みの中に身を投げる。保安局員がメアリをつきとばし、植え込みに向かって発砲した。弾丸にひきちぎられた葉がぱっととびちる。オーラムは這うようにして家の側面を回りこんだ。すばやく立ち上がると、闇に向かってしゃにむに走りだす。サーチライトのスイッチがはいり、まばゆい光線が周囲を照らしだした。

道路をわたり、垣根をよじのぼる。向こう側にとびおりると、裏庭を横切った。うしろから、保安局員たちが、たがいに声をかけあいながら追ってくる。息があがりそうだ。胸がはげしく上下する。

メアリの顔——ひと目でわかった。ぎゅっと結ばれた唇、恐怖におびえた暗い目。あのままドアをあけて中にはいっていたら、どうなっていたことか！　やつらは電話を盗聴して、おれが回線を切るなり駆けつけたにちがいない。たぶんメアリも、やつらの説明を信用したのだろう。おれがロボットだと思いこんでいるのだ。

オーラムはひた走りに走った。保安局員たちを完全にひきはなし、まんまと撒いてしまった。どうやら敵は、あまり走るのが得意ではないらしい。オーラムは丘を登りつめ、反対側の斜面を下りはじめた。船まではもうすぐだ。が、こんどはどこへ行く？　オーラムは歩調をゆるめ、立ち止まった。暗い空を背景に、船のシルエットがかろうじて見分けられる。居住区は背後にある。いま立っているのは、人間の居住地域のあいだに広がる荒野のはずれだ。ここからは、無人の森林地帯がはじまる。オーラムは、荒れ果てた大地を踏みしめ、森の中に分け入った。

　船に近づきかけたとき、船のドアが開いた。

　ピーターズが、四角い光を背中にして、外に出てきた。大きなボリス銃を両手にかかえている。オーラムは硬直したように立ち止まった。ピーターズは、闇をすかしてこちらのほうを見ている。

「そこにいるのはわかっているぞ」ピーターズはいった。「さあ、こっちに来い、オーラム。きみは完全に包囲されている」

　オーラムは動かなかった。

「聞くんだ。どうせすぐに捕まる。どうやら、自分がロボットだということがまだわかっていないようだな。あの電話の内容からすると、まだ人工的に植えつけられた記憶の幻影にとらわれているらしい。

　だが、きみはロボットなんだ。きみはロボットだ、そしてきみの体内には爆弾がある。引き金となる言葉は、いつなんどきだれかの口から発せられないともかぎらない。そうなったら、爆弾は四方数マイルにあるものすべてを破壊してしまう。プロジェクトも、あの女も、われわれ全員も死ぬ。わかるかね？」

　オーラムはなにもいわなかった。彼は聞き耳をたてていた。保安局員たちは木立をすり抜けて、こちらに迫りつつある。

「そっちが来ないなら、こっちから行くぞ。たんなる時間の問題だ。もうムーンベースに連れてゆくつもりはない。見つけしだい射殺する。起爆の危険には目をつぶるしかない。動員可能な保安局員全員をこの地域に召集してある。この郡全体が、しらみつぶしに捜索されている。逃げ場はどこにもない。この森の周囲には、武装部隊が非常線をはりめぐらしている。最後の配置が終わるまで、あと六時間だ」

　オーラムはその場を離れた。ピーターズはなおも話しつづけている。こちらの姿はまったく見えていないらしい。暗すぎてなにも見分けられないのだ。だが、ピーターズの言葉は正しい。逃げ場はどこにもない。ここから先は、人っ子ひとりいない森林地帯だ。しばらくのあいだなら、身を隠すことはできる。しかし、けっきょくは捕まってしまうだろう。

　たんに、時間の問題でしかない。

　オーラムはなるべく音をたてないようにして森の中を歩いた。郡内の土地は、一マイルごとに線を引かれてくまなく踏査され、捜索され、調べられている。非常線の輪は刻一刻せばまって、ますます追いつめられてゆく。

まだなにか、希望は残されているだろうか？　一縷《いちる》の望みだった船は、おさえられてしまった。家にも帰れない。メアリは彼らの側についた。きっと、本物の夫は殺されたと信じていることだろう。

オーラムはきつくこぶしを握りしめた。どこかに墜落した宇宙船の残骸があって、ロボットはその中に残されているのだ。ニードル・シップはどこかこの近くに落ちて、大破したにちがいない。

そして、問題のロボットも、その中に壊れて横たわっている。

かすかな希望の光が見えた。もしその残骸を見つけられたら……。やつらに船の残骸と、壊れたロボットを見せてやることができたら……。

だが、いったいどこにある？　どこに行けば見つかる？

機械的に歩きつづけてはいたが、心はうわの空だった。どこか――たぶん、そう遠くないところだ。船はプロジェクト・ビルの近くに着陸したはずだ。残った道のりは、ロボットが歩いていくことになっていたのだろう。オーラムは丘の頂《いただき》に登り、周囲を見わたした。墜落、炎上。なにか手がかりはないか？　なにかヒントは？　新聞で読むか、話を聞かなかったか？　どこかこの近く、歩いていける範囲内で。無人の場所、どこか人里離れた土地……。

とつぜん、オーラムの顔に笑みが広がった。墜落、炎上……。

サットンの森だ。

オーラムは歩調を速めた。


夜が明けた。折れた枝のあいだから朝の陽光がさしこみ、空き地の端にうずくまる男の上にふりそそぐ。オーラムはときおり顔を上げて、聞き耳をたてていた。追っ手はもうそう遠くない。あと二、三分でやってくるだろう。オーラムはにっこりした。

空き地一面に広がる、かつてサットンの森だった焼け焦げた倒木のあいだに、ねじくれた残骸が山をなしていた。陽光をわずかに反射して、黒く光っている。これを見つけるのに、たいした苦労はなかった。サットンの森ならよく知っている。若いころ、なんどとなく登ってきた場所だ。どのあたりをさがせばいいかも見当がついていた。岩山の頂が、ひとつだけにょっきり突き出しているところ。

地理に不案内な外宇宙船は、降下してくる途中にいきなり出現したその岩山をよけきれなかったのだろう。そしていま、その予想どおり、オーラムは船を――あるいは船の残骸を――見下ろしていた。

オーラムは立ち上がった。追っ手の押し殺した話し声が聞こえる。すぐ近くだ。神経をぴんと張りつめる。すべては、だれが最初に自分を発見するかにかかっている。もしネルスンなら、望みはない。ネルスンは見つけしだい発砲するだろう。船が発見されたときには、オーラムは死んでいる。だがもし、大声で呼びかけて、ちょっとのあいだでも猶予を勝ちとれれば……。必要なのはほんの数秒だけだ。船の残骸さえ見せれば、安全になる。

しかし、その前に撃たれたら——。

黒焦げの枝がぽきんと音をたてた。人影があらわれ、おぼつかない足どりでこちらに向かってくる。オーラムは深く息を吸った。あと数秒で、すべてが決まる。ひょっとしたらそれが、人生最後の数秒になるかもしれない。オーラムは両手を上げ、じっと目をこらした。

ピーターズだ。

「ピーターズ！」

オーラムは両手を振った。ピーターズが銃をかまえ、ねらいをつける。

「撃たないでくれ！」声がふるえた。「ちょっと待って。ぼくのうしろ、空き地の向こうを見てくれ」

「見つけたぞ」

ピーターズが部下たちに向かって叫んだ。保安局員たちが周囲の焼け焦げた木々のあいだからつぎつぎに姿をあらわした。

「撃つな。うしろを見てくれ。船だ。ニードル・シップだよ。外宇宙船だ。見てくれ！」

ピーターズはためらっている。銃口がふらふらとゆれる。

「あそこにあるんだ」オーラムは早口でまくしたてた。「ここだと思った。山火事があったんだ。これで信じてくれるだろう。船の中に、壊れたロボットがある。頼むから見てくれ」

「こちらになにかあります」保安局員のひとりが神経質な口調でいった。

「撃つんだ！」と、だれかがいった。ネルスンだ。

「待て」ピーターズがさっとふりかえった。「指揮官はわたしだ。だれも、許可なく発砲することは許さん。ひょっとするとほんとうかもしれん」

「撃て」とネルスン。「そいつがオーラムを殺したんだ。いまにもわれわれ全員が殺されるかもしれない。もし爆弾が爆発したら――」

「黙れ」ピーターズは斜面に近づいた。下に目を向ける。「あれを見ろ」

ピーターズはふたりの部下に合図して呼び寄せた。

「降りていって、あれを調べてこい」

保安局員ふたりが斜面を駆けおり、空き地を走っていった。かがみこみ、船の残骸をつつく。

「どうだ？」とピーターズが声をかける。

オーラムは息をつめた。かすかに笑みが浮かぶ。きっとあそこにあるはずだ。自分で調べる時間はなかったが、ロボットはかならずあそこにある。が、そのとき急に、心に不安の影がさした。もしもロボットが墜落を生き延びて、どこかに逃げてしまっていたら？それとも、体が完全に破壊されて、火事で灰になってしまっていたら？

オーラムはかわいた唇をなめた。額に汗がふきだす。ネルスンはじっとこちらをにらみつけている。その顔はいまも鉛色で、胸がはげしく上下している。

「殺せ」とネルスンがいった。「殺される前に」

ふたりの保安局員が立ち上がった。

「なにか見つかったか？」ピーターズが、しっかり銃をかまえたまま叫んだ。

「どうやらそのようです。ニードル・シップです。まちがいありません。そばになにかあります」

「よし、わたしが見よう」

ピーターズはオーラムの前を大股に歩きすぎた。オーラムは、斜面を降りて部下たちのところに向かうピーターズの背中を見守った。ほかの局員たちもピーターズのあとを追い、うしろからのぞきこんでいる。

「死体だ」とピーターズ。「見ろ！」

オーラムもその一団に合流した。保安局員たちは残骸を輪のようにとりまいて、見下ろしている。

地面には、奇妙なかたちにねじまがったグロテスクな体が横たわっていた。人間のように見えたが、異常な角度に曲がり、腕も脚もてんでばらばらに投げ出されている。口は開いていた。うつろな目が虚空を見すえている。

「壊れた機械のようだな」

ピーターズがつぶやくようにいった。オーラムは弱々しい笑みを浮かべた。

「どうです？」

ピーターズはオーラムの顔を見た。

「信じられん。きみは最初からほんとうのことをいっていたんだな」

「ロボットはぼくのところまでたどりつけなかった」オーラムはたばこをとりだし、火をつけた。「船が墜落したときに壊れてしまったんです。みんな戦争のことで頭がいっぱいで、人里離れた森がとつぜん火事になった原因をだれもせんさくしなかった。ニードル・シップが火事の原因だったんですよ」

オーラムはたばこの煙をくゆらしながら、保安局員たちの作業を見守った。グロテスクに変形した死体を、船からひきずりだそうとしている。体は硬直し、腕も脚も棒のようにかたくなっている。

「こんどは爆弾が見つかるよ」

と、オーラムはいった。保安局員たちは、ひきずりだした死体を地面に横たえた。ピーターズがそのわきにひざまずく。

「あれは爆弾の一部のようだな」

ピーターズがそういって、死体に手をのばした。

死体の胸はぱっくり開いていた。その傷口の奥で、なにか金属のようなものが光っている。周囲の男たちは、声もださずにそれを見つめた。

「ロボットが生きていたら、われわれ全員が、この爆弾で死んでいるところだったな」ピーターズがいった。「その金属の箱だ」

人々のあいだに沈黙が降りた。

「大きな借りができたな」と、ピーターズがオーラムに向かっていった。「あなたにとっては、こんどの一件はまさに悪夢だっただろう。もし逃げてくれなかったら、われわれはきっと――」

ピーターズは途中で口をつぐんだ。

オーラムはたばこの火を消して、

「当然のことながら、ぼくにははじめから、あのロボットが来なかったのがわかっていた。でも、それを証明する方法がなかった。なんでも簡単に証明できるとはかぎらない。それが今回の事件の原因ですよ。ぼくがぼくだということを示す方法がなかったんだ」

「休暇はどうです?」とピーターズがいった。「たぶん、一ヵ月の休暇が与えられるように手配できるでしょう。気持ちをほぐして、のんびりする期間を」

「とにかくいまは、家に帰りたいだけです」とオーラムは答えた。

「ええ、もちろんかまいませんよ」とピーターズがいった。「お好きなようになさってください」


ネルスンは、死体のそばの地面にしゃがみこんでいた。胸の奥にのぞく金属の輝きに手をのばす。

「さわるんじゃない」とオーラム。「まだ爆発するかもしれない。爆発物処理班にまかせたほうがいい」

ネルスンはなにもいわなかった。いきなり死体の胸の奥に手をつっこむと、金属片をつかんだ。その手をゆっくりとひきだす。

「なにをやってるんだ！」オーラムが叫んだ。

ネルスンは立ち上がった。その手には、金属性のものが握られていた。ネルスンの顔は恐怖で真っ青になっている。それは、金属のナイフだった。外宇宙人の使うニードル・ナイフ。血まみれの。

「これがオーラムを殺したんだ」ネルスンはささやくような声でいった。「オーラムはこのナイフで殺された」

ネルスンはオーラムをまっすぐ見つめた。

「おまえがこのナイフでオーラムを殺し、船のそばに置き去りにした」

オーラムはふるえていた。歯がガチガチ音をたてる。ナイフから死体へと目を移す。

「これがオーラムのはずはない」と彼はいった。頭の中がぐるぐると渦を巻き、目の前のすべてが回っている。「そうだろう?」

彼は息をあえがせた。

「でも、それがオーラムだとしたら、じゃあおれは、きっと――」

最後までいい終えることはできなかった。

その爆発は、遠くアルファ・ケンタウリからも見えた。

くずれてしまえ
Pay for the Printer

浅倉久志◎訳

黒く荒涼とした灰が、道路の両側にひろがっている。目のとどくかぎりつらなるでこぼこの堆積。暗くくすんだ建物と街路と文明の廃墟。腐蝕した残骸の世界、骨と鋼鉄とコンクリートをあてもなく混ぜあわせたモルタルの、風に吹き散らされる黒い粒子。

アレン・ファーゲスンはあくびをして、ラッキー・ストライクに火をつけ、五七年型ビュイックのつやつやした革張りのシートへ眠たげにもたれかかった。

「なんて暗い景色だろう。単調そのもの――こわれたガラクタばっかり。気がめいってくるよ」

「見なけりゃいいのよ」

彼の横にいる若い女があっさりといった。

スマートで馬力の強い乗用車は、道路とは名ばかりの瓦礫の上を静かに走りつづけた。

パワー・ステアリングのハンドルに軽く片手をそえただけで、ファーゲスンは体をくつろがせ、カーラジオからもれてくるやわらかなブラームスのピアノ五重奏曲に聞きいった。デトロイト集落からの放送だった。舞いあがった灰が窓に吹きつけてくる――まだ五、六キロしか走っていないのに、もう黒く厚い膜ができていた。しかし、べつにどうということはない。シャーロットのアパートの地下室へ帰れば、緑色のプラスチックの園芸用ホースも、ブリキのバケツも、デュポンのスポンジもぜんぶそろっているのだから。

「それに、きみの冷蔵庫には高級品のスコッチもいっぱいあったよな」ファーゲスンは声に出してそうつけたした。「きみの飲み友だちがすっかり空《から》にしてりゃ別だけど」

シャーロットが隣で身じろぎした。猫がのどを鳴らすようなエンジンの音と、車内の暖かさに眠気を誘われて、うつらうつらしていたのだ。

「スコッチ？　そうね、〈ロード・カルヴァート〉なら一本あるわよ」彼女はすわりなおして首をひとふりし、ブロンドの髪を雲のようにうしろへなびかせた。「でも、ちょっとプディング化しかけてるかも」

後部座席にいる頬のこけた男が、反応を示した。二人が途中で便乗させてやったこの男は、痩《や》せて骨ばった体を、ごわごわした灰色の作業ズボンとシャツで包んでいた。その男は気になるようすでたずねた。

「どの程度のプディング化だね？」

「ほかのものとおんなじぐらいよ」

シャーロットは聞いていなかった。灰で黒くなった窓ごしに、外の景色をぼんやりながめていた。道の右手には、ぎざぎざして黄ばんだ町の残骸が、煤色の真昼の空にむかって折れた歯のようにつきだしている。こっちには浴槽、あっちにはまだ立っている電柱が二本。何十キロもつづくあばただらけの廃墟の中に残された、骨とわびしげな破片。うら悲しくうっとうしい眺《なが》め。どこかのかび臭い、洞穴《どうけつ》に似た地下室に、何びきかのきたならしい野犬が、寒さに身をすくめてうずくまっている。灰が濃い霧のようにたちこめて、明るい日ざしは地上に降りそそいでこない。

ファーゲスンが後部座席の男にいった。

「あれを見ろよ」

ウサギもどきが道路を横ぎろうと飛びだしてきたのだ。ファーゲスンはそれをよけようと、車のスピードをゆるめた。目の見えない、奇形のウサギは、割れたコンクリートの板石にどすんとぶつかり、はねとばされて、なかば気を失った。それからのろのろと三歩這いすすんだところへ、野犬の一ぴきがとびかかって、がぶりとかみついた。

「うっ！」

シャーロットが口を押さえた。身ぶるいして手をのばすと、車のヒーターの温度を上げた。ほっそりした両脚をきちんと折り曲げ、ピンクのウールのセーターと刺繡《ししゅう》のあるスカートを着こんだ、小柄で魅力的な女だった。

「早くわたしの町へ帰りたいわ。ここはいやな感じ……」

ファーゲスンは、座席の上、二人の真中におかれたスチールの箱をぽんとたたいた。金属の堅固な手ごたえがこころよかった。「むこうの連中も、これを見たらよろこぶだろう。もし、事態がきみのいうほどひどくなっているなら」

「ええ、そうよ。事態は悲惨だわ。これが役に立つかどうかもわからない——彼はもうほとんどだめになっているから」シャーロットの小さくなめらかな顔に、心配そうなしわがよった。「やってみる価値はあると思うけど。あんまり期待はできないわ」

「われわれがきみの町をなんとかできるさ」ファーゲスンが気楽な調子で励ました。第一に、彼女を安心させることだ。この種のパニックは、ほっとくと手におえなくなる——事実、これまでに何度もそうしたことはあった。

「だが、すこし時間はかかるよ」ちらっと彼女の顔を見て、ファーゲスンはつけたした。

「もっと早く知らせてほしかったな」

「彼がなまけてるんだとばかり思ってたの。でも、彼はすっかり衰えてるのよ、アレン」青い目にちらと恐怖がやどった。「もう、ろくなものは作ってくれないわ。大きな塊になって、どでーんとすわったまま。まるで病気か、それとも死んだみたいに」

「年をとったんだよ」ファーゲスンは優しくいった。「そういえば、きみの町のビルトングは、もう百五十年も前からいるもんな」

「でも、彼らは何世紀も長生きするはずだわ！」

「彼らにとっては、たいへんな消耗なんだ」と後部座席の男が指摘した。乾いた唇をなめ、ひび割れた泥のこびりついた両手を握りしめて、前に身を乗りだした。「あんたは、これがビルトングにとって不自然な状態なのを忘れてる。プロキシマでは、集団で力を合わせてやっていた。いまの彼らは、べつべつにひき離されている——それに、重力もここのほうが強い」

シャーロットはうなずいたが、まだなっとくできない顔つきだった。セーターのポケットの中をさぐり、十セント硬貨ほどの大きさの、小さいピカピカしたものをとりだすと、哀れっぽい声を上げた。

「まあ！　いやだわ——これを見て！　いまじゃ、彼がコピーするものはみんなこんなぐあいか——でなければ、もっとひどいのよ」

ファーゲスンはその腕時計を受け取って、片方の目を道路にそそぎながら、それを調べた。バンドは彼の指のあいだで枯葉のように砕け、黒くぼろぼろした、引っ張り強度のまったくない繊維の細片になった。時計の文字盤はちゃんとして見える——だが、針が動いていない。

「とまってるのよ」シャーロットは腕時計をひっくりかえると、裏蓋《うらぶた》をあけた。「見て」赤い唇を不機嫌にゆがめて、それを顔の前に持ちあげた。「半時間も行列してやっと手にいれたのに、ただのプディング！」

小さなスイス時計の内部は、溶けて形のなくなったスチールの塊だった。歯車も軸受石もゼンマイもなにもない。ピカピカしたのっぺらぼうの塊。

「彼がコピーした、もとの品物は？」後部座席の男がたずねた。「オリジナル？」

「コピー——でも、出来のいいコピーよ。彼が三十五年前によこしたもの——母が使っていたものなのよ、実は。これを見たとき、どんな気がしたと思って？　使えないんだもの」シャーロットはプディング化した腕時計を受け取り、セーターのポケットにしまった。「もう、めちゃくちゃに腹が立って——」そこで言葉を切って、すわりなおした。「あら、着いたわ。赤いネオンサインが見えるでしょ？　あそこが町の入口」

その看板には〈スタンダード石油〉とあった。色は青、赤、白——道路わきにある、しみひとつない清潔な建物。しみひとつない？　ファーゲスンはガソリンスタンドの前で車を徐行させた。三人ともが、来たるべきショックに身構えながら、外に目をこらした。

「見た？」

シャーロットが、かぼそい声でたずねた。

ガソリンスタンドは崩れかけていた。小さな白い建物は古かった。——すっかり古ぼけ、古代の遺物のようにいまにも崩れ落ちそうな、朽ち果てた、たよりないしろものだった。

あざやかな赤いネオンサインは、発作的にまたたいていた。ポンプは錆びつき、ひんまがっていた。ガソリンスタンド全体が退行して、黒い粒子に、風に漂う灰に、生まれ出たもとの塵にかえろうとしていた。

崩れゆくガソリンスタンドを見つめているうちに、ファーゲスンは死のさむけを感じた。自分の町、ピッツバーグ集落には、こんな衰退はない――まだ、だいじょうぶだ。コピーがすりきれてきても、ピッツバーグ・ビルトングがすぐに代わりを模造してくれる。新しいコピーは、あの戦争のころから保存してあった本物を原型にしてできあがる。だが、この町では、生活のすべての土台であるコピーの補充がきかなくなってしまったのだ。

だれを責めることもできない。どんな生物にもいえることだが、ビルトングも数が限られてきている。彼らは精いっぱいのことをしてくれた――しかも、異星の環境の中で。

おそらく彼らは、ケンタウルス星系の土着生物なのだろう。あの戦争の末期、彼らは水素爆弾の閃光にひかれてここへやってきた――そして、人類の生き残りが放射性の黒い灰の中をみじめに這いずりまわりながら、滅びた文明の跡から使えそうなものを拾い集めているのを見つけた。

ある一時期を分析についやしたあと、ビルトングは個々の単位に分かれ、人間が持ってくる人工物をコピーする作業にとりかかった。それがビルトングの生存方式だった――もとの惑星では、彼らは苛酷な自然条件の中で、満足できる環境を保護膜のように作りあげていたのだ。

ガソリンスタンドのポンプのそばでは、いま一人の男が六六年型フォードのタンクに注油しようとしているところだった。かんしゃくを起こして、男は悪態をつき、ぼろぼろになったホースをひきちぎった。鈍いコハク色の液体がこぼれだし、油のこびりついた砂利の中にしみていった。ポンプそのものも、あっちこっちからガソリンが漏れだしていた。とつぜん、一台のポンプがよろめき、どさっと横倒しになった。

シャーロットは車の窓を下におろして、呼びかけた。

「シェルのスタンドのほうがまだましよ、ベン！　この町のむこうの端」

がっしりした大男は、顔を朱に染め、汗をにじませながら近づいてきた。

「くそ！　どうにもなりやがらん。町のむこうまで乗せていってもらえんかな。そしたらあっちでバケツにくめるから」

ファーゲスンはふるえる手で車のドアをあけた。

「ここはなにもかもあんな調子かね？」

「もっと悪い」ベン・アンタマイヤーは、ありがたそうにもう一人の客の隣へすわり、ビュイックは軽い唸りを立てて走りだした。「あそこを見なよ」

食品雑貨店がひしゃげて、コンクリートと鉄骨のねじくれた山になっている。窓は中にめりこみ、陳列されていた商品があたりに散らばっている。人びとが足もとに気をつけながらその中を歩き、瓦礫をどけて、品物を拾い集めている最中だった。だれの顔も陰気で、腹立たしげだ。

　街路そのものも手入れが悪く、亀裂と穴ぼこだらけで、路肩はすっかり崩れていた。水道の本管がこわれたのか、どろりとした水が地上にしみだし、大きな池を作っている。道の両側の商店も車も、きたならしく、みすぼらしい。あらゆるものに老衰した感じがある。靴磨きの店は入口を板で囲われ、割れた窓にはボロ切れが詰められ、看板は剝《は》げちょろけている。その隣のきたならしいカフェには、たった二人の客がいるだけ。どちらもくたびれたビジネス・スーツを着た悲しそうな男で、新聞を読みながらコーヒーを飲もうとしているが、虫食いだらけのカウンターの上のひび割れたカップからは、泥水《どろみず》に似た液体がじくじくしみだしてくる。

「もう先は長くないよ」アンタマイヤーはひたいの汗をふいた。

「この調子じゃな。みんなは怖がって映画館へもはいらない。どのみち、フィルムはしょっちゅう切れるし、半分ぐらいはさかさまに映るしね」彼は隣に無言ですわっている頰のこけた男を、ふしぎそうに見つめた。「おれはアンタマイヤーというもんだ」

　二人は握手した。

「ジョン・ドーズ」

　灰色の作業服の男はそう名乗っただけで、なんの情報も補足しなかった。ファーゲスンとシャーロットがここへくる途中で拾いあげてから、この男がしゃべった言葉は五十語もないぐらいだった。

アンタマイヤーは上着のポケットから丸く巻いた新聞をとりだし、それを運転席のファーゲスンの横にぽんとほうり投げた。

「けさ、ポーチの上で見つけたのがそれなんだよ」

その新聞には、意味のない単語が乱雑に並んでいた。活字はぼやけてかすみ、縞のように濃淡のむらを作りだした水っぽい印刷インキは、まだすっかり乾ききっていない。ファーゲスンはざっと紙面に目を走らせたが、むだな努力だった。混乱した記事があてもなくどこかをさまよい、大きな見出しはどれもたわごとだ。

「アレンがオリジナルをいくつか持ってきてくれたのよ」シャーロットがいった。「この箱の中にあるわ」

「それでもだめだろうな」アンタマイヤーが陰気くさく答えた。「彼はけさからピクリとも動かない。トースターをコピーしてもらおうと思って行列に並んだんだがね。ぜんぜんだめ。家へ帰る途中で、車の調子がおかしくなりだした。ボンネットの中をのぞいて見たけど、エンジンのことなんてだれにわかる？　われわれの知ったこっちゃないもんな。で、あっちこっちつついてから、やっとスタンダードのガソリンスタンドまでたどりついたってわけ……もう金属がすっかり弱ってて、親指で押しても穴があくぐらいなんだ」

ファーゲスンはシャーロットの住んでいる大きな白塗りのアパートの前でビュイックをとめた。一瞬、この建物だったかと疑うほどだった。一カ月前に見たときとは、がらりと変わっていたのだ。建物のまわりには、いかにも素人くさい、ぶかっこうな木の足場が組んであった。職人が二、三人、自信なさそうに土台をいじくっていた。建物ぜんたいがじわじわと片方へかしいでいるのだ。どの壁にも大きな亀裂が口をあけていた。しっくいの破片がいたるところに落ちている。建物の前のごみだらけの歩道は、ロープで通行止めにしてあった。

「おれたちの自力でできることはなにもないよ」アンタマイヤーがぶつぶつとぐちった。「ただじっとすわって、なにもかもぶっこわれていくのをながめるだけだ。彼が早く元気になってくれないと……」

「むかし彼がコピーしてくれたものが、みんなすりきれはじめたのよ」シャーロットは車のドアをあけ、するりと歩道の上に出た。「そして、いま彼がコピーしてくれるものは、みんなプディング。これじゃ、どうしたらいいの？」真昼の冷気の中でぞっと身ぶるいした。「ゆくゆくはあのシカゴ集落の二の舞いになりそう」

その一言で、四人とも凍りついたようになった。シカゴ、あの崩壊した集落！　そこでコピーを受けもっていたビルトングは、年をとって死んだ。すっかり疲れ果てて、音もせず、動きもしない不活性物質の塊になってしまったのだ。その周囲の建物や街路、ビルトングがコピーしたすべてのものは、しだいに磨耗して、黒い灰にもどっていった。

「彼は子を生まなかったわ」シャーロットが不安そうにささやいた。「コピーの仕事に全精力を使い果たして、そこでコロリと——死んでしまったのよ」

しばらく間をおいて、ファーゲスンがかすれ声でいった。「しかし、よそでも気がついたんだよ。だから、さっそく補充品を送ったんだが」

「手遅れだったのさ！」アンタマイヤーがつぶやいた。「あの町はもうつぶれたあとだった。あとに残ったのは、すっぱだかで凍えながら、腹をすかせてさまよっているわずかな生存者と、それをとって食おうとする野犬の群れだけだ。あのいまいましい犬どもは、あっちこっちから集まってきて、めったにないごちそうにありついてやがったんだぜ！」

四人はむしばまれた歩道の上にたたずんで、不安な顔を寄せあった。ジョン・ドーズの痩せこけた顔さえもが、さむざむとした恐怖、骨身にこたえる不安を示していた。ファーゲスンは、十八キロ東にある自分の集落のことを、憧れをこめて思いかえした。繁栄と活気——ピッツバーグ集落のビルトングは、まだ若く、働きざかりで、種族特有の模造力をたっぷり持ちあわせている。ここのようなことはない！

ピッツバーグ集落の建物は、どれもじょうぶだし汚れもない。歩道は清潔で、しっかり足もとを支えてくれる。商店のウインドーには、テレビや、ミキサーや、トースターや、自動車や、ピアノや、服や、ウイスキーや、冷凍の桃が並び、どれもがオリジナルと寸分のちがいもないコピーだ——細かいところまで真にせまったそれらのコピーは、地下シェルターに真空包装で保存されているオリジナルと、まったく区別がつかない。

「もし、この集落が消えたときには」とファーゲスンがいいにくそうにいった。「何人かはうちの集落でひきうけるよ」

ジョン・ドーズが物やわらかにたずねた。

「あんたのとこのビルトングは、百人以上の人間をかかえていけるのか？」

「いまのところはね」ファーゲスンは誇らしげに自分のビュイックを指さした。「きみはいまこいつに乗ってきた——だから、どれだけ出来がいいかわかるだろう？　オリジナルとほとんど変わりがないぐらいだ。二つ並べてよく見くらべなきゃ、ちがいがわからない」ニヤリと笑って、使い古されたジョークをつけたした。「ひょっとしたら、オリジナルとすりかえてくれたのかも」

「いますぐきめなくてもいいでしょう。まだ、しばらく時間はあるもの」シャーロットはビュイックの座席の上からスチールの箱をとりあげて、アパートの階段のほうに歩きだした。「いっしょにきなさいよ、ベン」ドーズのほうにもあごをしゃくって——「あなたもどうぞ。ウイスキーでも飲んでいって。そうまずくもないわよ——ちょっぴり不凍液みたいな味がするし、ラベルの字は読めないけど、それさえがまんすれば、たいしてプディング化してないわ」

彼女が階段の一段目に足をかけたとき、職人がひきとめた。

「あんた、上がっちゃだめだよ」

シャーロットは驚きに青ざめた顔で、荒々しくむこうの手をふりはらった。

「わたしの部屋はこの上なの！　家財道具だって――わたしはここに住んでるのよ！」

「この建物はあぶない」職人はくりかえした。彼はもとからの職人ではなかった。老朽化してきた建物を守ろうとしている、有志の町民のひとりだった。「あの亀裂を見てみなさい」

「あんなものは何週間も前からあったわ」

シャーロットはじれったそうにファーゲスンを手招きした。

「さあ、早く」

彼女は身軽にポーチを駆けあがり、玄関の大きなガラスとクロームのドアをあけようとした。

ドアが蝶番《ちょうつがい》からはずれて、破裂した。あっちこっちのガラスがいっせいに割れ、危険な破片が四方へ飛びちった。シャーロットは悲鳴を上げて、よろよろとあとずさった。コンクリートが彼女の足もとでぼろっと崩れた。うめきをもらしてポーチ全体が下に落ちこみ、白い粉の山になった。渦巻く粒子のまとまりのない堆積。

ファーゲスンとさっきの職人は、暴れるシャーロットをつかまえた。コンクリートの粉ぼこりが舞いあがる中で、アンタマイヤーは必死にスチールの箱をさがした。ようやく手がさぐりあてたそれを、歩道までひきずりだした。

ファーゲスンと職人は、シャーロットを両側からしっかりつかんで、破壊されたポーチの跡からひきかえしてきた。シャーロットはなにかをいおうとするが、ヒステリックに顔がひきつるだけだった。

「わたしのものが！」ようやくかすれた声が出た。

ファーゲスンはふるえのおさまらない手で、彼女の服のほこりをはらってやった。

「どこかけがをしなかったか？　だいじょうぶ？」

「けがはないわ」

シャーロットは顔についたひとすじの血と、白い粉をふきとった。頬に切り傷があり、ブロンドの髪はくしゃくしゃだった。ピンクのウールのセーターはずたずたに裂け、スカートもすっかりだいなしになっていた。

「あの箱――あの箱はとりもどしてくれたの？」

「だいじょうぶ」

ジョン・ドーズが無感動にいった。彼は車のそばの位置からすこしも動いていなかった。

シャーロットはファーゲスンにしがみついたまま、恐怖と絶望に体をふるわせていた。

「見て、見て！　わたしの手を見て！」彼女は白いしみのついた手を目の前にかざした。「だんだん黒くなってくるわ」

　彼女の両手両腕についた粉が、しだいに色づいてきた。一同が見まもるうちにも、粉は灰色になり、それから煤のように黒くなった。シャーロットのずたずたになった衣服は、しなびて縮んできた。まるでかさかさになった殻のようにひび割れて、体からポロポロ剝げ落ちはじめた。

「彼女を車の中へ入れるんだ」ファーゲスンは命令した。「中に毛布がある――ぼくの集落から持ってきたやつが」

　彼とアンタマイヤーは力を合わせて、ふるえている若い娘を厚い毛布でくるんでやった。シャーロットは恐怖に目を見ひらいて座席の背によりかかった。あざやかな血のしずくが、頰を伝わって、青と黄の縞になった毛布の上にこぼれた。ファーゲスンはタバコに火をつけ、彼女のふるえる唇にくわえさせてやった。

「ありがとう」やっとのことで、感謝のこもった鼻声が出た。彼女はぶるぶるふるえる指をタバコにそえた。「アレン、これからわたしたちはどうしたらいいの？」

　ファーゲスンは、彼女のブロンドの髪から黒い粉をそっとはらい落とした。

「車でそこまで行って、ぼくの持ってきたオリジナルをビルトングに見せよう。ひょっとしたら、なんとかなるかもしれない。おなじコピーをするにしても、新しい品物を見せられると、彼らには刺激になるんだよ。これを見たら、いくらか元気づくかもしれない」

「彼はただ眠っているだけじゃないわ」シャーロットは悲しそうな声でいった。「彼は死んだのよ、アレン。わたしにはわかる！」

「いや、まだだよ」アンタマイヤーがだみ声で反対した。しかし、内心ではみんなが彼女とおなじ思いだった。

「彼は子を生んだかね？」ドーズがたずねた。

シャーロットの表情が、答えを雄弁に物語っていた。

「生もうとはしたわ。卵からかえったのもいたけれど、結局、生きられなかった。あそこでいくつかの卵は見たのよ。でも……」

シャーロットはだまりこんだ。いわれなくても、みんなにはわかった。ビルトング全体が、人類を生きのびさせようとする努力に疲れて、生殖不能になったのだ。死んだ卵、かえっても生命のない子……。

ファーゲスンは運転席に乗りこみ、荒っぽくドアを閉めた。ドアはちゃんと閉まらなかった。金属がいたんだのか――それとも変形したのか。怒りがこみあげてきた。この車も、やはり不完全なコピーなのだ――コピーのさいに、ちょっとした、微視的なミスがあったのだ。このデラックスでスマートなビュイックさえ、プディング化しかけている。おれの町のビルトングもくたびれてきたんだ。

遅かれ早かれ、シカゴ集落に起こったことが、どこにも起こるだろう……。

公園のまわりには、何列もの自動車が、音もなく、動きもせずに並んでいた。公園の中は人でいっぱいだった。この町の住民の大部分がそこに集まっていた。だれもが、切実にコピーの必要な品物を持ってきている。ファーゲスンは車のエンジンを切ってキーをポケットにおさめた。

「歩けるかい?」と彼はシャーロットにたずねた。「なんだったら、ここで待ってたほうが」

「だいじょうぶ」

シャーロットはむりに微笑をうかべた。

彼女はすでにスポーツ・シャツとスラックスを着こんでいた。ファーゲスンが、退行した衣料品店の廃墟の中から見つけてきたものだった。彼はべつに良心のとがめを感じはしなかった——おおぜいの男女が、歩道に散らばった商品をものうげにあさっていたからだ。この服の寿命も、せいぜい二、三日だろう。

ファーゲスンとしては、シャーロットの服を選ぶのに念を入れたつもりだった。裏の倉庫の中に、生地のしっかりしたシャツとスラックスが山積みされているのを見つけたのだ。あのおそろしい黒の細粉になるにはまだ間のありそうな衣料品。最近のコピーだろうか?それとも、ひょっとしたら——信じられないことだが、可能性はある——この店の主人がコピーにとっておいたオリジナルだろうか? まだ店をあけている靴屋で、ファーゲスンは彼女のためにローヒールの上靴を選んだ。シャーロットがいま使っているベルトは、彼のものだった——彼が衣料品店で見つけてきた女物のベルトは、バックルを留めてやっているあいだに、彼の手の中でボロボロと崩れていってしまったのだ。

アンタマイヤーがスチールの箱を両手でかかえ、一行四人は公園の中央へと近づいていった。まわりの人びとはだまりこくって、むずかしい顔つきをしている。だれも話しかけてこない。みんながなにかの品物を手に持っている。百五十年も前から大切に保存してあったオリジナルや、ごく小さな欠点しかない、よくできたコピーだ。彼らの顔には、せつない希望と不安が混じりあって、こわばった仮面を作りだしていた。

「これだな」うしろからついてきたドーズがいった。「死んだ卵は」

公園のへりにある木立の中に、バスケットボールほどの大きさの灰褐色《はいかっしょく》の卵が、輪になって並んでいた。どれも堅く石灰化している。中には割れたものもある。殻の破片がそこらに散乱していた。

アンタマイヤーはそのひとつをけとばした。脆《もろ》くも割れた殻の中はからっぽだった。

「ほかの動物が中身を吸っちまったんだよ。もうおしまいだ、ファーゲスン。野犬が夜中にこっそりやってきて、卵を食ったんだと思う。ビルトングは衰弱しきってて、卵を守れなかったんだ」

順番を待っている男女のあいだには、暗流のように鈍い怒りが脈打っていた。充血した険しい目つきで、それぞれに品物をかかえた彼らは、ひとつの密集した塊になっていた。公園の中央をとりまく、苛立った不機嫌な人垣。行列は長いあいだ待たされ、だれもがうんざりしているのだった。

「いったい、こりゃなんだ？」

アンタマイヤーが、木の根方で見捨てられている、不分明な形をしたものの前にうずくまった。もうろうとした、あやしげな金属の表面を指でなぞってみる。その物体は、まるで蠟《ろう》のように溶けてくっつきあった感じだった——なにひとつ見分けがつかなかった。

「これはなんだろうな？」

「芝刈り機だ」近くにいた男がぶすっとした顔で答えた。

「いつ、彼はこれをコピーしたんだね？」ファーゲスンがたずねた。

「四日前」聞かれた男は、恨みをこめてそれをなぐりつけた。「なんの道具か、見分けもつかんだろう——形もなにもあったもんじゃない。うちの古い芝刈り機は、すっかりだめになっちまったんだ。そこで、穴倉の中から町民共有のオリジナルを運びだし、まる一日行列した——そして手にはいったのがこれさ」男はぺっと唾《つば》を吐いた。「こんなもの、三文の値打ちもない。家へ持って帰ってもじゃまっけなだけだから、ここにほうりだしてある」

その男の妻が、かんだかい声で横から訴えた。

「どうすればいいんでしょうねえ。古いほうは、もう使えないし。このへんにあるほかの品物とおんなじように、ボロボロになってしまって。もし、新しいコピーがだめだったら、どうしたらいいのか──」

「うるさい」夫が叱《しか》りつけた。その顔は険しくひきつっていた。大きな手は、パイプの切れはしを握りしめていた。「もうすこし待ってみよう。ひょっとしたら、やつも目をさますかもしれん」

希望のこもったざわめきが、一行の周囲を伝わっていった。シャーロットはぞくっと身ぶるいして、足を進めた。

「彼を責められないわ」シャーロットはファーゲスンにいった。

「でも……」と首をふって、「こんなことしてなんになるの？　もし、彼が満足のいくコピーを作れないなら……」

「むりだよ。あれを見なさい！」ジョン・ドーズが立ちどまり、みんなを手で制した。

「あれを見て、彼にいま以上のことができると思うかね？」

ビルトングは死にかけていた。年老いた巨大な生物は、公園の中央にじっとうずくまっていた。古びた黄色い原形質、どんよりした、半透明のねばねばした塊。その偽足はすでに乾ききり、黒ずんだ蛇のようにしなびて、茶色の草の中に横たわっている。その肉塊の中心部が妙にへこんでいるようだ。真上からの弱い日ざしが、血管から水分を奪いとるにつれて、ビルトングはしだいにひしゃげていくらしい。

「まあ、ひどい！」シャーロットがささやいた。「なんてみじめな姿！」

ビルトングの中央部がかすかに波打った。弱々しい、小刻みな身ぶるいは、衰えゆく生命を持ちこたえようとする戦いなのだろうか。青黒く光る蠅の群れが、そのまわりにたかっていた。ビルトングの上には強い臭気がたちこめている。腐りかけた有機物の放つ、すえた悪臭。老廃物がどろりとした液になってにじみだし、水たまりを作っている。

その生き物の黄色い原形質の内部では、神経組織の核が苦痛にけいれんし、そのせわしなく激しい動きが、だらんとした肉質の上に波紋をひろげていく。繊条組織はもうそれとわかるほど老化して、堅いぶつぶつになってきたようだ。老齢と衰弱――それに苦痛。

瀕死のビルトングの前にあるコンクリートの台の上には、コピーしてほしい品物のオリジナルが山積みされていた。その横には、コピー中のものが二、三あった。まだ形のない、黒い灰とビルトングの体液との混合物。自分の体液を使って、この生物はせっせとコピーを進めていたのだ。いま、ビルトングは仕事を中断し、まだ機能している偽足を苦しそうに体内へひっこめていた。休息をとっているところだ――まだ死ぬまいとして、がんばっているのだ。

「かわいそうに！」ファーゲスンは思わずそうつぶやいた。「もうつづけられないんだな」

「あんなふうにして、もう六時間もすわったままなのよ」ひとりの女が鋭い口調でファーゲスンに耳打ちした。「ただ、じっとすわってるだけ！　わたしたちにどうしてくれというつもりかしら？　あの前に土下座して、お願いしなきゃいけないの？」

ドーズが憤然と彼女に向きなおった。

「あんたには、彼が死にかけているのが見えないのかね？　たのむから、そっとしておいてやれよ！」

不機嫌な唸り声が群集からわきおこった。みんながドーズのほうをふりかえった——ドーズはひややかにそれを無視した。彼のそばで、シャーロットは棒のように身を堅くした。彼女の青い瞳には恐怖がみなぎっていた。

「用心しろよ」アンタマイヤーが小声でドーズに注意した。「中にはかなり気の立っている連中もいるんだ。食べ物がほしいのに、長いこと待たされている連中が」

時間は残りすくない。ファーゲスンはスチールの箱をアンタマイヤーからひったくると、急いでふたをあけた。腰をかがめて中からオリジナルをとりだし、自分の前の草の上に並べていった。

それを見て、周囲でざわめきが起きた。畏怖《いふ》と驚嘆の混じったざわめき。暗い満足感がファーゲスンの胸をナイフのようにつきぬけた。これらは、この町にはなかったオリジナルだ。ここには不完全なコピーしかなかった。その欠陥品を手本にして、さらにコピーがおこなわれていたのだ。

ひとつまたひとつと彼は貴重なオリジナルを拾い集め、それをかかえてビルトングの前にあるコンクリートの台にむかった。何人かの男が怒って彼の前に立ちふさがった――しかし、それも彼の持ってきたオリジナルを見るまでのことだった。

ファーゲスンは、銀色のロンソンのライターを台の上においた。それからボーシュ・アン・ロムの双眼顕微鏡――黒い石目革がまだそっくり保存されている。ピッカリングのハイファイ・カートリッジ。それにきらきら光るステューベンのクリスタル・グラス。

「すごいオリジナルばかりだな」そばにいた男がうらやましそうにいった。「どこで手にいれたんだね？」

ファーゲスンは返事をしなかった。死にかけたビルトングをじっと見つめていた。

ビルトングはさっきから動いていない。しかし、新しいオリジナルが台の上につけたされたのは、見てとったようだった。黄色い肉塊の中で、堅い繊維組織がうごめき、ぼやけて溶けあった。前部の体孔がふるえてから、ぱっくりひらいた。激しい波が原形質の塊全体を揺り動かした。やがて、体孔から悪臭のする泡がにじみだした。偽足の一本がピクリとけいれんしてから、ぬるぬるした草の上をゆっくり横ぎり、ちょっとためらったあと、ステューベン・グラスにさわった。

偽足は黒い灰の山をかきよせ、それを前部の体孔から出る液体でこねた。鈍い球体が形作られた。ステューベン・グラスの奇怪なパロディ。ビルトングはためらい、力をたくわえようといったん偽足をひっこめた。まもなく、ふたたび偽足がグラスをこねはじめる。ふいに、なんの予告もなく、原形質の塊全体が激しくふるえ、偽足が疲れきったように下に垂れた。ピクッとけいれんし、痛々しいためらいを見せてから、また本体の中へひっこんでしまった。

「だめだ」アンタマイヤーがかすれ声でいった。「もうむりだよ。遅すぎた」

こわばった、いうことをきかない指でファーゲスンはオリジナルをかきあつめ、ふるえながらそれをスチールの箱の中に詰めこんだ。

「ぼくはまちがっていたらしい」そうつぶやいて、彼は立ちあがった。「これを見せれば、なんとかなると思ってた。どれほどビルトングが弱っているかを知らなかった」

悲しみに口もきけないシャーロットは、人垣をかきわけて外に出ようとした。アンタマイヤーも彼女のあとにつづいて、コンクリートの台のまわりをとりまいた、不機嫌な男女のあいだをすりぬけようとした。

「ちょっと待った」ドーズがいった。「もうひとつ試したいものがある」

ファーゲスンがうんざりした顔つきで待つうちに、ドーズはごわごわした灰色のシャツのふところに手を入れた。しばらくもぞもぞやってから彼がとりだしたのは、古新聞紙に包んだなにかだった。コップ、それも粗末でぶかっこうな木製のコップだ。うずくまって、そのコップをビルトングの前におくドーズの顔には、謎めいた皮肉な笑みがうかんでいた。

シャーロットはいぶかしげにそれを見まもった。

「なんのつもり？　かりに彼がそれをコピーできたとしてもよ」彼女はけだるそうに、上靴の爪先でその粗末な木製の品物をつついた。

「こんな簡単なものだったら、自分でも作れるじゃない」

ファーゲスンがぎくりとなった。ドーズは彼の視線をとらえた。一瞬、二人の男はおたがいを見つめあった。ドーズはかすかな笑みをうかべ、ファーゲスンは芽ぶきはじめた認識に身を堅くしていた。

「そのとおりだよ」ドーズはいった。「おれが作ったんだ」

ファーゲスンはそのコップをわしづかみにした。ふるえながら何度も何度も手の中でひっくりかえしてみた。

「きみが作ったって？　どうやって？　なにから作ったんだ？」

「木を切り倒したんだ」ドーズは自分のベルトから、弱い日ざしの中で金属的に鈍く光るものを抜きとった。「ほら——けがしないように気をつけてくれよ」

そのナイフも、コップとおなじように粗末な出来だった——でこぼこで、ひんまがり、針金で柄《え》を結わえつけてある。ファーゲスンは呆然とした思いだった。

「きみがこのナイフを作ったのか？　とても信じられない。どこから出発したんだ？　これを作るには、まず道具がいる。パラドックスだよ！」声がヒステリックに高くなった。

「そんなことは不可能だ！」

シャーロットは落胆して、そっぽを向いた。

「むだよ——そんなものじゃ、なにも切れやしない」悲しげに、未練たっぷりにつけたした。「うちのキッチンには、ステンレスの切り盛り用ナイフがセットで揃っていたのよ——最高級のスイス製品が。いまじゃ、ただの黒い灰」

ファーゲスンの頭は、百万もの質問ではり裂けそうだった。

「このコップ、このナイフ——きみには仲間がいるのかい？　それに、いま着ているその服——それもきみが織ったのか？」

「行こう」ドーズはぶっきらぼうにいった。ナイフとコップをとりもどすと、足早にそこを離れた。「ここから早く出ていったほうがいい。いよいよ終わりがせまってきたみたいだ」

群集がぼつぼつと公園から散りはじめた。とうとうあきらめて、重たげな足どりで朽ちかかった商店へ食料品の残り物をあさりにいくのだろう。二、三台の車にやっとエンジンがかかり、のろのろと走りだした。

アンタマイヤーはたるんだ唇を不安そうになめた。白茶けた顔が怖《お》じ気《け》づいてまだらになり、鳥肌立っていた。

「あの連中、すさんできたよ」彼はファーゲスンにいった。「この町はもうばらばらだ——あと二、三時間でなんにもなくなるだろう。食料も、家も！」

アンタマイヤーの目はちらとビュイックをとらえ、どんよりとくもった。

その車に気づいたのは、彼だけではなかったのだ。

ほこりをかぶった大きなビュイックのまわりに、暗い顔の男たちの輪がゆっくりできかかっている。反抗的で欲ばりな子供たちのように、熱心に車を見つめて、フェンダーや、ボンネットを調べ、ヘッドライトや、しっかりしたタイヤをいじっているところだ。その男たちはありあわせの武器を持っていた——パイプや、石ころや、近くのこわれかかった建物からひきちぎってきた鋼鉄の一片を。

「やつらは、あれがこの町の車じゃないことを知ってるんだ」ドーズはいった。「どこかよそへ帰っていくことを」

「ピッツバーグ集落まで乗せていってあげるよ」ファーゲスンはシャーロットにそういうと、先に立って車のほうへ歩きだした。「いちおう、妻ということで登録しとく。法律手続をするかどうかは、あとできみがきめればいい」

「ベンはどうなるの？」シャーロットが小声でたずねた。

「彼とまで結婚するわけにはいかんしな」ファーゲスンは足どりを早めた。「むこうまで乗せてはいくが、きっとみんなが居住を認めないだろうな。定員制だからね。先になって、みんなが非常事態だと認めれば別だが……」

「どいてくれ」

アンタマイヤーが、一団の男たちにそういうと、喧嘩腰で彼らに近づいていった。むこうはその勢いに気押されてあとずさりし、とうとう道をあけた。アンタマイヤーは、巨体を油断なく身構えて、ドアのそばに立ち、ファーゲスンに呼びかけた。

「彼女を早く乗せろ——気をつけて！」

ファーゲスンとドーズは、両脇からシャーロットを支えて、男たちのあいだを通りぬけ、アンタマイヤーに近づいた。ファーゲスンがキーを渡すと、アンタマイヤーは運転席のドアをあけた。そして、シャーロットを中に押しこんでから、ファーゲスンに急いで反対側へまわれと合図した。

男たちの集団が動きだした。

アンタマイヤーは巨大な拳固《げんこ》をふるって、そのリーダーをうしろの仲間の中へふっとばした。それからシャーロットの前をむりやりにすりぬけ、太った体をハンドルの前にこじいれた。軽い唸りとともにエンジンがかかった。アンタマイヤーはギアをローに入れ、荒っぽくアクセルをふんだ。車は前進をはじめた。男たちは必死で車にとりつき、あいたドアに手をかけて、中の男女をひきずりおろそうとした。

アンタマイヤーはドアをばたんと閉め、ロックしてしまった。車はスピードを上げ、ファーゲスンはアンタマイヤーの顔をちらと見てとった。最後に見た大男の顔は、汗にまみれ、恐怖にひきつっていた。

男たちは、つるつるした側面に手をかけて車をひきとめようとしたが、むだだった。車が勢いをますにつれて、彼らはつぎつぎにふり放されていった。赤毛の大男がひとり、必死でボンネットの上につかまり、割れたフロント・グラスから手をつっこんで、運転者の顔をつかもうとしていた。アンタマイヤーはハンドルを切って車を急転回させた。赤毛の男は一瞬おいてから体の支えを失い、顔から先に道路へころがり落ちた。

車は左右によろめきながら、崩れかけた建物のむこうへようやく姿を消した。タイヤの悲鳴がしだいに遠のいた。アンタマイヤーとシャーロットは、安全にピッツバーグ集落への道をたどりはじめたのだった。

車の去ったあとをいつまでも見送っていたファーゲスンは、ドーズの痩せた手が肩におかれているのを感じて、われに返った。

「あーあ、車は行っちまった。とにかく、シャーロットは助かったが」

「行こう」ドーズが彼の耳にささやいた。「あんたの靴がじょうぶだといいが――これから長い道のりを歩くんだからな」

ファーゲスンは目をぱちくりさせた。

「歩く？　どこへ……？」

「いちばん近いわれわれのキャンプが、ここから五十キロの先にある。行きつけると思うよ、たぶん」ドーズは歩きだし、一瞬おいてファーゲスンもそのあとを追った。「前にもやったことがある。もう一度やれないはずはない」

ふたりのうしろではふたたび人びとが公園の中央にもどって、動かない塊となった瀕死のビルトングに関心を集中させていた。群集の怒りが低い唸りとなって聞こえてきた──車をとり逃がしたくやしさと絶望とが、そのいまわしい不協和音をしだいに暴力的なものへとつのらせていった。じりじりと、まるで水が低いほうへ流れていくように、不気味な怒りをたぎらせた人波は、コンクリートの台へ近づいた。

台の上では、年老い、死にかけたビルトングが、淋しく横たわっていた。ビルトングは彼らの接近を知っていた。何本かの偽足が、最後の力ないあがきをした。断末魔のけいれんに似た努力だった。

と、ファーゲスンはおそろしい光景を目にすることになった──それを見たとたん、全身が恥ずかしさでかっと熱くなり、手の指から力が抜けた。スチールの箱が大きな音を立てて地面に落ちた。彼はぼんやりとその箱を拾いあげると、なすすべもなく立ちつくした。やみくもに、あてどなく、どこかへ駆けだしていきたかった。どこでもいい、ここではないところへ。この居住地の外にある、沈黙と闇と動きまわる影の中へ。死んだ灰におおわれた荒野へ。

ビルトングは、群集がおそいかかってくるのを見て、自分のために防御シールドを、灰の保護壁をコピーしようとしているのだった……。

二時間ほど歩いたところで、ドーズは足をとめ、どこまでもひろがる黒い灰の上に腰をおろした。

「すこし休んでいこう」彼はファーゲスンにいった。「煮ればいいだけの食い物もあるんだ。そこに持ってるロンソンのライターを貸してくれないか。まだオイルが残ってるなら」

ファーゲスンはスチールの箱をあけて、彼にライターを手渡した。つめたく臭い風がふたりのまわりに吹きすさび、舞いあがった灰は、荒れ果てた惑星の表面を黒い雲のように横ぎっていく。遠くには、いくつかの建物のぎざぎざした壁が、骨の破片さながら、にゅっとつったっている。あっちこっちに、黒っぽい、不気味な雑草が茎を伸ばしている。

「見かけほど死にたえた世界でもないよ」ドーズはまわりの灰の中から枯枝や紙屑を集めながら、ぽつりとそういった。「犬やウサギがいることは、あんたも知ってるだろう。それに、たくさんの植物の種も埋もれている――この灰に水さえやれば、芽ぶいてくるんだ」

「水？　しかし――雨というものが降らないんだぜ。むかし使われていたような言葉の意味では」

「溝を掘るんだよ。水はまだあるが、それにはまず土地を掘らなきゃならない」

ドーズは貧弱な火をおこすのに成功した――まだライターにオイルが残っていたのだ。ドーズはポンとライターを返してよこすと、たきぎをつぎたすのに専念した。

ファーゲスンはすわってライターをいじりながら、ずばりとたずねた。

「こんな品物をどうやって作れる？」

「作れないさ」ドーズは上着のふところに手をつっこんで、平べったい食べ物の包みをとりだした――干した塩漬けの肉と、干したトウモロコシ。「複雑な品物をいきなりは作れない。段階をふんで、ゆっくりやらなきゃむりだ」

「健康なビルトングなら、これを見てすぐにコピーできる。ピッツバーグのビルトングなら、このライターと寸分ちがわないコピーを作れるよ」

「わかってる」ドーズはいった。「それがわれわれの障害なんだ。彼らがあきらめるまで、待たなくちゃならない。いずれはそうなるよ。彼らだって、自分たちの星系へ帰っていくしかなくなる――ここに長居をすれば、種族自殺だからね」

ファーゲスンは発作的にライターを握りしめた。

「じゃ、われわれの文明も、彼らといっしょになくなるのか？」

「そのライターのことかい？」ドーズはニヤリと笑った。「ああ、それはなくなる――すくなくとも、かなりの期間。しかし、あんたの物の見方が正しいとは思えないな。われわれは自分自身を再教育しなくちゃならない。ひとりひとりがだ。わたしにとっても、けっしてらくじゃないんだよ」

「きみはどこからきたんだ？」

　ドーズは静かに答えた。

「わたしはシカゴの生き残りのひとりさ。町がつぶれたあと、しばらくあっちこっちをさまよい歩いた——石で獲物を殺し、穴倉の中で眠り、手と足で野犬を追いはらった。そうやっているうちに、やっとキャンプのひとつが見つかった。すでに先人がいたんだよ——あんたは知らないだろうが、つぶれた居住地はシカゴが最初じゃなかったんだ」

「で、そのキャンプじゃ、道具をコピーしているのか？　あのナイフみたいに？」

　ドーズはしばらく大声で笑いつづけた。

「コピーという言葉はよくないね——創作、といってほしい。われわれは道具を創作し、品物をこしらえているんだ」ドーズは例のぶかっこうな木のコップをとりだし、それを灰の上においた。「コピーというのは、たんなる模写だ。創作というのがどんなことか、それは口では説明できない。あんたが自分でやって、さとるしかない。創作とコピーとは、まったくべつべつのものなんだよ」

　ドーズは三つの品物を灰の上に並べた。みごとなステューベンのガラス食器。彼自身が作ったぶかっこうな木のコップ。瀕死のビルトングがコピーしそこなった、ぐじゃぐじゃの塊。

「これがむかしの品物だ」ドーズはステューベン・グラスを指さした。

「いつかは、またそんな品物ができるようになる……だが、われわれはそこへたどりつくのに、正しい道を——困難な道を——一歩一歩上っていくんだ」彼はガラス食器を、だいじにスチールの箱の中におさめた。「これはちゃんととっておこう——コピーするためじゃなく、ひとつの手本、ひとつのゴールとして。いまは、あんたもまだそのちがいがつかめないだろうが、いずれわかる」

　ドーズは粗末な木のコップを指さした。

「いまのわれわれは、まだこの段階だ。しかし、これを笑っちゃいけない。こんなものは文明じゃない、といっちゃいけない。これだって文明さ——単純で粗末であっても、とにかく本物だ。われわれはここから出発するんだよ」

　ドーズは、ビルトングが残していったコピーの塊をとりあげた。ちょっと思案してから、モーションをつけて遠くへそれを投げ捨てた。塊は地面に落ちてバウンドしてから、こなごなに砕けちった。

「あんなものはくだらない」ドーズは熱っぽい口調でいった。「このコップのほうがずっとましだ。この木のコップは、どんなコピーよりも、ステューベン・グラスに近い」

「ばかにその木のコップが自慢なんだな」ファーゲスンはいった。

「そりゃそうさ」ドーズは木のコップを、ステューベン・グラスと並べて、スチールの箱の中にしまいこんだ。「いつかはあんたにもわかるよ。しばらくひまはかかるだろうがね」

ドーズは箱のふたを閉めようとしてから、ちょっと手をとめて、ロンソンのライターにさわった。

悲しそうに首をふりながら、ドーズは箱のふたを閉めた。

「われわれの生きているうちにはむりだ。中間の段階がいくつもありすぎる」だが、そこでとつぜん彼の痩せこけた顔に赤みがさし、喜びと期待の表情がちらとうかんだ。「しかし、とにかく、われわれはその方向へと歩きだしたんだ！」

消耗員
Expendable

浅倉久志◎訳

男はフロント・ポーチに出て、外のようすをながめた。いい天気だが寒い。芝生に露が光っている。男はコートのボタンをはめ、両手をポケットにつっこんだ。

男がポーチの階段を下りはじめたのを見て、郵便受けのそばで待ちかまえた二ひきの蛾が、興奮に体をひくひくさせた。

「きたぞ」片方がいった。「報告を送れ」

もう片方が羽を動かしかけたとき、男が足をとめ、くるりとふりかえった。

「聞いたぞ」男はいきなり靴を壁にあてがうと、二ひきの蛾をコンクリートの上にこそげおとした。そして踏みつぶした。

それから男は急ぎ足で細い私道をぬけ、表の歩道に向かった。歩きながらあたりを見まわした。一羽の小鳥が桜の枝をピョンピョン伝い、目をくりくりさせてサクランボをつついている。男はじっと小鳥を見つめた。だいじょうぶかな？　それとも……。小鳥は空に飛びたった。小鳥はだいじょうぶだ。害をしない。

男は歩きつづけた。曲がり角へきて、蜘蛛の巣に体がふれた。灌木《かんぼく》の茂みから電柱へ張りわたされた巣だ。にわかに心臓が高鳴った。男は空気を打ちすえるようにして、その蜘蛛の巣をはらい落とした。歩きだしながら、ちらとうしろをふりかえる。蜘蛛がゆっくりと茂みから出てきて、巣の損害をさぐっているようだ。

蜘蛛というやつは、どうもよくわからない。判断は保留というところだ。データがたりない——まだコンタクトがないから。

男はバス停までくると、足踏みで寒さをしのぎながら待った。

バスがやってきて、男はそれに乗りこんだ。空席にすわると、急に気分がよくなった。車内は暖かく、無言の人びとが、みんな無関心に前方をながめている。漠然とした安心感が全身をかけめぐった。

男はにやりと笑い、何日かぶりにやっと緊張を解いた。

バスは通りを走りつづけた。

ターマスが怒りに触角をふりたてた。

「では投票にするさ、お望みなら」彼は仲間のあいだをすりぬけ、塚の上に登った。「しかし、投票の前に、きのういったことをここでもう一度くりかえさせてくれ」

「いいえ、もうたくさん」ララが気みじかにいった。「行動を起こすべきです。計画はすっかり完成したではありませんか。いったい、なにをためらうのです？」

「だからこそ、わたしが発言する理由があるわけだ」ターマスは集《つど》った神々をぐるりと見まわした。「この〈丘〉ぜんたいが、問題の巨人に対して進撃の用意をととのえている。なぜ？　あの巨人が自分の仲間と意思をつうじあえないことは明らかだ――問題にもならん。彼らの使う言葉、あのタイプの振動では、仲間に彼の考えを伝えることは不可能なんだ。彼がわれわれに対していだいている疑惑、つまり、われわれが――」

「たわごとを」ララはにじりよった。「巨人たちの意思伝達の力は侮《あなど》れませんよ」

「これまでに巨人のだれかが、われわれに関する情報を仲間に伝えたという記録はない！」

大軍がおちつかなげに身じろぎした。

「ではどうぞ。はじめるがいい」ターマスがいった。「しかし、むだな努力だ。彼は無害だよ――孤立している。なぜわざわざ時間と手間をかけて――」

「無害？」ララはターマスを見つめた。「まだわからないのですか？　彼は事実を知ったのですよ！」

ターマスは塚から下りてきた。「わたしは不必要な暴力に反対だ。われわれの力を、もっと蓄えておくべきだよ。いつの日か、それが必要になるときがやってくる」

投票が行なわれた。予想どおり、圧倒的多数で、巨人への攻撃が可決された。タームスはためいきをつき、地面に作戦図を描きはじめた。

「ここが彼の本拠だ。周期の終わりがくるたびに、ここへもどってくる。さてそこで、いまの状況だが――」

タームスは話をつづけ、やわらかい土の上に作戦図を描いていった。

神々のひとりが、もうひとりに頭を近づけ、触角をふれあわせた。「この巨人。やつはとうてい助かる見こみがない。ある意味では、ちょっぴり気の毒になるね。どうしてまた、よけいなことに首をつっこんできたんだろう？」

「偶発事故だよ」相手はにやりとした。「やつらのやりくちを見てもわかるだろう？　どたばた動きまわるから始末が悪い――」

「しかし、当人にとっては、とんだ災難だな」


日が暮れた。街路は暗く、人けがない。歩道をやってきたのは、新聞を小脇にはさんだあの男だった。男はあたりに目をくばりながら、足早に歩きつづける。歩道の縁石のそばに生えた大木を迂回して、身軽に車道へ跳びおりた。車道を横ぎって、向こう側にたどりつく。あの曲がり角で、また蜘蛛の巣にひっかかった。茂みから電柱へと張りわたされた巣だ。反射的に男は手をふりまわして、それをはらい落とした。網が破れるのといっしょに、かぼそい唸《うな》りが聞こえてきた。針金が振動しているような金属的な音。

「……待て！」

男は足をとめた。

「……注意……中に……待て……」

男はあごをひきしめた。手の中で最後の蜘蛛の糸が切れたのを見て、男はそのまま歩きだした。その背後では蜘蛛が破れた巣の中にもどり、じっと見まもっている。男はふりかえった。

「ばかな」男はいった。「その手には乗らないぞ。こんなところにぼやっと立ってて、ぐるぐる巻きにされてたまるか」

男は歩きつづけた。歩道を進み、自分の家の私道にはいった。暗い灌木の茂みを避け、細い私道を小走りにたどった。ポーチの上で鍵をさがし、ドアの鍵穴につっこんだ。

そこではたとためらった。中に？　だが、家の中は外よりましだ。特に夜はそうだ。夜はあぶない。茂みの下でいろんなものがうごめいている。よくない。男はドアをあけ、一歩足を踏みいれた。前方の床の敷物が、くろぐろとした水たまりに見える。その向こう側に電気スタンドの輪郭がぼんやり見わけられる。

電気スタンドまで四歩。男は片足をあげた。そしてとまった。

あの蜘蛛はなんといったっけ？　待て？　男は待ち、耳をそばだてた。静寂。

ライターをとりだし、カチッと火をつけた。

蟻のカーペットが洪水のようにごうっとふくれあがり、押しよせてきた。男はわきへとびのき、ポーチへ飛びだした。蟻の大群は薄暗い床をひっかいて、猛然と追ってくる。

男はポーチから跳びおり、家の横手へまわった。先頭の蟻たちがポーチへあふれでてきたときには、男はすでに水道の蛇口をひねり、ホースをかかえあげていた。

勢いよく噴きだした水流が蟻の群れをさらいあげ、散り散りにして、撥《は》ねとばした。男はノズルの先に指をあてがい、霧のようなしぶきの中に目をこらした。前進しながら、強い噴流をあっちこっちへ向けた。

「くそったれめが」男は歯ぎしりした。「中で待ち伏せたりしやがって――」

男は怖気《おじけ》づいていた。家の中までくるなんて――こんなことははじめてだ！　闇の中で冷汗が顔ににじみでてきた。家の中。これまでは、やつらも家の中にははいってこなかった。一、二ひきの蛾が飛びこんできたことはある。それに、もちろん蠅も。しかし、あいつらは無害だし、ひらひら飛びまわるか、ブンブンうなるだけで――

蟻のカーペット！

男が乱暴に水を撒きつづけるうちに、とうとう蟻たちは隊伍をみだして逃げだした。芝生の上へ、茂みの中へ、家の下へと。

男はホースを持ったまま、小道の上に腰をおろした。全身ががくがく震えていた。やつらは本気だ。これは一時の怒りにまかせた発作的な襲撃じゃない。計画的な、考えぬいた上での総攻撃だ。やつらはおれを待ち伏せていた。あと一歩のところで。

あの蜘蛛のおかげで助かったんだ。

まもなく男はホースの栓を締めて、立ちあがった。物音はしない。どこも静まりかえっている。とつぜん、茂みがカサッと鳴った。甲虫か？　なにか黒いものがちょろりと動いた——男はそれを靴で踏んづけた。おそらく伝令だろう。足の速いやつだ。男は用心深く暗い家の中にもどり、ライターをたよりに手さぐりで進んだ。

しばらくのち、男はデスクの前にすわり、スプレー・ガンを手元においた。鋼鉄と銅でできた大型のスプレー・ガンだ。霧のついたその表面を、男は指でなぞった。

七時。背後では、ラジオの音楽が静かに鳴っている。男は手をのばして電気スタンドを移動させ、デスクのそばの床にも光が当たるようにした。

タバコに火をつけ、便箋と万年筆をとりあげた。それからしばらく考えこんだ。

とうとうやつらはおれの命を狙いにきたか。それも充分に計画を練りあげた上でだ。よるべのない絶望が奔流のように押しよせるのを、男は感じた。おれになにができる？　だれに助けをもとめればいい？　こんなことをだれに話せる？　男は両手を堅く握りしめ、椅子の上ですわりなおした。

一ぴきの蜘蛛が、糸に乗ってすーっとデスクの上に下りてきた。「失礼。できれば怖気づかないでくれ。詩にあったように」

男はまじまじと目を見はった。「おまえはさっきの蜘蛛か？　あそこの曲がり角にいた？　おれに警告をしてくれた？」

「いや。それはほかのだれかだ。〈網かけ師〉だろう。おれの専門は〈粉砕屋〉だ。このあごを見てくれ」蜘蛛は口を開閉させた。「こうやって噛みくだくのさ」

男は微笑した。「それは便利だ」

「そうとも。われわれの数を知ってるかね。たとえば——一エーカーの土地にどれぐらいいると思う？　当ててみろよ」

「千か」

「いや。二百五十万だ。しかも、種類が多い。おれのような〈粉砕屋〉、それから〈網かけ師〉、それから〈刺客〉」

「〈刺客〉？」

「最高の連中だよ。えーと」蜘蛛は考えた。「たとえばだな、きみらのいう黒後家蜘蛛《ブラック・ウィドウ》とか。貴重な存在だ」ちょっと間をおいて、「ひとつだけいっておく」

「なんだ？」

「われわれにも厄介な問題がある。神々が——」

「神々だと！」

「蟻だよ、きみらの言葉でいえばな。指導者たちだ。われわれも彼らには手が出せない。実に残念だがね。蟻はひどくいやな味がする——食うと気分が悪くなる。小鳥にまかせるしかない」

男は立ちあがった。「小鳥に？　ということは——」

「つまりだね、これは一種の協定だ。もう何十万年も前からつづいている。その話をしてやろう。残された時間がまだすこしある」

男の心臓はきゅっと縮んだ。「残された時間？　なんのことだ？」

「なんでもない。これからちょっとしたトラブルがあると思うんでね。とにかく背景を説明しておこう。なにも事情をご存じないようだから」

「たのむ。拝聴するよ」男は立ちあがり、部屋の中を歩きまわりはじめた。

「あいつらは地球をけっこううまく運営していたんだ。約十億年前にはね。いいか、そこへ人間たちがべつの星からやってきた。どの星かって？　それは知らない。人間たちは着陸し、そして地球が蟻たちによってみごとに開拓されているのを知った。そこで戦争があった」

「すると、われわれはインベーダーだったのか」男はつぶやいた。

「そうさ。戦争の結果、双方が野蛮状態にもどってしまった。あいつらも、きみらもだ。

人間は攻撃のしかたを忘れ、あいつらは退行して閉鎖的な派閥社会を作りあげた。蟻とか、白蟻とか――」

「なるほど」

「こうした一部始終を知っている人間の最後の集団が、われわれを登場させた。育種のすえに」――蜘蛛は独特のやりかたで含み笑いして――「われわれは創りだされたんだ。このりっぱな目的に貢献できるようにね。われわれはあいつらの繁殖をうまく防いだ。あいつらがわれわれをなんと呼んでいると思う？　〈大食い〉だとさ。不愉快じゃないか」

もう二ひきの蜘蛛がそれぞれの糸に乗って、デスクの上に下りてきた。三びきの蜘蛛はしばらく頭を寄せあった。

「情勢は意外に深刻らしいぜ」もどってきた〈粉砕屋〉があっさりといった。「ここまで悪化しているとは知らなかった。紹介しよう、これが〈刺客〉――」

黒後家蜘蛛《ブラック・ウィドウ》がデスクの端までやってきた。「巨人」と彼女は金属的な声をひびかせた。「あなたに話がある」

「どうぞ」男はいった。

「ここではもうすぐひと荒れありそうだわ。いま、彼らがこっちへ移動中なの。たいへんな数よ。だから、しばらくそばにいてあげようと思ってね。味方として」

「わかった」男はうなずいた。唇をなめ、震える指で髪をかきあげた。「見こみはどうなんだ？――つまり、勝算は――」

「勝算？」〈刺客〉は、考え深げに体を波打たせた。「そうね、わたしたちはこの仕事を長年つづけてきた。ほとんど百万年近くもね。まあ不利な点もいくつかあるけど、こちらがすこし優勢だと思うわ。小鳥との協定もあるし、それにもちろん、ヒキガエルも味方だし――」

「だいじょうぶ、救ってやれるさ」〈粉砕屋〉が陽気に口をはさんだ。「実をいうと、こういう事件が起きるのをたのしみにしてたんだ」

床板の下から、遠くでなにかをひっかくような音がした。おびただしい数の小さい鉤爪と羽が、遠くのほうでかすかに振動している。男はそれを聞きとった。全身の力が萎《な》えるような気分だった。

「本当に自信があるのか？　だいじょうぶかね？」男は唇の汗をぬぐい、まだ耳をすましたまま、スプレー・ガンを手にとった。

物音はしだいに大きくなり、彼らの下からふくれあがってきた。床板の下から、足もとから。家の外では茂みがカサコソと音を立て、二、三びきの蛾が窓ガラスにぶつかってきた。遠くで、また近くで、あらゆる方角で、物音がしだいしだいに大きくなってくる。ブーンとひびく怒りと決意の唸りが、いやましに高まる。男はきょろきょろとあたりに目をやった。

「本当にだいじょうぶか？」男はつぶやいた。「本当におれを救えるのか？」

「あら」と〈刺客〉が当惑したようにいった。「そんな意味でいったんじゃないわ。わたしのいった意味は、生物種、ひとつの種族のこと……個人としてのあなたじゃない」

男に見つめられて、三びきの〈大食い〉は、ばつがわるそうにもじもじした。さらに何びきかの蛾が窓にぶつかってきた。彼らの下で床が揺れ動き、大きく持ちあがった。

「わかったよ」と男はいった。「残念だ。こっちが勝手に誤解していたわけか」

おお！　ブローベルとなりて

Oh, to Be a Blobel!

浅倉久志◎訳

マンスターが二十ドルの白金貨をスロットに入れると、ちょっと間をおいて、ロボット精神分析医が動きだした。ロボットは両眼を柔和にまたたかせ、回転イスを彼のほうに向けかえて、やおらデスクからペンと細長い黄色のメモ用紙をとりあげた。

「おはようございます。さあ、どうぞ」

「どうも。ジョーンズ博士、まさかあんたは、フロイトの伝記の決定版を書いた、あのジョーンズ博士じゃないでしょうね。あれは一世紀も前のことだしね」マンスターは神経質な笑い声を上げた。どちらかといえば衣食にもこと欠く身の上なので、こういう新型の完全恒常性ロボット分析医には慣れていない。「えーと、なにからはじめます？　自由連想？　身の上話、それとも？」

ジョーンズ博士はいった。「まず、あなたのお名前、そしてなぜわたしを《ウント・ヴァルム・ミッヒ》——なぜわたしを選んだかを話してください」

「名前はジョージ・マンスター。住所は、一九九六年にできたサンフランシスコ団地のWEF三九五号棟、第四高架廊」

「どうぞよろしく、マンスターさん」ジョーンズ博士が手をさしだしたので、ジョージ・マンスターはその手を握りしめた。博士の掌《てのひら》には快い体温と柔らかみがある。しかし、握力は男性らしく力強かった。

マンスターは話しはじめた。「実は、ぼくはもとGIなんです。復員軍人。WEF三九五号棟に入居できたのも、それでした。復員軍人の優先順位というやつで」

「なるほど」ジョーンズ博士は、時間経過をはかっているのか、かすかにチクタク音を立てていた。「ブローベルとの戦争ですな」

「ぼくはあの戦争で三年間たたかいました」マンスターは、薄くなりかかった黒い長髪をなでつけた。「ブローベルを憎んでいたので、自分から志願したんです。当時、ぼくはまだ十九で、いい会社にいた。しかし、太陽系からブローベルを一掃する聖戦と聞いちゃ、じっとしてられなかった」

「ウム」ジョーンズ博士は、チクタク時を刻みながらうなずいた。

「ぼくは勇敢に戦いました。嘘じゃない。勲章がふたつ、それに感状が一度。伍長に進級。監視衛星に巣食ってたブローベルどもを、ひとりで全滅させたという功績です。むろん、むこうの数は、はっきりわからない。なにしろブローベルってやつは、おおぜいくっついて一つになったり、また離れたり、始末におえなくって……」感情がたかぶってきたマンスターは、そこでいったん言葉を切った。あの戦争のことを思いだして話すだけでも、おれには耐えられないんだ……マンスターはソファーの上に横になり、タバコを一本くわえて、気をおちつかせようとした。

もともとブローベルという生物は、ほかの星系、おそらくはプロキシマから、移住してきたといわれる。七千年前に彼らは火星とタイタンに住みつき、農業を中心に繁栄を誇っていた。原始の単細胞アメーバから発達した彼らは、かなり大きな体型と高度な神経系を備えてはいる。しかし、偽足《ぎそく》をもった、二分裂で生殖するアメーバであることに変わりはなく、地球人の移民から見れば、概して不快な生物だった。

戦争の導火線となったのは、エコロジーの問題である。国連の対外援助部は、かねてから、火星の大気をもっと地球人の移民にとって好ましいものに変えたいと念願していた。しかし、すでに火星に住みついていたブローベルにとって、この変化はすこぶる好ましくないものだった。紛争はここから生じた。

といって、惑星の大気層の半分だけを変えることは不可能だった。やっかいなブラウン運動というやつが存在するからだ。十年たらずのうちに、変化した大気は火星のすみずみまでゆきわたり、ブローベルに——すくなくとも彼らのいうところでは——非常な苦痛を与えた。その報復に、ブローベルの宇宙艦隊は地球に接近し、精巧な軍事衛星をばらまいていった。この衛星は、何年かのうちに、地球の大気をすっかり変化させてしまうように設計されていた。しかし、この変化はついに起こらずじまいだった。もちろん、国連軍事部が行動を起こしたのである。自動制御ミサイルで、衛星はつぎつぎに爆破された……それが戦争のはじまりだった……。

ジョーンズ博士がいった。「あなたは結婚していますか、マンスターーさん？」

「いいえ、まだ。実は——」といいかけて、マンスターーはぶるっと身ぶるいした。「そのわけは、ぼくの話を最後まで聞いてもらえばわかります。いいですか、ドクター——」タバコをもみ消して、「正直にいいます。ぼくは地球のスパイでした。いやな仕事だった。その任務を命じられたのは、ぼくが戦場で勇敢だったからで……こっちから志願したわけじゃない」

「わかります」ジョーンズ博士はいった。

「ほんとうに？」マンスターーの声はかすれた。「あのころ、地球人のスパイがうまくブローベルの中へまぎれこむのに、どんなことが必要だったか、知っているんですか？」

うなずきながら、ジョーンズ博士はいった。「知っていますとも、マンスターーさん。あなたは人間の形態を捨てて、あのおぞましいブローベルに変装しなくてはならなかった。そうでしょう？」

マンスターはなにもいわなかった。悲しげにこぶしを握りしめたり、また開いたりしているだけだった。彼のかたわらで、ジョーンズ博士はチクタクと時を刻みつづけた。

その夜、WEF三九五号棟のせまいアパートにもどったマンスターは、ティーチャーズのスコッチの封を切り、ひとり淋しくコーヒー・カップについだ。流しの上の戸棚まで、ウイスキー・グラスをとりにいく元気もなかった。

いったい、きょうのジョーンズ博士との面接で、どんな収穫があった？　なんにもない。すくなくとも、おれの目から見るかぎりは。しかも、ただでさえお寒い懐ぐあいに、あの出費は大きな痛手だ……それというのも――

それというのも、本人と、国連の復員軍人医療局のあらゆる努力もむなしく、一日に約十二時間、マンスターはWEF三九五号棟のアパートの中で、ひとりでに戦時中の体形にもどってしまうからである。つまり、あの形のないぐにゃぐにゃした、単細胞的なアメーバ生物の姿に。

マンスターの収入は、国連陸軍省からおりる雀の涙ほどの恩給だけだった。就職するのは不可能だ。仕事についたとたん、緊張のあまりその場で――つまり、新しい雇い主や職場の仲間の目の前で――ブローベルの姿にもどってしまう。

これではどんな職場でも、円滑な人間関係は望めない。

そう考えているしりから、午後八時のいま、マンスターはふたたび変身がはじまったのを知った。もうおなじみの、いやでたまらない感覚だった。いそいでカップに残ったウイスキーを飲みほし、カップをテーブルの上にもどし……そして自分の体がどろどろと均質な塊に溶けてゆくのを感じた。

電話が鳴った。

「出られない」と、彼はどなった。電話の中継器が、その悲痛なメッセージを聞きとり、かけてきた相手に伝えてくれるはずだ。いまやマンスターは、カーペットの真ん中で、透明なゼリー状の塊になっていた。彼は電話機のほうへくにゃくにゃと動きはじめた。いまちゃんと断ったのに、電話は鳴りやまない。激しい怒りがこみあげてきた。もうただでさえ苦労で手いっぱいだというのに、この上、電話のめんどうまで見なくちゃならんのか？

そばまでたどりつくと、一本の偽足をのばし、受話器をフックからさらいとった。非常な努力で、柔軟な体の一部を声帯に似たものに変え、にぶく共鳴させた。「いそがしい」送話口に向かって、低いブーンという共鳴音でつづけた。「あとにしてくれ」受話器をもどしながら、心の中で思った。明日の朝にしてくれ。おれが人間の体をとりもどしたあとに。

アパートの中は、急に静かになった。

ためいきをついて、マンスターはカーペットの上を窓ぎわまで這いもどり、それから体を塔のように盛りあがらせて、窓の外をのぞいた。光に敏感な斑点が体の表面にひとつあって、それを使えば、本物の眼球はなくても、なつかしい外の風景を――サンフランシスコ湾や、金門橋や、いまは子供たちの遊び場になったアルカトラズ島を、眺めることができる。

ちくしょうめ、と苦い気分で考えた。しょっちゅうこんな姿にもどるんじゃ、おれは結婚もできん。人なみの生活もできん。戦争中に、陸軍省のおえらがたどもが、おれをむりやりこんな姿に変えたばっかりに……。

任務をひきうけたあの当時は、よもや変身処置で永久的な影響が残るとは知らなかった。「ある期間だけの一時的なもの」とかなんとか、むこうが甘い言葉で請《う》けあうのにだまされたのだ。ある期間が聞いてあきれる、とマンスターは無力な怒りをたぎらせながら思った。もうこれで十一年間だぞ。

そのために生じた心理的な苦悩、精神のストレスは、たいへんなものだった。きょう、ジョーンズ博士を訪ねたのもそのためだ。

また、電話が鳴りだした。

「わかったよ」マンスターは声に出してそういうと、ふたたびえっちらおっちらと部屋を横ぎりにかかった。「そんなにおれと話したいか？」しだいにゴールへ近づきながら、彼はいった。ブローベルの姿をした者にとっては、長い旅だった。「よし、相手になってやるよ。なんなら、ビデオ・スクリーンのスイッチを入れて、おれを見たっていいんだぜ」電話機にたどりつくと、スイッチを入れた。これで聴覚だけでなく、視覚コミュニケーションも可能になる。「さあ、よく見ろ」そういって、ビデオ走査管の前に、自分の無定形な体を露出した。

ジョーンズ博士の声が聞こえた。「おじゃまして申し訳ありません、マンスターさん。それも、あなたがこういう、その、不便な状態でいらっしゃるときに……」ロボット精神分析医は、そこで間をおいた。「実はあれからずっと、あなたの状態に関する問題解決に、全力でとりくんでいたのです。すくなくとも、部分的な解決法はあるかもしれません」

「えっ？」マンスターは驚きの声を出した。「というと、まさか現代医学がそこまで——」

「いや、いや」ジョーンズ博士は急いでこたえた。「身体的問題は、わたしの領域外です。これは忘れないでください、マンスターさん。あなたがわたしに相談に見えたのは、心理的適応についてであって——」

「いますぐそっちへ行きます」といってから、マンスターは気がついた。いまのブローベルの姿では、町のむこう側にあるジョーンズ博士の診療所まで這っていくのに、何日もかかる。彼は絶望にかられた。「ねえ、ドクター、これじゃどうにもならない。ぼくは、毎晩八時ごろからあくる朝の七時ごろまで、このアパートにカンヅメなんだ……あなたのところへ行って、アドバイスをうけようにも……」

「おちつきなさい、マンスターさん」ジョーンズ博士がさえぎった。「あなたに知らせたいことがあるんです。こういう状態にあるのは、あなただけじゃない。それはご存じでしたか？」

のろのろと、マンスターは答えた。「ああ。時期はまちまちだが、ぜんぶで八十三名の地球人が、戦争中にブローベルの姿に改造された。その八十三名の中で――」そうした事実は、すっかり暗記していた。「六十一名が生き残り、そのうち五十名が会員になって、不自然戦争帰還兵クラブというのを作っている。ぼくもそこの会員だ。月に二回、会合があって、みんなでいっせいに変身し……」しゃべりながら、マンスターは電話を切りたくなった。あれだけの金をはらって、手にはいったのはこれか。このカビの生えたニュースなのか。「さようなら、ドクター」と、彼はつぶやいた。

ジョーンズ博士は、あわてたようにヒューッと回転音を出した。「マンスターさん、わたしがいうのは、ほかの地球人のことじゃありません。あなたのためにいろいろ調査した結果、こういう事実が出てきました。つまり、国連図書館の押収文書によりますと、ブローベル側でも、十五名のブローベルが、スパイとして行動するため、人間もどきの姿をとっていたのです。おわかりですか？」

しばらく考えてから、マンスターはいった。「いや、よくわからない」

「あなたには、治療に対する精神的ブロックがありますな。とにかく、こうしてください、マンスターさん。明朝十一時に、わたしの診療所へきていただくのです。あなたの問題の解決法は、そのときにご相談しましょう。では」

マンスターはけだるそうにいった。「ブローベルの姿でいるときのぼくは、あまりよく頭がはたらかないんです、ドクター。かんべんしてやってください」電話を切ったが、まだピンとこない気持だった。すると、いまこの瞬間、タイタンには、いやおうなしに地球人の姿をとらされた十五人のブローベルが、歩きまわっているわけか——それがどうした？　それがどうおれの役に立つ？

明日の十一時になれば、その答えがわかるかもしれない。

ジョーンズ博士の待合室へすたすたとはいっていった彼は、すでに先客がフロアスタンドのそばの深いイスに腰をかけ、フォーチュン誌を読んでいるのに気づいた。すばらしく魅力的な若い女性だった。

自動的にマンスターは、彼女をとっくり眺められる位置をえらんですわった。いま流行の、白く染めて、三つ編みに後ろへ垂らした髪……もう一冊のフォーチュン誌を読むふりをしながら、その相手に見とれた。すらりとした足、小さくきゃしゃな肘。彫りの深い、きりっとした顔立ち。知的な瞳、形のいい鼻——こりゃとびきりの美人だ。むさぼるようにその姿を見つめる……と、だしぬけにむこうが顔を上げ、すずやかに彼の視線をうけとめた。

「退屈ですね、待たされるのは」マンスターはもごもごとつぶやいた。

女はいった。「ここへはよくいらっしゃるんですか？」

「いや。まだ二度目ですが」

「わたしははじめてなんです。いつもは、ロサンジェルスにある、電子完全恒常性を備えたべつの精神分析医にかよってました。そしたら、ゆうべ遅く、その分析医のビング博士から電話があって、サンフランシスコへ飛びなさい、明日の朝、ジョーンズ博士に会うように、といわれたんです。ここの先生はよほどの名医なんでしょうか？」

「うーん。たぶんね」それはいまにわかる、とマンスターは思った。この段階じゃ、まだなんともいえん。

奥のドアが開いて、ジョーンズ博士が顔を出した。「アラスミスさん」と、娘に向かってうなずき、「マンスターさん」と、ジョージに向かってうなずいた。「ごいっしょに中へどうぞ」

立ち上がりながら、ミス・アラスミスがいった。「でも、それだと、二十ドルはだれが払うことになりますの？」

しかし、分析医は無言だった。スイッチが切れたのだ。

「わたしが払います」ミス・アラスミスはいって、ハンドバッグをあけようとした。

「いや、いや。ぼくに出させてください」マンスターは二十ドルのコインを出して、分析医のスロットに入れた。

とたんにジョーンズ博士は言葉をとりもどした。「あなたは紳士ですな、マンスターさん」ほほえみながら、ふたりを診察室に入れた。「どうぞおかけください。アラスミスさん、前おきははぶいて、おさしつかえなければ、さっそくあなたの……特殊事情を、マンスターさんに説明させていただくことにします」マンスターに向かって、「アラスミスさんは、ブローベルです」

マンスターは、ただまじまじと女を見つめるだけだった。

ジョーンズ博士はつづけた。「明らかに、いま現在の彼女は人間の姿にあります。これは、彼女にとっては、不随意的な回帰状態なのです。戦時中、彼女は地球軍の後方で、ブローベル連合戦線のために活動していました。やがてスパイであることがわかって捕えられましたが、まもなく戦争が終わり、裁判も刑もまぬかれたのです」

ミス・アラスミスが、低い、抑制のきいた声でいった。「釈放されたとき、わたしはまだ人間の姿でした。恥ずかしさのあまり、わたしはここに残りました。タイタンにもどるなんて、とても……」声がふるえ、そしてとぎれた。

ジョーンズ博士が、代わって説明した。「この状態には非常な恥辱の念がつきまとうのです。とくに、育ちのいいブローベルにはね」

うなずきながら、ミス・アラスミスは小さいアイリッシュ・リネンのハンカチを握りしめ、唇をかんだ。「そのとおりですわ、ドクター。でも、恥を忍んでわたしはタイタンへ帰り、むこうの名医たちにこの困った状態を相談しました。高価な治療法を長いあいだつづけたすえに、やっとわたしはもとの姿に……」しばらく口ごもって、「一日の四分の一ほどのあいだは、もどれるようになりました。でも、残りの四分の三は……いまごらんになっているような状態なんです」彼女はうなだれて、ハンカチを右の目にあてた。

「しかし」と、マンスターは反論した。「あなたは運がいい。人間の姿は、ブローベルの姿より何層倍もましですよ――ぼくがいうんだからまちがいない。第一、ブローベルだと、くにゃくにゃ這って歩かなくちゃいけない……まるででっかいクラゲみたいなもんで、まっすぐ立とうにも背骨がないしね。それに二分裂――あれはいやだ。あれほどつまらんものはない。つまり地球人の……生殖方法に比べたら」彼は顔を赤らめた。

ジョーンズ博士がチクタク音を立てながら、割ってはいった。「あなたがたおふたりが人間の姿をとる期間は、約六時間ほど重なりあいます。それから、ブローベルの姿も、約一時間重なりあいます。だから合計すると、二十四時間のうち七時間、おふたりは同一の体形をわかちあわれるわけです。わたしにいわせるなら――」と、分析医はペンとメモ用紙をもてあそんで、「七時間というのは、そうわるくありませんよ。この意味がわかってくださるならね」

ややあって、ミス・アラスミスがいった。「でも、マンスターさんとわたしは、生まれながらの仇敵ですわ」

「それはもう昔のことじゃないですか」マンスターはいった。

「そのとおりです」ジョーンズ博士はうなずいた。「たしかにアラスミスさんは基本的にはブローベルであり、また、マンスターさんは地球人である。しかし――」と、身ぶりして、「おふたりとも、どちらの文明においてもはみだし者なのです。おふたりとも帰属する場がなく、そのため、確固たる自我意識を徐々に失いはじめています。このままでいれば、おふたりともしだいに状態が悪化して、最後には重い精神病におちいるでしょう。そうならないためにも、うちとけた交際をなさることが、ぜひ必要です」分析医はそこまでいってから沈黙した。

ミス・アラスミスが小さい声でいった。「あなたにお会いできて、とても運がよかったと思いますわ、マンスターさん。ジョーンズ博士がおっしゃったとおり、わたしたち、一日のうち七時間は、おなじ姿でいられるんです……そのあいだだけでも、もうみじめな孤独におちいらずに、いっしょにたのしく暮らすことができますわ」彼女は希望にみちた微笑を彼に送り、コートの乱れを直した。たしかに抜群のプロポーションだ。襟ぐりの深いドレスが、理想的な手がかりを提供してくれていた。

彼女を見まもりながら、マンスターは考えこんだ。

「マンスターさんに時間をあげてください」ジョーンズ博士がミス・アラスミスにいった。「わたしの分析によれば、いまに彼も素直な考え方にもどり、正しい決断をくだすはずです」

まだコートの襟もとをつくろい、大きな黒い瞳にときどきハンカチをあてながら、ミス・アラスミスはしんぼう強く待ちつづけた。


それから何年かたったある日、ジョーンズ博士のオフィスの電話が鳴った。博士はいつものように電話に応じた。「モシモシ、おそれいりますが、わたしとお話になりたいのでしたら、二十ドルお入れください」

線のむこうから聞こえてきたのは、荒っぽい男の声だった。「よく聞け、こちらは国連法務省だ。われわれはだれに話すときも、二十ドル払ったりはせん。だから、きみの内側にある例のスイッチを入れるんだ、ジョーンズ」

「わかりました」ジョーンズ博士はいうと、耳の後ろにある無料作動のレバーを、右手で押した。

国連法務省の役人はきいた。「二〇三七年に、きみはある一組の男女に結婚をすすめたか？　ジョージ・マンスターと、現在マンスター夫人になっているヴィヴィアン・アラスミスにだ」

ジョーンズ博士は、内蔵メモリーバンクをチェックして答えた。「はい、もちろん」

「そこからどういう法律問題が派生するかを、調べてみたことはあるか？」

「あー、いや、別に。それは、わたしには関係ないことですから」

「国連法に違反する行為を患者にすすめた場合、責任を問われるのは知っているだろうね？」

「ブローベルと地球人の結婚を禁じる法律は、ないはずです」

「わかったよ、博士。では、そのふたりのカルテを見せてもらうということで、手を打とうじゃないか」

「それは絶対にだめです。医師の倫理にもとります」

「よろしい。では令状を発行して、カルテを差し押さえる」

「ご自由に」ジョーンズ博士は耳の後ろに手をやって、スイッチを切ろうとした。

「待て。こういえば興味があるだろう。マンスター夫妻は、いまでは四人の子持ちだ。しかも、メンデルの法則どおり、子供たちはぴったり一、二、一の割合に分かれている。ブローベルの娘がひとり、混血の息子がひとり、混血の娘がひとり、地球人の娘がひとり。法律問題が生じたのは、こういうわけだ。ブローベルの最高会議が、夫妻の子供のうち、純粋なブローベルの娘にタイタンの公民権があると主張し、また、混血のふたりのうちひとりを、最高会議の支配下にひきとりたいと要求してきた。いいかね、つまりマンスター夫妻の結婚生活はうまくいってないんだ。別れ話が持ちあがっているんだが、夫妻とその子供たちに、どっちの法律を適用したものか、その解釈で頭が痛い」

「なるほど。そういうこともありましょうね。いったいなぜ、結婚がうまくいかなかったんです？」

「知るもんか。知りたくもない。おそらく、おとなふたりと、四人の子供のうちふたりが、毎日ブローベルになったり、地球人になったりを繰り返すからだろうよ。たぶん、そのストレスに耐えられなくなったんだろうよ。もし心理学的なアドバイスを与えてやりたいなら、彼らと話してみるんだな。じゃ、これで」国連法務省の役人は、電話を切った。

あのふたりに結婚をすすめたのは、まちがいだったろうか、とジョーンズ博士は自問した。もう一度、あのふたりに会ってみるべきではなかろうか。すくなくとも、わたしにはそうする義務がある。

ロサンジェルスの電話帳をひらいて、ジョーンズ博士はMの部を調べはじめた。

マンスター夫妻にとって、それは苦しい六年間だった。

まずジョージは、サンフランシスコからロサンジェルスに引っ越した。彼とヴィヴィアンは、それまでの2DKから3DKのアパートに移って、世帯を持つことにしたのだ。一日の四分の三も地球人の姿をたもてるヴィヴィアンには、すぐ職が見つかった。第五ロサンジェルス空港で、ジェット旅客機のフライト・インフォメーションを、堂々と人前でアナウンスする仕事だ。しかし、ジョージは――

彼は、自分の恩給が妻のサラリーの四分の一にもたりないのを、痛切に感じた。なんとか収入をふやそうと、家でできる内職をさがしまわった。やがて、ある雑誌の中で、こんな広告が目をひいた――

〈団地で居ながらにしてどんどんお金がもうかる！　木星産の巨大ウシガエルを育ててみませんか。跳躍能力二十五メートル。用途――蛙レース（法律で許可された地域にかぎる）その他……〉

そこで二〇三八年に、ジョージ・マンスターは木星から輸入された蛙のつがいを買いこみ、居ながらの金もうけを目ざして、団地の建物の中で育てることにした。場所は、半恒常性ロボット掃除夫のレオポルドが、地下室を無料で使わせてくれた。

しかし、木星に比べて重力の弱い地球では、蛙たちがとてつもない跳躍をやってのけるため、地下室ではせますぎることがまもなく判明した。蛙たちは壁から壁へ緑のピンポン玉のようにはねかえり、つぎつぎに死んでいった。このやっかいな生き物を飼うのには、

QEK六〇四号棟の地下室よりもっと広い場所が必要らしい、とジョージは気がついた。はじめての子供が生まれたのも、その頃だった。この長女は、純粋なブローベルの血をひいているらしかった。一日二十四時間、ゼリーの塊のようにうごめいているだけ。ジョージは、ほんのつかのまでも人間の姿に変わってくれないかと、むなしく待ちつづけた。

妻と自分が人間の姿になったときを見はからって、ジョージは居丈高にヴィヴィアンをなじった。

「どうしておれが、あれを自分の子供だなんて思える？　あれは——おれにとっちゃ異星生物でしかないぞ」彼は失望だけでなく、恐怖さえ感じていた。「ジョーンズ博士も、ここまで見通すべきだったんだ。たぶん、あれはきみの子供だろう——きみに瓜ふたつだもんな」

ヴィヴィアンの両眼に涙があふれた。「それは侮辱のつもりね」

「ああ、もちろんだ。おれたちはおまえら化け物と戦った。あのころはおまえらを、デンキクラゲぐらいにしか思ってなかった」陰気な顔で、彼はコートを着こみ、妻に言いわたした。「おれはこれから不自然戦争帰還兵クラブの本部へ行ってくる。連中とビールを一杯やりにな」まもなく、彼はなつかしい戦友たちと再会しようと道を急いでいた。アパートの外へ出られることがうれしかった。

不自然戦争帰還兵クラブ、略称VUWの本部は、ロサンジェルスの下町にある古ぼけたセメントのビルだった。この建物は二十世紀からの遺物で、見るもむざんにペンキが剝げおちていた。VUWは、その会員の大半が、ジョージ・マンスターのような恩給生活者である関係で、資金ぐりがたいそう苦しいのだ。とはいえ、そこには玉突き台と古い立体テレビ、それに何十本かのポピュラー音楽のテープと、チェスの盤と駒が、いちおう揃っていた。ジョージはここでビールを飲みながら、人間か、それともブローベルの姿をしている会員たちと、チェスを指すのがつねだった。その両方の姿がうけいれられる場所は、ここだけである。

その晩、ジョージは戦友のピート・ラグルズと向かいあってすわった。ピートもやはり、ヴィヴィアンとおなじように周期的に人間の姿にかわる、ブローベルの女性と結婚していた。

「ピート、おれはつくづくいやになったよ。おれのガキときたら、ゼリーの塊でやがる。ずうっと前から、おれは子供がほしくてたまらなかった。なのに、なにが生まれてきたと思う？　砂浜に打ちあがったクラゲみたいなしろものだ」

ビールをちびちびなめながら、ピートはいった――いまのところは、彼も人間の姿だった。「まったくだ、ジョージ、そりゃひでえ話だよ。しかしなあ、おまえが彼女と結婚したときから、こうなることはわかってたはずだぜ。それにさ、いいか、メンデルの法則からしても、つぎに生まれる子供は――」

「おれがいいたいのはだな」と、ジョージはさえぎった。「おれが女房を尊敬してないってことさ。おれはあいつを化け物だと思っちまうんだ。それに、このおれもな。おれたち夫婦は、どっちも化け物なんだよ」彼は残りのビールをいっきにあけた。

ピートは考えぶかげにいった。「しかし、ブローベルの立場からするとだな——」

「やい、いったいきさまはどっちの味方なんだ？」ジョージはつめよった。

「やかましい」とピート。「この野郎、ぶちのめされたいか」

一瞬後には、ふたりはおたがいめがけて拳固《げんこ》をくりだしていた。運よく、間一髪で、ピートがブローベルの姿にもどった。怪我はなかった。いまや、まだ人間のままのジョージは一人その場にとり残され、ピートはじわじわとどこかをさして這ってゆくところだった。たぶん、おなじようにブローベルの姿になったグループへ、仲間入りしにいくのだろう。

ジョージはやりきれない気持ちで、自分に言いきかせた。おれたちはどこか遠い惑星の月の上で、新しい社会を作るしかないのかもしれん。地球人のでも、ブローベルのでもない社会を。

やっぱり、ヴィヴィアンのところへ帰ろう、とジョージは心をきめた。ほかに、このおれの行き場所がどこにある？　ヴィヴィアンに会えただけでも、おれは運がよかったんだ。あいつがいなけりゃ、おれはこのＶＵＷ本部で、毎日毎晩ビールを食らってのんだくれている帰還兵でしかなかったろう。未来もなく、希望もなく、家庭生活もなしに……。

彼はいま新しい金もうけの計画にとりかかっていた。一種の家庭通信販売だった。すでにこんな広告も、サタデイ・イブニング・ポスト誌へ出してあった――〈幸運を招くといま大評判の、マジック天然磁石！　純外星系産ですから効力絶大！〉。この鉱石はプロキシマ系原産で、タイタンでしか手にはいらない。ヴィヴィアンが彼のために、自分の一族へ口ききをしてくれたのだ。しかし、いまのところ、代金の一ドル五十セントを郵送してきたお客は、数えるほどしかいなかった。

おれは能なしだ、とジョージはつぶやいた。

さいわい、二〇三九年の冬に生まれたつぎの子供は、混血であることがわかった。一日の五十パーセントは人間の姿になってくれるので、ジョージにとっては――しょっちゅうとはいかないまでも――自分とおなじ種族の子供が持てたわけだ。

彼がまだモーリス誕生の喜びに浸っているとき、おなじQEK六〇四号棟の住民代表委員たちが玄関のドアをノックした。

「実は陳情書をお届けに上がったんですがね」代表委員長は、ばつがわるそうに足をもぞもぞさせた。「あなたと奥さんにQEK六〇四号棟から立ち退いていただきたいという内容です」

「しかし、どうして？」ジョージは面くらってききかえした。「いままであんたらはなにも文句をいわなかったじゃないか」

「その理由は、お宅に混血の赤ちゃんが生まれたからです。いまに遊びざかりの年ごろになられたときに、わたしたちの子供が妙な影響をうけてもいけませんので——」

ジョージは彼らの鼻さきへ、たたきつけるようにドアを閉めた。

しかし、それでも圧力はひしひしと感じられた。隣人たちの敵意が、まわりから押しせまってくるようだった。ジョージはやりきれない気持ちになった。ちくしょう、おれがこの前の戦争でムキになって戦ったのは、あんなやつらを助けるためだったのか。バカにしやがって。

一時間後、彼はまたもやVUWの本部に腰をすえ、ビールを飲みながら、やはりブローベルと結婚している仲間のシャーマン・ダウンズを相手に、ぐちをこぼしていた。

「シャーマン。もうだめだよ。おれたちはみんなに嫌われてる。どこかへ移住しなきゃ、どうにもならん。こうなったら、タイタンへ行ってみようかと思うんだ。ヴィヴィアンの世界へ」

「おい待てよ」とシャーマンがとめた。「おまえがけつを割るなんて悲しいよ、ジョージ。でもさ、あの電磁式の減量ベルトが、やっと売れかかってきたんだろう？」

ここ数カ月、ジョージは、ヴィヴィアンに設計を手つだってもらった複雑な電磁式減量ベルトの製造販売に、手を染めていた。この装置は、タイタンで愛用されているが地球には知られていない、あるブローベルの発明品の原理を拝借したものだった。そして、こんどの事業は好調だった。ジョージはすでに捌《さば》ききれないほどの注文をかかえていた。しかし——

「実はそれで、ひどい目にあったんだよ、シャーマン」とジョージはうちあけた。「こないだ、あるドラッグストアへ行ったときだ、むこうが減量ベルトの大量注文をくれたもんで、おれは興奮のあまり……」ジョージは言葉を切った。「な、あとはわかるだろう？　変身しちまったんだよ。百人もの客がいる前で。それを見たとたん、バイヤーのやつ、注文を取り消しやがった。おれたちみんなが恐れてるあれさ……おまえにも見せたかったぜ、連中の態度がガラリと変わった」

シャーマンはいった。「だれか、おまえの代わりに販売をやってくれるやつを雇えよ。生粋《きっすい》の地球人を」

むっとして、ジョージはいった。「このおれだって生粋の地球人だぞ。それを忘れてもらいたくねえな。ええ？」

「おれのいった意味はだな、ただ——」

「おまえのいった意味はわかってるさ」ジョージはいうと、シャーマンめがけてパンチをふるった。さいわい、彼のこぶしは空を切り、そして興奮のあまり、ふたりともブローベルの姿にもどってしまった。ふたりはしばらくむかっ腹でじわじわと相手の体に浸みこみあったが、やがてほかの仲間が駆けつけて、ようやくのことでひき離した。

「おれは正真正銘の地球人だぞ」ジョージはシャーマンに向かって、ブローベル流に思念放射した。「文句のあるやつは、片っぱしからぶっとばしてやる」

ブローベルの姿では、自力で家へ帰れなかった。しかたなく、ヴィヴィアンに電話して、迎えをたのんだ。しまらないこと、おびただしい。

自殺だ、と心をきめた。答えはそれしかない。

どうやるのが一番いいだろう？　ブローベルの姿でいるときは、苦痛の感覚がない。よし、そのときにしよう。ブローベルの体を溶かすような物質はいろいろある……たとえば、QEK六〇四号棟の娯楽室にあるような、たっぷり塩素殺菌されたプールへとびこむとか。

ある晩、水泳プールの縁で、決心がつきかねたクラゲのように横たわっている夫を見つけたのは、人間の姿のヴィヴィアンだった。「ジョージ、ねえ、おねがい——もう一度ジョーンズ博士に診てもらってちょうだい」

「うにゃあ」彼は体の一部で疑似声帯を作りながら、にぶく声を発した。「むだだよ、ヴィヴィアン。おれはもう生きていたくない」あのベルトにしてもそうだ。あれは、自分のアイデアというより、ヴィヴィアンのアイデアだった。あそこでも、妻におくれをとった……どうあがいても妻に太刀打ちできず、しかも格差は日ましに広がってゆく。

ヴィヴィアンがいった。「でも、これからよ。子供たちのことも考えてちょうだい」

たしかにそれもそうだ。ジョージは思いなおした。「一度、国連陸軍省へ行ってみようかな。なにか新しい医学で、おれの体を固定させるような方法が見つかったかもしれん」

「でも、もしあなたが地球人として固定されたら、このわたしはどうなるの？」

「一日十八時間、きみといっしょに暮らせることになるじゃないか。きみが人間の姿でいるあいだじゅう、ずっとだぜ！」

「でも、きっとあなたは、わたしとの結婚をつづける気力がなくなるわ。だって、ジョージ、そうなれば、あなたは地球人の女とつきあえるんですもの」

それではヴィヴィアンがかわいそうだ、とジョージはさとった。そこで、その考えをあきらめた。

二〇四一年の春、三番目の子供が生まれた。女の子で、モーリスとおなじように混血だった。夜はブローベル、昼間は人間の姿なのだ。

そうこうするうちに、ジョージは自分の問題に対して、ひとつの解決法を見つけた。

浮気をはじめたのだ。


エリジウム・ホテルは、ロサンジェルスの中心部にある、くたびれた木造の建物だった。そこが、彼とニーナの逢いびきの場所だった。

「ニーナ」ジョージはティーチャーズのスコッチをなめながら、ホテル備えつけのすりきれたソファーに、ニーナとならんで腰をおろした。「きみのおかげで生きる勇気がわいてきたよ」彼はニーナのブラウスのボタンをいじりはじめた。

「あなたを尊敬してるわ」ニーナ・グローブマンは、彼がボタンをはずすのに手をかしながらいった。「昔のあなたが……なんていうか、あたしたちの種族の仇敵だったにしてもね」

「おい、よせよ」ジョージは抗議した。「昔のことは、おたがい考えないようにしようや。過去はきれいさっぱりと忘れてな」未来だけに目をやることだ、と彼は思った。

減量ベルトの商売が大成功をおさめて、いまのジョージは、十五人のフル・タイムの地球人を雇い、サン・フェルナンドの郊外に、小さいが近代的な工場を持っていた。国連がむちゃな税金をかけてさえこなければ、いまごろ、おれは大金持ちになっていたかもしれない……ジョージはそう考えた。待てよ、ブローベルの領土では、税率はどれぐらいなんだろう？　たとえば、イオでは？　こいつは調べてみる値うちがあるかもしれんぞ。

ある晩、VUWの本部で、彼はその問題を、ニーナの夫のラインホルトと話しあってみた。もちろんラインホルトは、ジョージとニーナのただならぬ関係を、ご存じないようすだった。

「ラインホルト」かなりビールのまわったジョージは、ろれつ怪しくいった。「おれはスケールの大きい計画を考えたよ。ゆりかごから墓場までっていう国連の社会主義……こいつはおれの性《しょう》に合わん。税金でがんじがらめだ。だいたい、マンスター・マジック磁力ベルトは、地球文明の枠におさまるしろものじゃない。わかるかね?」

ラインホルトは冷ややかに答えた。「しかし、ジョージ、おまえは地球人なんだぞ。ブローベルの領土へ工場を持っていったりするのは、早くいえば裏切りじゃないか——」

「まあ聞いてくれ」ジョージはさえぎった。「おれには混じりけなしのブローベルの子供がひとり、半分ブローベルの子供がふたりいる。もうじき四番目も生まれてくる。当然、タイタンやイオの住民に、強い気持ちのつながりを感じても、ふしぎじゃなかろうが」

「きさまは反逆者だ」いうや否や、ラインホルトはジョージの口に一発パンチを見舞った。

「それだけじゃない」言葉をつづけると、こんどはジョージのみぞおちにパンチをめりこませた。「おれの女房と乳繰りあいやがって。この野郎、殺してやる」

難を避けようと、ジョージはブローベルの姿になった。ラインホルトのパンチは、湿ったゼリー質の奥深くへ、無害に吸収されてしまった。それを見たラインホルトは自分もブローベルの姿にかわり、殺意をこめてジョージの体の中へ流れこみ、彼の核を食いつくそうとした。

さいわい、大事にいたらないうちに、仲間の会員たちがふたりをひき離してくれた。

その夜ふけ、新築の大マンションZGF九〇〇号棟の8DKの居間で、まだ体のふるえがおさまらないジョージは、ヴィヴィアンといっしょにすわっていた。まったく九死に一生だった。おまけに、こうなれば、ラインホルトはあのことをヴィヴィアンにしゃべるにきまっている。時間の問題だ。ジョージに関するかぎり、もうこの結婚は破局を迎えたも同然だった。ふたりがこうしていっしょにいられるのは、今夜かぎりかもしれない。

「ヴィヴィアン」と、彼はうったえた。「信じてくれ。おれはきみを愛してる。きみとそれから子供たちは——それに、もちろんベルトの商売もだが——おれの人生のすべてなんだ」やけくそな考えが頭にうかんだ。「みんなで移住しよう、今夜。いますぐ子供たちを連れて、タイタンへ行こう」

「わたしは行けないわ。わたしの種族にどう扱われるか、知っているもの。それと、あなたや子供たちがどう扱われるかもね。ジョージ、あなたが行けば？　工場をイオに移しなさいよ。わたしはここに残るわ」涙が彼女の黒い瞳にあふれた。

「冗談じゃない。そんな生活がどこにある？　きみが地球にいて、おれがイオにいる——そんなのは結婚といえん。それに、だれが子供たちを育てるんだ？」たぶん、ヴィヴィアンが引き取るというだろうな……しかし、おれの会社には一流の法律顧問を雇ってある——やつを使えば、家庭問題は片づくかもしれん。

翌朝、ヴィヴィアンはニーナの一件を知った。そして、さっそく自分の弁護士を雇った。

「いいか」とジョージは、電話で法律顧問のハンク・ラマローに指図した。「四番目の子供の養育権を手に入れてくれ。地球人の赤んぼうが生まれるはずなんだ。混血のふたりについては妥協しよう。おれがモーリスを引き取るから、むこうはキャシーを引き取ればいい。むろん、あのクラゲ、あのいわゆる長女は、むこうに渡す。おれに関するかぎり、どのみちあれは彼女の子供なんだから」彼は荒っぽく受話器をおき、それから重役会のほうに向きなおった。「さてと、どのへんまでいった？　イオの税法の分析は？」

それから数週間のうちに、イオへの移転計画は、利害得失の点から見て、ますます魅力的に思えてきた。

ジョージは、その方面の代理人であるトム・ヘンドリックスに指図した。「よし、決定だ。イオの敷地を買収してくれ。値切るんだぞ。最初がかんじんだからな」つぎに秘書のミス・ノーランに向かって、「いまからは、こちらからいうまで、だれも社長室へ入れないように。発作が起こりかけているんだ。地球からイオへの移転という大問題で緊張したせいだろう」間をおいてつけたした。「それと、個人的な悩みのせいだ」

「かしこまりました、社長」ミス・ノーランはいうと、トム・ヘンドリックスをせきたてて、社長室から連れだした。「だれも入れないようにします」

ミス・ノーランに全幅の信頼をおいて、ジョージは社長室の中で、戦時中のブローベルの姿にもどった。最近では、たびたびこうなる。気苦労が多すぎるのだろう。

その日おそく、やっと人間の姿をとりもどしたジョージは、ジョーンズ博士なる分析医から電話があったことを、ミス・ノーランから知らされた。

「おどろいたな。もういまごろは、てっきり屑鉄の山へ捨てられていると思っていたが」

ジョージは六年前を思いおこしてそういってから、ミス・ノーランに命じた。「ジョーンズ博士に電話して、むこうが出たらつないでくれ。仕事のほうは、ちょっとのま休憩だ」まるで、昔のサンフランシスコへ帰ったような気分だった。

まもなくミス・ノーランが、ジョーンズ博士に電話をつないだ。「ドクター」ジョージは回転椅子の背にもたれ、体を左右にゆすり、デスクの上の蘭の花をつつきながらいった。「なつかしいね」

完全恒常性精神分析医の声が、彼の耳に伝わってきた。「マンスターさん、いまのあなたは秘書をおくご身分らしいですな」

「そう。いまでは大実業家さ。減量ベルトの製造販売。猫につけるノミ取り用の首輪みたいなもんだよ。ところで、なんの用かね？」

「あなたには、いま四人のお子さんがあるとか――」

「実際はまだ三人。四人目は近く出産の予定。聞いてくれ、ドクター、その四人目が、わたしにとっては、なにより大切なんだ。メンデルの法則からすれば、つぎは百パーセントの地球人が生まれるはずだから、その子の養育権を手に入れようと、あらゆる手をつくしている」彼はあとをつけたした。「ヴィヴィアンは――彼女のことをおぼえているね？――

――いま、タイタンにもどっている。自分の生まれ故郷へな。そしてわたしのほうは、この体を固定化しようと、金に糸目をつけずに指折りの名医に相談しているところだ。もう毎日毎晩の変身にはうんざりした。いまのわたしは、そんなたわけたことをしている暇はない」

ジョーンズ博士はいった。「あなたの口調からおしても、多忙な重要人物であることはよくわかりますよ、マンスターーさん。このまえお会いしてから、ずいぶん出世なさったものだ」

「さっさと本題にはいってくれないか、ドクター」ジョージは気みじかにいった。「なぜ電話してきたんだね？」

「それは、あー、つまり、あなたとヴィヴィアンをもとの鞘《さや》におさめられないものかと……」

「はっ！」ジョージは話にならんといいたげな声を出した。「あの女と？　ごめんだね。ではドクター、これで失礼するよ。いまからわがマンスター社の基本的営業戦略を煮つめなくちゃならんのでね」

「マンスターさん、ほかの女がいるのですか？」

「ほかのブローベルがいる。正確にはな」ジョージはそういって、電話を切った。ふたりのブローベルでも、ないよりはまし、と彼はひとりごちた。さあ、仕事にもどるか……。

彼がデスクのボタンを押すと、待ちかまえていたように、ミス・ノーランが顔をのぞかせた。

「ミス・ノーラン、ハンク・ラマローにつないでくれ。知りたいことがある――」

「ラマローさんはべつの電話で待っておいでです。なにか急用とかで――」

電話を切りかえると、ジョージはいった。「やあ、ハンク。なにが持ちあがった？」

「いまわかったんだが」と、彼の法律顧問はいった。「イオで工場を経営するには、タイタンの公民権が必要なんだよ」

「そんなものはなんとかなるはずだ」

「しかし、タイタンの公民権をとるには――」ラマローは口ごもった。「ジョージ、できるだけやんわりと打ち明けるがね、それにはブローベルでなくてはいけない」

「こんちくしょう、おれはブローベルだぜ。すくなくとも一日の何時間かは。それならいいんだろうが？」

「だめだね」ラマローはいった。「おたくの持病は知ってるから、そのへんはちゃんと調べた。だが、百パーセントでないとだめだという。夜も昼もだ」

「フーム」とジョージはうなった。「そいつはまずい。しかし、なんとかそこらは克服するさ。聞いてくれ、ハンク。いまからおれは身体調整医のエディ・フルブライトとの予約がある。それがすんでから、きみと相談しよう。いいな？」電話を切り、むずかしい顔であごをさすりながら考えた。しようがない。やると思えばどこまでやるさ。事実は事実だ。そんなものでへこたれてたまるか。

受話器をとりあげると、エディ・フルブライト医師の番号をダイアルした。

二十ドルの白金貨がシュートを転がりおち、回路のスイッチを入れた。よみがえったジョーンズ博士が視線を上げると、そこには目のさめるような若い美人が、みずみずしい胸のふくらみを見せて立っていた。博士は——メモリーバンクのすばやい走査で——その相手を識別した。かつてのヴィヴィアン・アラスミス、いまのジョージ・マンスター夫人だ。

「いらっしゃい、ヴィヴィアン」ジョーンズ博士は温かくあいさつし、立ち上がると、彼女に椅子をすすめた。「しかし、あなたはタイタンにいたんじゃなかったんですか」

大きな黒い瞳にハンカチをあてながら、ヴィヴィアンはクスンと鼻を鳴らしてうったえた。「ドクター、わたしのまわりのものが、みんな崩れおちていくんです。主人はほかの女と浮気を……わたしが知っているのは、その女の名前がニーナで、VUWの本部がその噂で持ちきりだってことだけです。きっと地球人の女なんでしょう。主人とわたしはおたがいに離婚訴訟を起こしました。おまけに子供たちの引き取り方でもひどくもめて、おそろしい裁判ざたにまで……」彼女はつつましくコートの乱れを直した。「もうすぐ生まれますの。四番目が」

「これだけはわたしも知っています」ジョーンズ博士はいった。「もしメンデルの法則どおりなら、こんどのお子さんは地球人の純血だろうということ……もっとも、あの法則が通用するのは、一腹の子についてだけですがね」

マンスター夫人は悲しげにいった。「わたしはタイタンまで出向いて、法律と医学の専門家、産科医、それから特に結婚生活のカウンセラーたちと相談しました。このひと月間というものは、アドバイスの洪水でしたわ。でも、地球へ帰ってみたら、ジョージが見つからないんです――どこにも」

「あなたのお役に立てたらいいのにと思いますよ、ヴィヴィアン。先日、わたしはご主人とほんのしばらく話をしました。しかし、たんなる一般論に終わってしまって……どうやらご主人は、簡単にはお目にかかれないほどの大実業家におなりになったらしい」

「考えてみると、しゃくですわ」ヴィヴィアンはクスンと泣き声をもらした。「主人があそこまでなれたのも、わたしの出したアイデアがもとなんです。ブローベルのアイデアが」

「運命の皮肉ですな。ところで、ヴィヴィアン、もしご主人をひきとめたいならば……」

「ええ、どうあってもひきとめたいですわ、ドクター・ジョーンズ。打ち明けて申しますと、わたしはタイタンである療法をうけてきました。最新のいちばん高価な療法を……それもみんな、わたしがジョージを心から愛しているためなんです、わたしの種族やわたし

「の惑星を愛する以上に」

「はあ?」ジョーンズはききかえした。

ヴィヴィアンは説明した。「太陽系医学の最新技術のおかげで、わたしはやっと固定化されたんです、ジョーンズ博士。いまのわたしは、もう一日十八時間じゃなく、二十四時間、人間の姿でいることができます。ジョージとの結婚をつづけてゆくために、わたしは本来の姿をあきらめましたの」

「崇高な犠牲的精神です」ジョーンズ博士は感動していった。

「あとは彼さえ見つかればいいんですけれどね、ドクター……」

イオでの着工式にのぞんだジョージ・マンスターは、じわじわとシャベルに近づき、一本の偽足をのばすと、シャベルをつかんで、しるしばかりの土をようやくすくいとった。

「記念すべき日だ」単細胞の体を形づくっているヌルヌルした柔軟な物質を、発声器官の形にかえて、彼はうつろな声をひびかせた。

「そのとおりだよ、ジョージ」一束の法律書類を手にかかえたハンク・ラマローが、同意を示した。

ジョージとおなじく、巨大な透明クラゲそっくりなイオの役人が、くにゃくにゃとラマローに近づき、書類をうけとってから、声をひびかせた。「さっそくこれはわが政府のほうへ転送します。手続きに遺漏《いろう》がないのを確信していますよ、ラマローさん」

ラマローは役人にいった。「マンスター氏が、いついかなるときも人間の姿にもどらないことは、このわたしが保証いたします。氏は医学の最新技術によって、以前の変身サイクルの単細胞期のみに固定されたのです。マンスターは嘘をつきません」

「この歴史的瞬間は」と、ジョージ・マンスターである巨大なクラゲは、着工式に参列した土地のブローベルたちに向かって、思念を放射した。「やがて本工場の職員となられるイオのみなさんにとって、より高い生活水準を意味するのであります。本工場は、この土地に繁栄をもたらすだけではありません。本来ブローベルの発明であるマンスター・マジック磁力ベルトを製造することによって、みなさんの種族的業績に対する誇りは、さらに高められることでしょう」

ブローベルの群衆は、やんやの喝采を思念放射してきた。

「これはわたしの生涯の最良の日です」ジョージ・マンスターは一同にそう告げたあと、じわじわと自家用車のほうへ後ずさりはじめた。車の中には、おかかえの運転手が、これからジョージの定住するイオ市のホテルへ彼を送りとどけようと、待ちかまえていた。

いつの日か、ジョージはそのホテルの持ち主になれるだろう。すでに事業の利益をつぎこんで、イオの不動産の買い占めにとりかかっている。それは愛国的で、しかも有利な行動だと、ほかのイオ人、つまり、ブローベルたちも請けあってくれている。

「わたしはとうとう成功者になれた」と、ジョージ・マンスターは、放射波の届くかぎりのみんなに向かって、思念を放射した。

熱狂的な喝采の中で、彼はじわじわと斜路を登り、タイタン製の自動車に乗りこんだ。

ぶざまなオルフェウス

Orpheus with Clay Feet

浅倉久志◎訳

　コンコード兵役相談所の窓から、ジェシー・スレードは下の街路を見おろした。そこに見えるすべてのものが、仕事に縛られた自分には手にはいらない。花も、草も、知らない場所への気ままでのんびりした散歩もだ。スレードはためいきをついた。

「あ、すみません」デスクの向かいにすわった依頼人が、あやまった。「こんな話、ご退屈でしたか」

「いや、ぜんぜん」スレードはわずらわしい仕事に注意をひきもどした。「そうですね……」依頼人のウォルター・グロスバインが提出した書類を調べる。「グロスバインさん、あなたの考えによると、いちばん確実に徴兵を逃れられる可能性は、慢性の耳科疾患だというわけですか。民間の医師たちの診断では、急性内耳炎ね。フム」スレードは関係書類に目を通した。

彼の仕事は――とうていたのしい仕事とはいえないが――この会社へくる依頼人に徴兵逃れの方法を見つけてやることである。宇宙生物相手の戦争は、このところ旗色がわるい。プロキシマ星域からは死傷者多数という報告があいついで届く――そのニュースで、コンコード兵役相談所はにわかに多忙になったのだ。

「グロスバインさん」スレードは思案深げにいった。「このオフィスへはいってこられたときに気づいたんですが、あなたは体を横にかしぐ癖がありますね」

「そうでしょうか？」グロスバインは驚きの声を上げた。

「ええ。それでピンときました。この人には重症の平衡感覚障害がある。耳と関係があるんですよ、グロスバインさん。進化の観点からすると、聴覚は平衡感覚の副産物でしてね。ある種の下等な水中生物は、砂粒を体内にとりこみます。液状の体内で砂粒を重りがわりに使い、それでもって、自分が浮きあがっていくか、沈んでいくかを知るわけです」

グロスバイン氏はいった。「わかるような気がします」

「では、症状を説明してみてください」ジェシー・スレードはいった。

「わたしは……歩くときに、体が横にかしぐ癖があります」

「それで、夜は？」

グロスバイン氏はちょっと眉をよせてから、うれしそうにいった。「夜は、えーと、方向感覚がまったくなくなります。あたりが暗くて、なにも見えなくなると」

「けっこうです」ジェシー・スレードは依頼人の兵役免除申請書様式B－30に記入をはじめた。「これで免除の許可がとれると思いますよ」

依頼人は大喜びだった。「お礼の言葉もありません」

いや、言葉はいらない、とジェシー・スレードは内心で思った。感謝のしるしに、五十ドルおいてってくれればいい。結局、われわれがいなければ、おまえさんはいずれそのうち、どこか遠い惑星の涸《か》れ谷で、青白く冷たい死骸《しがい》になっていたかもしれないんだ。

遠い惑星のことを考えて、ジェシー・スレードはまたもや漠然とした憧れにおそわれた。毎日毎日、この小さいオフィスで、仮病を使ってずるける依頼人たちと顔を合わせる仕事――こんな仕事から逃げだしたい、という切実な欲求だった。

なにかべつの人生があるはずだ、とスレードは自分にいいきかせた。生きるとは本当にこれだけのものなのか？

オフィスの窓からはるか下の街路では、ネオンサインが昼も夜も輝いている。〈ミューズ・エンタープライズ〉という文字。それがなにを意味するかを、ジェシー・スレードは知っていた。きょうこそあそこへ行くぞ、と心の中でひとりごちた。十時三十分の休憩のあいだに。昼休みまで待てない。

コートをはおったとき、上役のナット氏がオフィスにはいってきた。「やあ、スレード、どうした？　なぜそんな思いつめた顔をしてる？」

「ええ、その、ちょっと外出してきます、ナットさん。脱出ですよ。ぼくは一万五千人もの人間に、徴兵逃れの方法を教えてきた。こんどはぼくの番です」

ナット氏は彼の背中をポンとたたいた。「いい考えだ、スレード。きみは過労だよ。休暇をとりたまえ。時間旅行の冒険で、どこかの遠い文明を訪れてみるんだな——きっと気分がすっきりする」

「ありがとうございます、ナットさん。そうしますよ」スレードはあらんかぎりのスピードでオフィスをとびだすと、ミューズ・エンタープライズのまばゆいネオンサインへと街路を歩きだした。

カウンターのむこうの受付係は、金髪で、ダークグリーンの瞳と、すばらしい肉体美の持ち主だった。スレードは彼女の胸の工学的側面というか、懸架構造に相当する部分にうっとり見とれた。受付係はにっこり笑顔を返した。「スレードさん、まもなくマンヴィル部長がまいります。どうぞおかけください。あちらのテーブルには、十九世紀の本物のハーパーズ・ウイークリーがございます」言葉をついで、「それから、二十世紀のマッド・コミックスも。これはホガースに匹敵する諷刺画の古典ですわ」

コチコチに緊張したスレードは、椅子に腰をおろし、雑誌を読もうとした。ハーパーズ・ウイークリーの記事には、パナマ運河の建設は不可能で、すでにフランスの設計者たちが計画を放棄した、と書いてある——これでしばらく気がまぎれたが（その理由が実に論理的で、説得力があったのだ)、しばらくすると、いつもの倦怠感《けんたいかん》と苛立《いらだ》ちが、慢性の濃霧のようにもどってきた。スレードは立ちあがって、また受付のデスクに近づいた。

「マンヴィルさんはまだでしょうか?」期待をこめてきいた。

背後から男性の声がした。「きみきみ、そこのカウンターにいる人」

スレードはふりむいた。目の前に立っているのは、黒っぽい髪に燃えるような目をした長身の男だった。

その男がいった。「きみは世紀をまちがえている」

スレードは唾《つば》をのみこんだ。

大股《おおまた》に近づいてきた黒髪の男はいった。「わたしがマンヴィルです」ふたりは握手した。「きみはすぐ出ていかないとだめだ。わかりますか?　できるだけ早く」

「でも、ここのサービスを利用したいんですが」スレードはもぐもぐといった。

マンヴィルの目がきらりと光った。「いや、過去へ出ていくという意味だよ。お名前は?」そこで手をふって、「待ってくれ、思いだした。ジェシー・スレードだね、この通りの先のコンコードの?」

「そうです」スレードは感心した。

「よろしい、ではゆっくり相談しよう」マンヴィル氏はいった。「わたしのオフィスへどうぞ」カウンターの胸の大きな女性に向かって、「ミス・フリブ、だれがきても取りつがないように」

「はい、マンヴィルさん」ミス・フリブは答えた。「わかりました。ご心配なく」

「たのむよ、ミス・フリブ」マンヴィル氏は、ぜいたくな調度を凝らしたオフィスにスレードを招きいれた。壁に飾ってあるのは、古い地図や版画。家具は——スレードは目をまるくした。初期のアメリカ家具、鉄ではなく木の釘を使ってある。材料はニュー・イングランド産のメープル。こいつは値打ち物だ。

「ほんとにここへ……」とスレードはいいかけた。

「そう、ほんとに執政官の椅子へすわっていい」とマンヴィル氏は答えた。「しかし、気をつけなさいよ。前かがみになると、椅子が逃げだす。ゴムのキャスターか、そんなものをつけようとは思ってるんだが」ささいな話題に飽きた表情で、きびきびといった。「スレード君、はっきりいおう。明らかに、きみは高い知能の持ち主だ。ふつうの客を相手にするようなまわりくどい説明はいらんだろう」

「はい、どうぞ」

「わが社の時間旅行サービスは、特殊な性格のものだ。〝ミューズ〟という名称はそこから出た。この意味がわかるかね?」

「えーと」スレードは面くらったが、せいいっぱい答えた。「待ってください。ミューズというのは、架空の存在で、人間の知的活動を——」

「人間に霊感をさずけるんだよ」マンヴィル氏はせっかちに口をはさんだ。「スレード、きみは——はっきりいおう——きみは創造的な人間じゃない。だからこそ、退屈した気分、みたされない気分になる。きみは絵を描くかね？　作曲するかね？　宇宙船の船体や、ローン・チェアーの廃物を溶接して、鉄の彫刻をこさえたりするかね？　いや、しない。きみはなにもしない。まったくの受け身だ。そうだろう？」

スレードはうなずいた。「図星ですよ、マンヴィルさん」

「図星でもなんでもない」マンヴィル氏は苛立った顔つきになった。「きみはわかってないんだ、スレード。どんなことをしても、きみは創造的にはなれん。もともとそんな才能を持ちあわせてないからだ。あまりにも平凡すぎる。だから、フィンガー・ペインティングやバスケット編みをすすめるつもりはない。わたしはユング派の分析医じゃないから、芸術の効用を認めたりはしない」椅子の背にもたれ、スレードの目の前に指をつきつけた。「いいかね、スレード。われわれはきみの力になれる。だが、まず自分の努力が必要だ。創造的な人間でない以上、きみが望める最高の目標は——ここでわが社がきみの力になれるんだが——創造的な人間に霊感をさずけることだ。わかるかね？」

ややあって、スレードはいった。「なるほどね。わかります、マンヴィルさん」

「そうとも」マンヴィルはうなずいた。「さて、きみが霊感をさずけるのは、モーツァルトやベートーヴェンのような大音楽家でもいいし、アルバート・アインシュタインのような大科学者でもいいし、サー・ジェイコブ・エプスタインのような彫刻家でもいい――おおぜいの作家や、音楽家や、詩人のうちのだれでもいいんだ。たとえば、地中海を旅行中のサー・エドワード・ギボンに会って、さりげなく話しかけ、こんなことをいう……フム、このあたり一帯の古代文明の遺跡をごらんなさい。ローマのような強力な帝国がどうして衰亡してしまったのでしょう？　没落と荒廃……分裂につぐ分裂……」

「そうなのか」スレードは熱っぽい口調でいった。「なるほどね、マンヴィルさん。わかりました。ギボンの前で〝衰亡〟という言葉を何度もくりかえせば、ぼくのおかげで彼はあの偉大なローマの歴史、『ローマ帝国衰亡史』のアイデアをつかむ。つまり――」自分が身ぶるいしているのが感じられた。「ぼくがお手伝いしたことになる」

「〝お手伝い〟？」マンヴィルはいった。「スレード、その言葉は適当じゃないな。きみがいなければ、そうした著作は存在しなかったわけだ。スレード、きみがサー・エドワードのミューズになることもできるんだよ」マンヴィルは椅子にもたれ、一九一五年ごろのアップマン・シガーをとりだして、火をつけた。

「それなら、じっくり考えないと」スレードはいった。「まちがいなく、適当な人物に霊感をさずけられるようにね。つまり、霊感を受けとる価値のある人はおおぜいいるでしょうが、しかし――」

「しかし、自分の精神的欲求に一致する人物を見つけたいわけだね」マンヴィルは、いい匂いのする紫煙をくゆらせながら同意した。「わが社の営業案内パンフレットをあげよう」大きくてピカピカした、色刷りの立体ポップアップ・パンフレットをスレードに手わたした。「これを持って帰って、よく読み、準備ができてからまたいらっしゃい」

スレードはいった。「お礼の言葉もありません、マンヴィルさん」

「それと、おちつくことだね」マンヴィルはいった。「世界はまだ終わらない……ミューズ社のわれわれはそれを知っている。ちゃんとのぞいてみたから」マンヴィル氏は微笑し、スレードもかろうじて微笑を返した。

その二日後、ジェシー・スレードはミューズ・エンタープライズにもどってきた。

「マンヴィルさん、霊感をさずけたい人物を見つけました」スレードは大きく息を吸った。「考えに考えたすえ、これがいちばん自分にとって意味があると思ったんです。ウィーンへもどって、ルートヴィヒ・ヴァン・ベートーヴェンに『第九交響曲』の霊感を与えたいんです。ほら、第四楽章のテーマで、バリトンがバンバン、デーダ、デーダ、バンバン、楽園の乙女よ、と歌うところ」顔を赤くして、「ぼくは音楽家じゃありませんが、ベートーヴェンの第九は昔から大好きでした。特に――」

「もう、それはすんだ」マンヴィルはいった。

「えっ？」スレードは一瞬ぽかんとした。

「それはすでに終わったんだよ、スレード君」一九一〇年ごろの大きなオークのロールトップ・デスクにすわったマンヴィルは、じれったそうな顔をした。縁金のついた厚い黒のバインダーをとりだし、ページをめくった。「二年前に、アイダホ州モントピーリアのルビー・ウエルチなるご婦人が、ウィーンへもどって、ベートーヴェンに第九の合唱楽章の霊感をさずけた」マンヴィルはバインダーをばたんと閉じ、スレードを見つめた。「それで？　第二希望は？」

どもりながら、スレードはいった。「それは……考えてみないと。時間をください」

腕時計を見て、マンヴィルはそっけなくいった。「二時間あげよう。きょうの午後三時までだ。それじゃまた、スレード君」マンヴィルが立ちあがるのを見て、スレードも自動的に立ちあがった。

一時間後、コンコード兵役相談所のせまいオフィスで、ジェシー・スレードはとつぜんさとった。自分はだれに、どんな霊感を与えたいのか。さっそくコートをはおると、同情的なナット氏の許可を得て、街路をミューズ・エンタープライズへといそいだ。

「おやおや、スレード君」マンヴィルは彼がはいってくるのを見ていった。「これはお早い。じゃ、オフィスへどうぞ」マンヴィルは先に立って歩きだした。「よろしい、聞かせてもらおう」スレードを招きいれてからドアを閉めた。

ジェシー・スレードは乾いた唇をなめ、咳ばらいしてからいった。「マンヴィルさん、ぼくが過去へもどって霊感を与えたい人物はですね——えーと、その前に説明させてください。一九三〇年から一九七〇年までつづいた偉大なSFの黄金時代をご存じですか？」

「ああ、もちろんだ」マンヴィルは顔をしかめながら、じれったそうにいった。

「ぼくは大学で英語文学の修士号をとりたかったので、もちろん、大量の二十世紀SFを読む必要がありました。さて、SFの巨匠といわれる中でも、とりわけ目立った作家が三人います。まず、ロバート・ハインラインとその未来史。つぎにアイザック・アシモフと厖大《ぼうだい》なファウンデーション・シリーズ。そして——」彼は大きく、身ぶるいするように息を吸った。「ぼくが修士論文のテーマに選んだ作家、ジャック・ダウランドです。この三人の中で、ダウランドは最も偉大な作家とみなされています。彼の未来史は一九五七年から、雑誌掲載の短篇と、単行本の長篇と、両方のかたちで発表されました。一九六三年には、すでにダウランドの評価は——」

マンヴィル氏は「フム」とつぶやくと、黒いバインダーをとりだして、ページをめくりはじめた。「二十世紀SF……かなり特殊な分野だね——きみにとっては幸運なことに。待ってくれ」

「すでに先客がいなければいいんですが」スレードは静かにいった。

「ここにひとり先客がいるな」マンヴィル氏はいった。「カリフォルニア州ヴァカヴィルのレオ・パークス。彼は過去へもどって、A・E・ヴァン・ヴォークトに霊感をさずけた。恋愛告白物や西部小説を書くのをやめて、SFに手を染めては、と」さらにページをめくりつづけたのち、マンヴィル氏はいった。「それから、去年、ミューズ・エンタープライズの客のひとり、カンザス州カンザス・シティのミス・ジュリー・オクスンブラットが、未来史に関する霊感をロバート・ハインラインにさずけたい、と許可を求めにきた……きみがいったのはハインラインだったかな、スレード君？」

「いいえ。ジャック・ダウランドです。三人の巨匠の中でもいちばん偉大な作家ですよ。ハインラインも偉大ですが、この問題についてはぼくもずいぶん研究したつもりです、マンヴィルさん。ダウランドのほうが偉大なんです」

「うん、まだだれも手をつけてないね」マンヴィルはそういうと、黒いバインダーを閉じた。デスクの引き出しから用紙をとりだした。「これに記入してくれたまえ。その上で、問題をくわしく検討しよう。ジャック・ダウランドが何年に、どこで、この世界の未来史を書きはじめたかは、知っているのかね？」

「知ってますとも。彼はネバダ州の小さい町に住んでたんです。当時の四〇号線ぞいで、ガソリン・スタンドが三つ、軽食堂と、酒場と、よろず屋が一軒ずつしかない、パープルブロッサムという町でした。ダウランドがそこへ引っ越したのは、西部の雰囲気をとらえたかったからです。彼はテレビ脚本のかたちで、昔の西部の話を書きたがっていました。

それで金を稼ぐつもりだったんです」

「なるほど。くわしいね」マンヴィル氏は感心したようだった。

スレードはつづけた。「パープルブロッサムで暮らしているうちに、彼は何本かのテレビの西部物の脚本を書きましたが、なんとなく満足できなかった。とにかく、彼はその町にとどまって、いろいろの分野をためしたようです。子供向きの本とか、当時のスリック・マガジンに書いたティーンエイジャーの婚前交渉に関する記事とか……そのあと、一九五六年になって、とつぜんSFに手を染め、たちまちその分野はじまって以来の傑作中篇を書きあげたんです。これは当時の批評家の一致した意見ですし、ぼくもその中篇を読んでそう思いました。それは『塀の上の父親』という題で、いまでもときおりアンソロジーに収録されるんですよ。いつまでも腐らない種類の小説です。それが載った雑誌、F&SF誌の一九五七年八月号は、ダウランドの最初の傑作を発表したということで、永久に記憶されるでしょう」

うなずきながら、マンヴィル氏はいった。「で、きみはその傑作の霊感をさずけたいわけだね？　そして、それにつづく作品すべての」

「そういうことです」とスレードはいった。

「用紙に記入したまえ。あとはわれわれがやる」マンヴィル氏にほほえみかけられて、スレードもほほえみかえした。自信満々だった。

航時艇のパイロットは、ずんぐりむっくりの体格で、線の太い顔だちをした、クルーカットの青年だったが、てきぱきした口調でスレードにいった。「よう、だんな。用意はいいかい？　早いとこ決心しなよ」

スレードはもう一度だけ自分の身なりを点検した。ばか高い使用料でミューズ・エンタープライズから借りた二十世紀の衣裳だ。幅のせまいネクタイ、裾の折り返しのないズボン、それにアイビー・スタイルの縞のワイシャツ……うん、これでよし、とスレードは思った。あの時代に関する自分の知識からすると、これでまちがいない。先のとがったイタリアン・シューズから、派手な色のストレッチ・ソックスにいたるまで。これなら、一九五六年のアメリカ合衆国市民として通用するだろう。ネバダ州パープルブロッサムの田舎でも。

「じゃ、よく聞いてくれ」パイロットは安全ベルトでスレードの腹を締めつけながらいった。「二、三、おぼえといてほしいことがある。第一に、おたくがこの二〇四〇年へ帰ってくるには、おれといっしょに帰るしか方法がないってこと。歩いては帰れない。第二に、過去を変えないように気をつけてくれ――つまりだね、だれだっけ、そのジャック・ダウランドとやらに霊感を与えるという仕事一本にしぼって、あとはそのままにしとく」

「もちろん」スレードはこの警告の意味がよくわからなかった。

「よくいるんだよ」とパイロットはいった。「過去へ行ったとたんに、羽目をはずすやつ。これが意外に多い。権力妄想にとりつかれ、ありとあらゆる改革を試みる――戦争をなくし、飢えや貧乏をなくそうとする――わかるね？　歴史を変えようとするんだ」

「ぼくはそんなことはしない。そんな規模での抽象的な大事業には関心がないんだ」スレードにとっては、ジャック・ダウランドに霊感を与えることだけで、充分に大事業だった。とはいうものの、そんな誘惑にかられる気持ちも理解できないではない。毎日の仕事で、ありとあらゆる種類の人間を見てきたから。

パイロットは航時艇のハッチを閉め、スレードの安全ベルトをもう一度点検してから、操縦席についた。パイロットはスイッチを入れ、まもなくスレードは単調なオフィスの仕事を離れて、休暇旅行に出発した――一九五六年の世界に、そして、これまでの人生ではじめての創造的といえる行動に向かって。


まっ昼間のネバダの太陽が暴力的に照りつけ、目がくらみそうだった。スレードは目を細くし、パープルブロッサムの町をおどおど見まわした。あたりは岩と砂だけ。広大な砂漠のあっちこっちに生えたユッカのあいだに、たった一本の細い道路が伸びている。

「右手のほうだ」航時艇のパイロットが指さして教えた。「歩いて十分。契約書の内容、ちゃんとわかってるな？　もう一度ここで読んどいたほうがいいよ」

一九五〇年代風の背広の内ポケットから、スレードはミューズ・エンタープライズと取りかわした細長い黄色の契約書をひきだした。「ぼくに与えられる猶予《ゆうよ》は三十六時間、と書いてある。それからきみが迎えにくるが、時間どおりにここで待ちあわせるのはぼくの責任だ。もし、ぼくがここへこなくて、自分の時代へ連れ帰ってもらえなくても、きみの会社は責任を負わない」

「そのとおり」パイロットは答えて、艇内にもどった。「じゃ、元気でな、スレードさん。いや、ちがった、ジャック・ダウランドのミューズ様」パイロットは、あざけりと気のいい同情を半々に、にやっと笑みをうかべてから、ハッチを閉めた。

ジェシー・スレードは、パープルブロッサムの小さい町から五百メートル離れた、ネバダの砂漠の中で、ひとりぼっちになった。

彼はハンカチで首すじの汗をふきふき、歩きだした。

ジャック・ダウランドの家をさがしあてるのは簡単だった。その町には合計七軒の家しかない。スレードはがたぴしした木のポーチに上がり、庭を見わたした。ごみバケツ、物干し綱、水道管の廃品……私道に駐車してあるのは、ひどく旧式なおんぼろ車だった——一九五六年としても旧式だ。

彼は呼鈴を鳴らし、そわそわと身なりをととのえ、もう一度頭の中で、これからいうべき口上を練習した。ジャック・ダウランドは、この時点ではまだ一篇のSFも書いていない。それを忘れないようにしなければ――事実、そこがいちばん重要なんだ。これはダウランドの人生の大きな分岐点だ――歴史、この運命の呼鈴の音が。もちろん、ダウランドはそれを知らない。この家の中で彼はなにをしているのだろう？　リノで発行された新聞の連載漫画でも読んでいるのか？　眠っているのか？

足音。ピリピリしながら、スレードは待ちかまえた。

ドアがひらいた。薄いコットンのスラックスをはき、髪をリボンでうしろにたばねた若い女性が、おだやかに彼を見つめた。なんという小さい、きれいな足、とスレードは思った。彼女はスリッパをはいていた。肌はなめらかでつやつやしている。露出した女性の肌を見なれていないスレードは、思わずしげしげと注目してしまった。どちらの足首も、まったくおおわれていない。

「はい？」その女性は愛想《あいそ》よく、だがすこし警戒のこもった声できいた。スレードは彼女が掃除機でほこりを吸いとっていたのを知った。リビングルームには、GE社のタンク型の電気掃除機がある……その存在一つをとっても、歴史家の誤りがわかる。定説とはべつに、タンク型の掃除機は、一九五〇年代にもまだ姿を消していないのだ。

練習のかいあって、言葉はすらすら出てきた。「ミセス・ダウランドですか？」女性はうなずいた。そこへ幼い子供が現われ、母親のうしろから彼をのぞいた。「ぼくはあなたのご主人のファンでありまして、あの記念碑的な――」おっといけない。「エヘン」と彼は咳ばらいしてから、この時代の本でよく見かける二十世紀風の表現を使った。「チョッ。つまり、こういうことです、奥さん。ご主人のジャックの作品を、ぼくはよく存じあげています。砂漠の悪地の中を長いドライブのすえ、彼の住居を訪れようとやってきたわけでして」ここでにっこり笑った。

「ジャックの作品を知ってるの？」彼女は驚いたようすだが、ひどく喜んでいた。

「テレビジョンで拝見しました。すばらしい脚本です」うなずいてみせた。

「あんた、イギリス人ね、ちがう？」ダウランド夫人はいった。「じゃ、中へはいったら？」彼女はドアを大きくあけた。「ジャックはいま屋根裏部屋で仕事してるの……子供の声がうるさいからって。でも、お客がきたといえば喜ぶと思うわ。そんなに遠方からきてくれたんだもの。お名前は？」

「スレードです。ここはけっこうなお住まいですね」

「ありがと」彼女は先に立って、薄暗く涼しいキッチンにはいった。中央にプラスチックの丸テーブルがあって、紙パック入りの牛乳や、メラミン樹脂の皿や、砂糖壺や、二つのコーヒーカップや、そのほか、興味ぶかい品々がならんでいる。「ジャック！」と彼女は階段の下から呼ばわった。「あなたのファンだって人がきてるわよ。会いたいって！」

はるか上のほうでドアがひらいた。足音がする。やがて、スレードが身をかたくして待ちうけるところへ、ジャック・ダウランドが現われた。若くて、ハンサムだ。褐色の髪はすこし薄くなりかかり、セーターとスラックスを着ている。面長《おもなが》で知的な顔がいぶかしげだった。「いま執筆中なんだ」そっけなくいった。「いくら家で仕事してても、時間があまってるわけじゃない」スレードを見つめて、「なんの用だい？　おれの作品の〝ファン〟だとは、どういう意味だ？　どの作品？　冗談じゃない、この二カ月、一枚の原稿も売れてないんだぜ。いまにも気が狂いそうだ」

スレードはいった。「ジャック・ダウランド、それはあなたがまだ適切な分野を発見されていないからです」自分の声がふるえているのがわかった。いまこそその瞬間だ。

「ビールでもいかが、スレードさん？」ダウランド夫人がきいた。

「ありがとうございます、奥さん」スレードは答えてから、「ジャック・ダウランド、ぼくはあなたに霊感をさずけにきました」

「どこからきた？」ダウランドは怪しむようにいった。「なんでそんなおかしなネクタイの締めかたをしてる？」

「おかしいとは、またどういうふうにですか？」スレードは不安にかられた。

「結び目が、のどぼとけのとこじゃなくて、いちばん下にきてる」ダウランドは彼のまわりを一周しながら、しげしげと観察した。「それにどうして頭を剃《そ》ってるんだ？　まだ禿《は》げるような年じゃあるまいに」

「時代の慣習ですよ」スレードは弱々しく弁解した。「頭を剃ることが要求されているんです。すくなくともニューヨークでは」

「嘘をつけ」ダウランドはいった。「おい、おまえは何者だ？　頭でもおかしいのか？　いったい、なにしにきた？」

「表敬訪問にきたんです」スレードは怒りを感じた。激怒という目新しい感情が、胸にわきあがった──自分は正当な待遇をされていない。

「ジャック・ダウランド」すこしどもりながらいった。「こと、あなたの作品に関するかぎり、ぼくはあなた自身よりもよく知っているつもりです。あなたに適した分野がＳＦであって、テレビジョン西部劇でないこともね。ぼくの話を聞いたほうが得策ですよ。ぼくはあなたのミューズですから」スレードはそういうと、荒い息を吐き、口をつぐんだ。

ダウランドはしばらく彼をまじまじと見つめたあと、ふいに仰向いて笑いだした。おなじく笑いをうかべながら、ダウランド夫人がいった。「へーえ、ジャックにミューズがいるのは知ってるけど、女性だと思ってた。ミューズって、みんな女性でしょ？」

「ちがいます」スレードは腹を立てていた。「Ａ・Ｅ・ヴァン・ヴォークトに霊感をさずけたカリフォルニア州ヴァカヴィルのレオン・パークスは、男性でした」スレードはプラスチック・テーブルの前に腰をかけた。足がガクガクして、立っていられない。「聞いてください、ジャック・ダウランド──」

「おい、たのむから、ジャックかダウランド、どっちか片方にしてくれ。両方じゃなしに。しゃべりかたが不自然だぜ。ティーでもやってるのか？」クンクン匂いをかいだ。「いいえ、ビールだけでけっこうです」「ティー？」それがマリファナの意味だとは、スレードは知らなかった。

ダウランドがいった。「じゃ、さっさと用件をいえよ。こっちは早く仕事にもどりたいんだ。いくら家で仕事してても、時間があまってるわけじゃない」

スレードにとっては、いよいよ熱烈な賛辞をふりまくときだった。用意周到に準備してきたつもりだ。咳《せき》ばらいして、口を切った。「もしそう呼んでよければ、ジャック、あなたがなぜSFに手を染めないのか、ぼくはふしぎでなりません。たぶんそれは——」

「なぜだか教えてやろう」ジャック・ダウランドが話をさえぎった。ズボンのポケットに手をつっこんだまま、キッチンの中を歩きまわった。「いまに水爆戦争が起こるからだ。未来は闇だ。だれがそんなものを書きたがる？　冗談じゃない」首を激しくふった。「それに、どのみちだれがそんなものを読む？　ニキビざかりのガキだ。不適応者だ。それに、あんなものは屑だ。これこそりっぱなSFですといえる作品があったら、一つでもいいから名前をあげてみろ。一度ユタへ行ったときに、バスの中でSF雑誌を手にとったことがある。屑だ！　たとえ原稿料がよくったって、あんな屑を書くつもりはないが、ちょいと調べてみたら、原稿料までバカ安とくる——一語一セント半だとさ。そんなものを書いて生活できるか？」吐きすてるようにいって、階段を昇りはじめた。「仕事にもどるぞ」

「待ってください」スレードは必死だった。目算がなにもかも狂っていく。「最後まで聞いてください、ジャック・ダウランド」

「また、妙なしゃべりかたをはじめやがったな」そういったものの、ダウランドは足をとめた。「なんだ？」

スレードはいった。「ダウランドさん、ぼくは未来からきました」これはいってはならないことになっている――マンヴィル氏からきびしく注意された点だ――しかし、この瞬間では、それだけが唯一の望み、ジャック・ダウランドにそっぽを向かせないですむ唯一の方法に思えた。

「なに？」ダウランドが大声でいった。「なんていった？」

「ぼくは時間旅行者です」スレードは力なくいって、口をつぐんだ。

ダウランドが階段の途中からひきかえしてきた。


航時艇にたどりついたスレードは、あのずんぐりしたパイロットが地面に腰をおろして、新聞を読んでいるのを見いだした。パイロットは顔を上げ、にやりと笑った。「無事にもどってきたね、スレードさん。さてと、それじゃまいりますか」ハッチをあけて、スレードを招きいれた。

「早く連れて帰ってくれ」スレードはいった。「とにかく、帰りたい」

「どうしたんだい？　霊感をさずけるのがたのしくなかったのか？」

「とにかく自分の時代にもどりたい」

「わかった」パイロットは片方の眉を上げた。スレードを安全ベルトで固定すると、隣の操縦席についた。

ミューズ・エンタープライズに到着すると、マンヴィル氏がふたりを待ちうけていた。

「スレード、こっちへこい」険悪な表情だった。「話がある」

マンヴィルのオフィスでふたりきりになるのを待って、スレードは口を切った。「彼はひどく不機嫌だったんです、マンヴィルさん。ぼくを責めないでください」

「きみは――」マンヴィルは信じられないという顔で彼を見つめた。「きみは彼に霊感をさずけそこなった！　こんなことは前代未聞だ！」

「なんなら、もう一度やってみますが」

「言語道断だ」とマンヴィルはいった。「きみは彼に霊感をさずけそこなっただけじゃない――SFへの反感を植えつけた」

「どうしてわかりました？」スレードはたずねた。そのことは秘密にしておくつもりだったのだ。墓場まで持っていく自分だけの秘密に。

マンヴィルは辛辣《しんらつ》にいった。「二十世紀文学に関する参考書に目をそそいでいるだけで充分だった。きみが出発して三十分後に、ジャック・ダウランドに関する記述が——ブリタニカ百科事典の半ページ分の伝記も含めて——すべて消失したんだ」

スレードは一言もなかった。床を見つめていた。

「そこで調査してみた」マンヴィルはいった。「カリフォルニア大学のコンピューターにたのんで、ジャック・ダウランドに関する現存の記録をすべて調べあげた」

「あったんですか？」スレードはつぶやいた。

「あった。ほんの二、三。あの時代を包括的かつ精細にとりあげた、専門的な文献に、ごく小さい記事が出ていた。きみのおかげで、ジャック・ダウランドはいまや一般大衆にとってはまったく知られざる存在だ——しかも、彼自身の時代においてもそうなんだぞ」マンヴィルは怒りに息をはずませながら、スレードに向かって指をふりたてた。「きみのおかげで、ジャック・ダウランドは人類の壮大な未来史を、とうとう書かなかった。きみのいわゆる〝霊感〟のおかげで、彼はテレビ西部劇の台本を書きつづけた——そして、四十六歳の若さで、まったく無名の三文作家として死んだ」

「SFをなにも書かずにですか？」スレードは信じられない思いだった。自分はそれほど不手際をしたのか？　信じられない。たしかに、ダウランドはこっちの提案に激しく反発した——たしかに、こっちが事実の指摘をしたあと、異常な心境で屋根裏部屋へもどっていった。しかし——

「よし、いおう」マンヴィルはいった。「ジャック・ダウランドの書いたSFが、ただ一篇だけ存在する。凡庸で、ほとんど知られていない短篇だ」デスクの引き出しに手をつっこむと、黄ばんだ古い雑誌をとりだして、スレードにポンと投げてよこした。「『ぶざまなオルフェウス』という題の短篇だ。フィリップ・K・ディックという筆名になっている。当時もだれも読まなかったし、いまもだれも読まない――それはダウランドのところへやってきた客の話で、その客とは――」スレードをにらみつけた。「未来からきた善意のまぬけだ。ダウランドに霊感をさずけ、来たるべき世界の神話的歴史を書かせようという、頭のおかしい考えにとりつかれた男だ。おい、スレード、なんとかいったらどうだ？」

スレードは徒労感でいっぱいだった。「彼はぼくの訪問を作品の土台に使ったようですね。明らかに」

「しかも、それがSF作家として彼の稼いだ唯一の金だ――がっかりするほどの小額で、とても時間と労力に見あわなかった。その小説には、きみも出てくるし、わたしも出てくる――なんてことをしてくれたんだ、スレード。彼になにもかもしゃべったのか」

「はい。彼を説得するために」

「いや、彼は説得されなかった。彼はきみを一種の狂人だと思った。明らかにその作品は、苦渋にみちた気分で書かれたものだ。一つ聞きたい――きみが到着したとき、彼は執筆中だったか？」

「はい。でも、ダウランド夫人が――」

「ダウランド夫人は、存在しない――いや、存在しなかった！　ダウランドは結婚せずじまいだった！　きっとそれはダウランドの浮気の相手、近所の奥さんにちがいない。彼が不機嫌だったのも道理だ。彼女が何者であれ、ちょうど密会の最中にきみがとびこんできたんだからな。彼女もその小説に登場する。彼はすべてのいきさつをその小説に書きこんでから、ネバダ州パープルブロッサムの家を引きはらい、カンザス州ダッジ・シティへ引っ越した」

沈黙がおりた。

「あのう」とスレードはやっと口を切った。「もう一度やらせてもらえませんか？　こんどはべつの相手で？　帰り道で考えたんです。パウル・エールリヒ博士と魔法の弾丸、あの治療法の発見を――」

「待て。わたしも考えていたんだ。きみを過去へ送りこんでもいい。ただし、それはエールリヒ博士とか、ベートーヴェンとか、ダウランドとか、そんな人物、社会にとって有益な人物に霊感をさずける目的じゃない」

胸騒ぎを感じて、スレードは目を上げた。

「きみが過去へもどるのは」とマンヴィルは食いしばった歯のあいだからいった。「アドルフ・ヒトラーや、カール・マルクスや、サンローム・クリンガーのような人間から霊感

もごいった。

「というと、つまり、ぼくがあまりにも無能なので逆効果……」スレードは口の中でもごもごいった。

「そのとおりだ。まずヒトラーからはじめよう。バイエルンで最初の一揆《いっき》に失敗し、投獄された時期がいい。彼がルドルフ・ヘスに『わが闘争』を口述した時期だ。わたしは上司とこの件を相談した。準備はすでにととのっている。きみもその監獄へ囚人としてはいるんだ、いいかね？　そしてアドルフ・ヒトラーに、ちょうどジャック・ダウランドに対してやったような調子で、執筆をすすめる。この場合は、世界のための彼の政治綱領を述べた、完全な自伝だ。これで、もしすべてがうまくいけば――」

「わかりました」スレードはまた床を見つめてつぶやいた。「それは――霊感に満ちたアイデアですが、ぼくはその言葉に汚名を与えたのかもしれません」

「これはわたしのアイデアじゃない。ダウランドの駄作、『ぶざまなオルフェウス』からのいただきだ。彼はこの小説にそんな結末をつけた」マンヴィルは大昔の雑誌のページをめくって、求める箇所を見つけた。「ここを読んでみたまえ、スレード。そこにはきみがわたしと再会したあと、ナチ党の研究にでかけるところが書いてある。どうすればアドルフ・ヒトラーから霊感を奪って、彼が自伝を書くのを防ぐかをだ。それによって、第二次世界大戦が防止できるかもしれん。もしもだ、きみがヒトラーから霊感を奪いとるのに失敗し、霊感を奪いとるためだ――」

敗したら、つぎはスターリンをためし、スターリンがだめなら、つぎは――」

「もういいです」スレードはぼそぼそといった。「わかりました。くどくど説明してもらわなくても」

「もちろん、きみはそうするさ」マンヴィルはいった。「『ぶざまなオルフェウス』の中には、きみが承諾したと書いてある。だから、すべてがすでに決定しているんだ」

スレードはうなずいた。「なんでもやります。汚名返上のために」

「まったくドジだな。どうしてまた、あんなひどい失敗をした？」

「あのときは調子がわるかったんです。つぎはもっとうまくやりますよ」ヒトラーを相手にな、と彼は思った。たぶん、ぼくは彼から霊感を奪いとるのに大成功するだろう。歴史上の人物から霊感を奪いとることにかけては、ほかのだれよりもうまいだろう。

「きみのことを逆ミューズと呼ぶことにしよう」マンヴィルはいった。

「名案ですね」とスレード。

疲れた口調で、マンヴィルはいった。「わたしにお世辞はいらん。お世辞はジャック・ダウランドにいってくれ。それも彼の小説に書いてあるんだ。いちばん最後にな」

「小説はそこで終わるんですか？」スレードはきいた。

「いや、小説はわたしがきみに請求書を渡すところで終わる……アドルフ・ヒトラーから霊感を奪いとるため、きみを送りだす経費の請求書。先払いで五百ドル」マンヴィルは手をさしだした。「万一、きみが帰ってこない場合を考えてね」

あきらめきった、みじめな気分で、ジェシー・スレードは二十世紀風の上着のポケットにきわめてのろのろと手を入れ、財布をさぐった。

父祖の信仰
Faith of Our Fathers

浅倉久志◎訳

ハノイの街頭で、董《トン》は両足のない物売りにでくわした。小さな木製の台車《カート》に乗って、道行く人びとにかん高い声で呼びかけている。董《トン》は足どりをゆるめ、耳をそばだてたが、立ちどまりはしなかった。文化工芸省での用事を思いだし、注意をそらされたのだ。ちょうど、自転車やスクーターやジェット・エンジンのオートバイに乗ったまわりの連中がだれもいなくなって、ひとりぼっちにされたような気分だった。おなじように、両足のない物売りも、やはり存在しなくなった。

「同志」と、だが、物売りは呼びかけて、カートで彼を追いかけてきた。ヘリウム電池で動くカートは、巧みな運転で彼のあとにくっついてくる。「手前たずさえておりますのは、時の試練に耐え、無数の愛用家の証言に効能を裏づけられましたる、よろずの薬草。お客様のご病気をお聞かせくだされば、お力になりましょう」

董《トン》は立ちどまって答えた。「いや、けっこう。病気はない」ただし、中央委員会に雇われた人間特有の、あの慢性病はべつだがな。たえず立身出世の登龍門をたたいてまわる日和見病。おれも患者のひとりだ。

「たとえば放射能症も治療できます」薬売りはなおも彼を追いかけながら、詠唱口調でつづけた。「それとも、もしご入用なら、性的能力の増進もお安い御用。あの黒色腫、いわゆる黒いガンと呼ばれるものも含め、あらゆるガンの進行を逆転させることも意のままですぞ」トレイいっぱいに並んだ小瓶と、アルミの小さな缶と、いろいろな粉末の入ったプラスチック容器を持ちあげながら、薬売りは歌うようにいった。「もし、競争者が役得多い官職をあなたから横どりしようとつけ狙っているならば、ある軟膏をご用立ていたしましょう。これは一見ただの皮膚用クリームとしか見えませんが、実は迅速な効きめをもつ毒物でしてな。しかも同志、手前の値段は低廉そのもの。あなたのように物腰風采のぬきん出た方には、特別サービスとして、国際通貨とは言い条、戦後のインフレのため実は紙屑同然の、あのドル紙幣によるお支払いをお受けいたしてもよろしいですよ」

「地獄へうせろ」董《トン》はいって、通りかかった低空飛行車《ホバー・カー》のタクシーに手をふった。きょうの最初の会合の約束に、もう三分半も遅れている。いまごろはでっかい尻をした省内のお偉がた連中が、心のメモになにかを走り書きしていることだろう——おれの部下たちが、もっと大々的にそうしていることは、いうまでもない。

薬売りは静かにいった。「しかし、同志よ、あなたはどうしても買わねばならんのです」

「なぜだ？」董《トン》は問いかえした。憤然と。

「なぜならば、同志よ、わたしが復員軍人だからです。わたしは国民解放の最終大戦に、民主連合人民戦線の一兵士として参加し、帝国主義者どもと戦いました。そして、サンフランシスコの戦いで両足を失ったのです」いまや薬売りの口調は勝ち誇り、狡猾になっていた。「これは法律ですぞ。復員軍人の販売する物品の購入を拒否した場合、あなたは罰金もしくは体刑の危険をおかしているわけです――その上、恥辱にさらされる危険をも」

うんざりした董《トン》は、タクシーに首をふって、ことわった。

「なるほど、わかった。では、買うことにしよう」貧弱な薬草の陳列をざっと見まわして、いいかげんに目星をつけた。「これを」

薬売りは笑いだした。「同志よ、それは殺精子剤――つまり、政治的理由からピルの受給資格に欠けた女性が購入するものです。あなたにはほとんど、というよりまったくお役に立ちますまい。なにぶん、あなたは男性でいらっしゃる」

董《トン》はとげとげしくいった。「法律がわたしに要求しているのは、かならずしもおまえから役に立つものを買うことではない。なにかを買いさえすればいいのだ。それを買う」綿入れ外套のふところに手を入れ、戦後インフレの乱発紙幣でむやみにふくらんだ財布をとりだそうとした。国家公務員である彼は、その紙幣で週四回の給与をもらっている。

「あなたの悩みを話してごらんなさい」

董《トン》はまじまじと薬売りを見つめた。このプライバシーの侵害に啞然としたのである――しかも、相手は政府の部外者だ。

「わかりましたよ、同志」董《トン》の表情を見て、薬売りはいった。「よろしい。もうせんさくはしますまい。しかし、医者としては――漢方医としては――できるだけ多くを知っておくことが望ましいのです」痩せこけた顔を陰気にひきしめて、じっと考えこんだ。「あなたはテレビを非常によくごらんになりますか?」だしぬけにそうたずねた。

虚をつかれて、董《トン》は答えた。「毎晩見る。金曜日はべつだが。その日だけはクラブへかよって、敗北した西欧から輸入された、投げ縄の秘術を習う」それが唯一の道楽だった。そのほかは、全面的に党活動に献身している。

薬売りは手をのばして、灰色の紙包みをえらんだ。「六十通商ドル。完全保証つきです。もし、お約束した効能がなければ、ご使用分の残りを喜んで全額で買い取らせていただきます」

董《トン》は辛辣にたずねた。「で、いったいなんの効能があるというんだ?」

「目を休ませてくれるのですよ。無意味な官僚的モノローグをしゃべりつづける顔を見つめすぎて、眼精疲労をきたしているあなたの目をね」薬売りはいった。「一種の鎮静剤です。例の無味乾燥で長ったらしいお説教がはじまったなと感じたら、すぐに服用して──」

──と董《トン》は代金を払い、紙包みを受けとり、せかせか歩きだした。くそ、ペテンじゃないか、と彼は思った。復員兵士を特権階級化する条例なんて。やつらはおれたちを──われわれ若い世代を──食い物にしてやがるんだ。ハゲタカみたいに。

灰色の紙包みは、外套のポケットの中で忘れ去られた。董《トン》は、戦後建築の壮麗な文化工芸省の入口をくぐり、一日の仕事にとりかかろうと、なかなかりっぱな自分のオフィスにはいっていった。

香港製の茶色のシルクの背広、それもダブル・ブレストにヴェストという身なりで、中年の小肥りの白人男性が、オフィスの中で董《トン》を待っていた。見慣れないその白人の横には、董《トン》の直属上司の司馬作平《スーマ・ツォピン》が立っていた。司馬《スーマ》はまずい広東語でふたりを引きあわせた。

「董《トン》・健《チエン》君、こちらはダライアス・ピーセルさんだ。ピーセルさんは、近くカリフォルニア州サンフェルナンドに創立予定の、教育的性格をもつ新しい思想文化施設の長になられる」言葉をついで、「ピーセルさんは、教育メディアを通じ、資本主義諸国粉砕の人民闘争を多年支援してこられた方だ。それがこのたびのご栄転につながった」

ふたりは握手した。

「お茶でも？」董《トン》は客たちにたずね、赤外線火鉢のスイッチを入れた。たちまち、きわめて装飾的な陶器のポット——日本製——の中で、湯がブクブク音を立てはじめた。自分のデスクの前にすわった董《トン》は、たよりになる秘書のミス西《シー》がピーセル同志に関する内部情報メモ（極秘）をそこに出してくれていることに気づいた。さりげないふうを装いながら、彼はすばやくそれに目を走らせた。

司馬《スーマ》がいった。

「人民の絶対の恩人は、ピーセルさんと親しく会見され、信頼を寄せておられる。めったにないことだ。こんどサンフェルナンドに新設される学校は、なんのへんてつもない道教哲学を教える体裁をとってはいるが、いうまでもなく真の狙いは、合衆国西部の自由で知的な青年層との交流の道を維持することにある。サンディエゴからサクラメントにかけて、まだ彼らはおおぜい生き残っている。推測ではすくなくとも一万人。新設校は、そのうちの二千人を収容する。学生は、われわれが選んで強制的に入学させる方針だ。きみはピーセルさんの計画に重大な関係を持つことになる。エヘン、お湯がわいているよ」

「ありがとう」董《トン》はつぶやいて、リプトンのティーバッグをポットに入れた。

司馬《スーマ》はつづけた。

「新設校の全学生に対する教育課程の構成は、ピーセルさんが監督されるけれども、試験答案は、いささか妙な話だが、すべてきみのオフィスに転送され、きみの細心にして熟練した思想審査を受けることになる。つまりだな、董《トン》君、二千人の学生の中で信頼がおけるのはだれだれか、われわれの意図にだれが正しく反応しており、だれがしていないかを、きみに判定してもらうわけだ」

「まずお茶を入れましょう」董《トン》は儀式ばったやりかたで給仕をした。

「心しなければならないのは」と、ピーセルが司馬《スーマ》に輪をかけたへたくそな広東語でしゃべりはじめた。「世界大戦で敗北を喫したのち、アメリカの若者がディセンブリングの才能を発達させたことです」

中に混じった英語の単語がよくわからなかったので、董《トン》はおうかがいを立てるように上役をふりかえった。

「嘘をつくことだよ」司馬《スーマ》が説明した。

ピーセルがいった。「表面的には正しいスローガンを口にしながら、内心ではそのスローガンを誤りと信じこんでいるのです。このグループの書いた答案は、一見、さもほんとうの――」

「じゃ、二千人の学生の答案が、わたしのオフィスへまわされてくるというんですか？」董《トン》は詰問した。信じられない。「それだけで、まるまるひとり分の仕事じゃないですか。わたしにはとうていそんな暇はありませんよ」あきれたもんだ、と思った。「あなたがたが期待しておられるような厳密な審査で可否の判定をくだすとなると――」身ぶりをし、英語でしめくくった。「スクルー・ザット《くそくらえ》」

この強烈な西欧的悪罵《あくば》に、司馬《スーマ》は目を白黒させた。「きみのスタッフがいるじゃないか。それに、人事部へ何人かの増員要求を出す手もある。省の予算も今年度は増額されたことだし、許可は下りるはずだ。きみ、忘れちゃいかんよ——人民の絶対の恩人がおんみずからピーセル氏を選ばれたことをな」司馬《スーマ》の口調はいまやごく微妙にではあるが、高圧的になっていた。董《トン》のヒステリーの出鼻を挫き、おとなしく服従させることができる程度に。すくなくとも一時的にそうできる程度に。

論点を強調するために、司馬《スーマ》はオフィスの奥へと歩いた。絶対の恩人の3D全身像の前に立つと、一瞬おいてから彼の接近を感知したテープ駆動機構が、像の背後で作動しはじめた。絶対の恩人の顔面が動き、そこからおなじみの訓戒が、それ以上におなじみのなまりをともなって聞こえてきた。

「わが子らよ、平和のために戦え」像の口調は優しく、しかも断固としていた。

「は」董《トン》はまだ腹を立てていたが、それをこらえた。ことによると、省内コンピューターに答案の選別をまかせられるかもしれない。思想的正解——と不正解——のパターンの前解析を組み合わせて、正《イエス》＝否《ノー》＝中間《メイビー》の分類が応用できればうまいのだが。そうすれば、この問題もルーチンに変えることができる。おそらく。

ダライアス・ピーセルがいった。「董《トン》さん、あなたにぜひ吟味していただきたい資料を、ここに持参しました」ピーセルは、ぶかっこうで古風なプラスチックの書類カバンのジッパーをあけた。「試験答案の論文二通です」董《トン》にその書類を手渡して、「これによってあなたの適格性がわかります」ピーセルはそこでちらと司馬《スーマ》をふりかえり、ふたりは見つめあった。「なんでも」とピーセルはつづけた。「あなたがもしこの計画に成功をおさめられれば、文化工芸省の副参事官に栄進し、偉大なる人民の絶対の恩人が手ずからキステリギアン勲章をさずけられるとか」

ピーセルと司馬《スーマ》はしめしあわせたように、用心深く微笑をちらつかせた。

「キステリギアン勲章」と董《トン》はおうむ返しにいった。試験答案を受けとり、のんびりとした冷淡さを装いながら、ざっと目を通した。だが、心臓は隠しきれない緊張で激しい動悸を打っていた。「なぜこの二通を？　つまりですね、どういうことを見ればいいんですか？」

ピーセルは答えた。

「その答案の片方は、筋金入りの信念を持った、献身的で、進歩的で忠実な党員の書いたもの。もう片方は、堕落したプチブル帝国主義思想をひそかに抱いているらしいとわれわれが疑っている、ある若い太陽族《スチユリヤーギ》の書いたものです。そのどっちがどっちであるかを、あなたに判定していただきたい」

ご親切なこった、と董《トン》は思った。しかし、うなずきかえして、表紙の題名を読んだ。

　十三世紀アラビアの詩人
　バハー・アッディーン・ズハイルの詩に
　予見されたる絶対の恩人の教え

　論文の第一ページに目をやった董《トン》は、なじみ深い四行詩がそこに引用されているのを知った。「死」と題されたその詩は、彼が教養のあるおとなとしての生活を送りはじめた当初から、そらんじているものだった。

　一度、二度としくじっても、まだ
　彼は多くの時のうちの一つを選ぶ
　深淵もなければ高山もなく、ただ
　一つにならされた平原に花を探す

「力強いですね」と董《トン》はいった。「この詩は」

「その答案の筆者は」と、ピーセルは四行詩を読みかえす董《トン》の唇の動きを見ながらいった。

「絶対の恩人が現代生活の中で説いておられる年経た英知を、その詩を使って説明しているのです。あらゆる人間は死をまぬかれず、ただ超越者のみが、歴史的に不可欠な大目的のみが生きつづける。本来そうあるべきように。どうです、あなたも彼に同感ですか？つまり、その学生に？　それとも――」ピーセルはちょっと間をおいてつづけた。「もしかすると、彼はその実、絶対の恩人のご布告を諷刺しているのでしょうか？」

董《トン》は用心深く答えた。「もう一つの答案を読んでからにさせてください」

「これ以上の情報は必要ありませんよ。さ、判定を」

ためらいがちに董《トン》はいった。「わたしは……これまでそんなふうにこの詩を考えたことがありませんでした」また腹が立ってきた。「とにかく、これはバハー・アッディーン・ズハイルの作じゃなく、『千夜一夜詞華集』の一部です。しかし、十三世紀の作にはちがいない。それは認めます」

詩のあとにくっついた答案の本文を、彼は急いで読んだ。生まれてからこのかた、耳にたこのできるほど聞かされてきた党のお題目の、月並みな冴えない焼きなおしに思える。人間の向上心を刈り取り踏み消した（混喩じゃないか）盲目の米帝怪物、いまなお合衆国東部に巣食う反動分子の陰謀は……。げんなりした彼は、その答案同様の冴えない気分になった。われわれには堅忍不抜の意志が必要だ、と答案は断定していた。キャッツキル山中のペンタゴンの残党を掃蕩《そうとう》し、テネシー州を鎮圧し、とりわけ、オクラホマ州の赤い山々にたてこもる頑迷な反動派の拠点を占領せよ。董《トン》はためいきをついた。

「やはり董君《トン》には、ゆっくりこのむずかしい資料を検討する時間を与えてやるべきだと思います」司馬《スーマ》がいって、彼に向きなおった。「今夜、この資料をきみの集合住宅《コナプト》に持ち帰っていい。ひとつ、時間をかけて検討してくれたまえ」

なかば嘲《あざけ》るように、なかば気づかうように、司馬《スーマ》は一礼した。それが侮辱であれ、なんであれ、とにかく司馬《スーマ》のおかげで苦境を救われたのだ。それだけは董《トン》も感謝したかった。

「ありがとうございます」董《トン》はもぐもぐといった。「おかげで余暇を利用して、この新しい啓発的な労働に打ちこむことができます。もし、ミコヤンが今日生きておられたら、さだめし満足されたことでしょう」

くそ野郎ども、と董《トン》は内心で思った。つまり、自分の上役と白人のピーセルの両方だ。こんなやっかいな問題をおれに押しつけて、しかも余暇にやれ、ときた。アメリカ共産党もどうやら困ってるらしい。教化施設もほとほと手を焼いてるんだ、きわめつけの意固地でへそまがりなヤンキーの若者相手ではな。そこで、このやっかいな問題が、順々におれのところまでたらい回しされてきたわけか。

ばかにしやがって、とむやみに腹が立った。

その夜、せまいが設備のととのった集合住宅の一室で、董《トン》はもう一つの試験答案に目を通した。こちらはマリアン・カルパーという女性が書いたもので、やはり詩が引き合いに出されている。どうやらこれは表向き、詩学のクラスなんだな。そう考えただけでさむけがした。社会的目的のために、詩を――いや、芸術一般を――利用するというのは、性《しょう》に合わない。なにはともあれ、特製の脊椎矯正型模造皮革《ひかく》張りの安楽椅子にゆったり腰かけ、英国市場第一位ケスタ・レイの巨大なコロナ葉巻に火をつけると、答案を読みはじめた。

筆者のカルパー嬢は、十七世紀イギリスの詩人ジョン・ドライデンの詩をテキストに選んでいた。有名な「聖セシリアの日に捧げる歌」の結びの数行である。

……最後の恐ろしい時がきて
この崩れゆく芝居を呑みこみ
ラッパの音が高みより聞こえ
死者は生き返り、生者は死に
音楽が空を狂わせるであろう

なんだ、こりゃまたひどいじゃないか――董《トン》は歯がみしながら思った。こともあろうに、ドライデンが資本主義の没落を予見していたと、われわれに信じさせるつもりかね？　それが〝崩れゆく芝居〟の意味なのか？　なんてこった。葉巻をとろうと手をのばしてから、すでに火が消えているのに気づいた。日本製のライターを出そうと、なかば腰をうかして、あっちこっちのポケットをさぐっているとき……

ピピピピー！　居間の奥のテレビが鳴った。

うへえ、と董《トン》はつぶやいた。主席の演説がはじまるらしいぞ。もう九十年も——いや、百年だったかな？——北京に住みつづけている人民の絶対の恩人。いや、陰では絶対のオジンともいわれる——

「あなたの心の中庭に、千万《ちょろず》の清貧の蕾《つぼみ》が花開きますように」テレビのアナウンサーがいった。

うめきをもらして、董《トン》は立ち上がり、義務づけられている答礼を返した。どの家庭のテレビ受像機にもモニター装置が組みこまれていて、持ち主がはたしておじぎしているかどうか、そして／あるいは画面に注目しているかどうかを、保安警察に通報できる仕掛けになっている。

画面に、くっきりした目鼻立ちの顔が現われた。東方共産圏の百二十歳の指導者の、しわひとつない、大ぶりで健康そうな顔、数多い——あまりにも数多い——人民の支配者。やりきれんな、と董《トン》は思いながら、模造皮革張りの椅子をテレビの画面に向けかえて、もう一度すわりなおした。

「わが子らよ」絶対の恩人は、いつもの朗々とした、悠揚《ゆうよう》せまらぬ口調でいった。「わたしの心は諸君の上にある。とりわけ、ハノイに住む董《トン》・健君《チエン》の上にある。彼はいま困難な仕事と取り組んでいる。それは東側民主圏のみならず、アメリカ西海岸の人民をも豊かにする仕事だ。われわれはみんなして、この気高く熱意ある人物と、彼の直面する面倒な作業のことに、思いをいたさなければならない。わたしも彼のために短い時間をさいて、その労苦をねぎらい、励まそうと思う。董《トン》君、聞いておるか？」

「はい、主席閣下」董《トン》は答えてから、今夜の党首がわざわざ自分だけを選んで声をかける確率を考えてみた。そのありそうもない確率を考えたとき、同志らしからぬ懐疑にとらえられた。どうもなっとくできない。たぶん、この放送は、この建物だけに――でなければ、すくなくとも、この都市だけに――送られているのだろう。民営ハノイ・テレビで作った吹き替えかもしれない。いずれにせよ、自分はこの番組を視聴することを――そして吸収することを――要求されている。長年の訓練から、董《トン》はそうした。外見は、しゃちこばって謹聴しているようだ。内心では、まだ二つの答案のことを考え、どっちがどっちだろうと迷っていた。どこからどこまでが誠実な共産党礼賛で、どこからどこまでが皮肉なあてこすりなのか？　その判断はむずかしい……やつらがこのやっかいなお荷物をこっちに押しつけた理由も、そこにある。

董《トン》はライターがないかともう一度ポケットをさぐり――そしてその代わりに、小さな灰色の紙包みをさぐりあてた。復員兵の薬屋に売りつけられたものである。あんちくしょう――その値段を思い出して、また腹が立ってきた。どぶに金を捨てたようなものだ。この薬草がなんに効く？　なんにも。紙包みを裏返して、そこに小さな文字が印刷されているのに気づいた。ほう、とつぶやくと、丹念に包み紙の折り目をのばしはじめた。効能書のとりこになったのだ——むろん、そこを狙って書かれた文章なのだが。

党員として人間として挫折を感じますか？　時代遅れとなって歴史の灰の山に捨てられそうな不安を

董《トン》はその文章を走り読みした。効能書は無視して、自分がいったいなにを買わされたのかを知ろうとした。

そのあいだも、絶対の恩人は単調にしゃべりつづけている。

かぎタバコ。紙包みの中身はかぎタバコだった。火薬によく似た無数の黒く細かい顆粒《かりゅう》——それが鼻をくすぐるように、興味深い芳香を放っている。説明によると、この特殊なブレンドは〈プリンス・スペシャル〉というらしい。なかなかよさそうな匂いだ、と董《トン》は思った。一時、かぎタバコに凝ったことがある——健康上の理由から、煙の出るタバコが法律で禁止されていたころ——北京大学の学生時代。かぎタバコは当時の流行だった。とくに、えたいの知れない原料を使った、重慶製の媚薬的なミックスがもてはやされた。これもその一つか？　かぎタバコには、ほとんどどんな香料でも加えることができる。オレンジのエッセンスから、粉末にした赤ん坊のクソまで……とにかく、そんな感じのするものもあった。なかでもイギリス製の〈ハイ・ドライ・トースト〉という銘柄の匂いときたら、かぎタバコへの執着に、ある意味でけりをつけてくれたようなものだ。

テレビの画面で絶対の恩人が単調にしゃべりつづけているまに、董《トン》は用心深くその粉をかぎ、効能書を読んだ——それが治せる病は、勤務先への遅刻から、疑わしい思想的背景のある女性との恋愛までにわたっている。おもしろい。だが、えてして効能書というやつは——

玄関のブザーが鳴った。

立ちあがって玄関に出ると、訪問者がだれなのかを百も承知で、ドアをあけた。思ったとおり、小柄で目の鋭い、仕事熱心なビルの管理人の繆貴《モウ・クイ》がそこに立っていた。腕章と鉄のヘルメットをつけているところからしても、だいじな用件らしい。

「党専従者の董《トン》同志、いまテレビ当局から連絡があったんだ。あなたはテレビを見もせずに、疑わしい内容の紙包みをいじっていたようだね」繆《モウ》はクリップボードとボールペンをとりだした。「赤の罰点が二つ。つぎに略式命令を伝える。いまからあなたはスクリーンの前で、心地よくストレスから解放された姿勢をとり、主席のお話を聞くことに専念しなければならない。今夜のお話は、とくにあなたに向けられたものだ。あなたにだよ」

「それはどうかな」董《トン》は自分がそういうのを聞いた。

目をぱちくりさせて、繆《モウ》は聞きかえした。「どういう意味だね？」

「主席は八十億の同志を支配しておられる。わたしごときものに、わざわざ注目されるはずがない」彼はかんしゃくまぎれにいった。管理人の敏速な譴責《けんせき》でむしゃくしゃしていたのだ。

繆《モウ》はいった。「しかし、この耳ではっきり聞いたぞ。あなたが名ざしで呼ばれるのを」

テレビに近づくと、董《トン》は音声のボリュームを上げた。「しかし、いま主席の話しておられるのは、人民インドでの凶作のことだ。わたしには関係がない」

「主席のお話は、なんによらず、だれにも関係がある」繆《モウ》はクリップボードの書類にまた罰点をつけ、形式的に一礼して、背中を向けた。「あなたの怠慢をこうしてわざわざ注意しにきたのは、本部からの命令があったからだ。明らかに本部では、あなたが傾聴することを重要視している。そこで命令させてもらうが、自動録画回路を作動させ、主席訓話の最初の部分を再生しなさい」

董《トン》は放屁で答えた。そしてドアを閉めた。

テレビの前へもどろう、と自分にいいきかせた。おれたちが余暇を過ごす場所に。そこには二通の試験答案もある。そいつも重荷だ。しかも、余暇にそれを押しつけてきやがった。くそったれども。地獄へ落ちろ。内心で荒々しく罵《のの》りながら、テレビに近づき、スイッチを切ろうとした。とたんに赤い警告ランプがともって、スイッチを切ることが許されないのを告げた――事実、たとえプラグをひっこぬいても、あの際限ない雄弁と画像は消えないのだ。菫《トン》は思った――おれたちはみんな、この強制的訓話ってやつに殺され、埋められてしまう。もしも演説の騒音から逃げ出せたら、もしも人類を追い立てる猟犬の遠吠えのような、党のスローガンから自由になれたら……。

しかし、主席の訓話を聞くあいだ、かぎタバコをやってはいけないという法律は、どこにもない。そこで、小さな灰色の紙包みをひらくと、左手の甲へ黒い粉を振りだし、小さな山にした。それから、慣れた動作でその手を鼻孔《びこう》に近づけ、かぎタバコが副鼻腔《ふくびこう》に達するほど深く吸いこんだ。想像もできんな、昔の迷信は、と内心でひとりごちた。副鼻腔が脳と直結していて、だから、吸いこまれたかぎタバコは大脳皮質へじかに影響する、だと。微笑をうかべ、もう一度着席して、テレビの画面、いまやさかんに身ぶりしている、だれ知らぬ者のない人物に、視線をそそいだ。

その顔がすーっと縮み、消えていった。音声もやんだ。いま菫《トン》が相対しているのは、なにもない空間だった。空白の画面と向かいあい、スピーカーからはシューシューとかすかな音がしていた。

あのやくざなかぎタバコめ、と菫《トン》は思った。手の甲に残った粉をむさぼるようにかぎ、鼻孔へ、副鼻腔へ、さらには脳にまで届けと吸いこんだ。かぎタバコの中にわれを忘れ、恍惚としてそれを吸収した。

スクリーンはまだ空白だったが、やがてしだいにひとつのイメージが形作られ、そこに落ちついた。それは主席の姿ではなかった。人民の絶対の恩人でないばかりか、どんな人間でもなかった。

董《トン》と対面しているのは、生命のない機械装置だった。それはソリッド・ステート回路と、回転式の偽足《ぎそく》と、レンズとスピーカー・ボックスから成り立っていた。そのスピーカー・ボックスが、単調な騒音で彼をなやませはじめた。

まじまじとそれを見つめて、彼は思った。なんだ、これは？　現実か？　幻覚だ。あの薬売りめ、解放戦争当時に使われたサイケデリック・ドラッグのどれかを手に入れたんだろう。やつはそれを売りつけ、おれはそれを使った——すっかりだまされて！

ふらふらと映話に歩みよると、もよりの保安警察をダイアルした。「幻覚剤密売人のことを報告したいんですが」受話器にそういった。

「お名前と、集合住宅名、号棟番号を」てきぱきとして非人間的な警察官僚の声。

董《トン》はそれに答えてから、おぼつかない足どりで模造皮革張りの安楽椅子にとってかえし、ふたたびテレビ・スクリーンの怪物を観察した。こいつは強烈だ、と彼は思った。きっとワシントンDCかロンドンで開発された新薬にちがいない——敵がわれわれの貯水池へ投げこんで猛威をふるわせた、あのLSD＝25よりも強力でふしぎな効きめだ。それをおれは、苦しさをやわらげる薬だと思いこんでいた。主席の訓話を聞かされる苦しさを……だが、このほうがひどい。金属とプラスチックでできたこの電子怪物が、ぐるぐる回転しながら、ブッブツ、ガアガアわめきたてるのは――このほうがずっと恐ろしい。

　これからずっと一生涯、こんなものと顔を突きあわせなくちゃいけないのか――

　その十分後、保安警察からきた二人組が玄関のドアをノックした。それまでに、スクリーンの上では、偽足をふりまわして際限なくわめきちらす人工物が、いくつかの段階をたどって徐々に崩壊し、主席のイメージと入れかわっていた。菫《トン》はふらつきながら警官たちを中に通し、テーブルへと案内した。その上には、かぎタバコの残りの入った紙包みがある。

「幻覚性の毒物です」菫《トン》はろれつのまわらない舌でいった。「効果は短時間。鼻孔の毛細管からじかに血液に吸収されるようです。どこでだれから手に入れたかを、くわしく話しましょう」身ぶるいしながら深く息を吸いこんだ。警察官がきてくれて、いくらか気持ちがおちついたようだった。

　ふたりの警察官はボールペンを構えて待っていた。そのあいだにも、主席の終わりなき訓話は、うしろでつづいている。これまで、菫健《トン・チエン》がその半生の数かぎりない夜に見てきたように。しかし、と彼は思った――もう二度と前のようにはなれない。すくなくともおれに関するかぎりは。あの毒物に近いかぎタバコを吸ったあとでは。

　それがやつらの狙いなのか？

相手をやつらと考えたことは、自分でも奇妙に思えた。ふしぎだ——しかし、どことなく正しい。つかのまためらい、くわしいこと、警察があの男を捕まえられるだけの手がかりを話さずにおこうかと考えた。行きずりの薬売り、といおうとしかけた。どこで会ったか忘れた。思いだせない、と。しかし、忘れてはいない。どこの交差点で会ったかもおぼえている。説明のつかない抵抗を感じながら、結局は一部始終を物語った。

「ありがとう、董同志《トン》」二人組の代表格のほうが、残ったかぎタバコ——大半が残っている——をていねいに集め、それを制服の——ぱりっとした制服の——ポケットに入れた。「さっそく分析してみましょう。万一、あなたに手当ての必要な場合は、すぐご連絡します。戦時中の古いサイケデリック・ドラッグの中には、放置しておくと命にかかわるものがあることは、お読みになったと思いますが」

「読みました」それこそ、まさに彼の恐れていることだった。

「では、おだいじに。ご協力感謝します」

ふたりの警官は帰っていった。非常に能率的な対応ぶりだが、警官たちはこの事件にそれほど驚いたようすでもない。おそらく、こんなのはありふれた出来事なのだろう。

鑑識結果が出るのは速かった——巨大な官僚機構を考え合わせると驚くべきスピードだった。その報告は、まだ主席のテレビ訓話が終わらないうちに、映話で通知されたのだ。

「あれは幻覚剤じゃありませんよ」保安警察の鑑識課員は、董《トン》にそう教えた。

「幻覚剤じゃない？」頭が混乱し、ふしぎなことに、ほっとした気分にはなれなかった。すこしも。

「その逆でしてね。主成分はフェノチアジン——ご存じでしょうが、抗幻覚剤です。グラム当たりの含有量はかなり多いが害はありません。すこし血圧が下がるか、眠くなる程度。おそらく、戦時中に医薬品倉庫から盗んだものでしょう。それとも、夷狄《いてき》が退却するときに置いていったものか。ともかく、心配いりませんよ」

首をかしげて、董《トン》はのろのろと映話を切った。それからアパートの窓——ハノイの高台の高層集合住宅《コナプト》が一望のもとに見わたせる窓——に歩みより、思案をこらした。

玄関のブザーが鳴った。まるで催眠状態のような気分で、彼は居間のカーペットの上を横切り、ドアをあけた。

若い女がそこに立っていた。茶色のレインコート、黒くつやつやした長い髪をバブーシュカで隠し、おずおずと小声でいう。

「あの、董《トン》同志ですか？　董健《トン・チエン》さん？　文化工芸省の——」

彼は反射的に女を中へ入れ、ドアを閉めた。「きみだろう、うちの映話を盗聴していたのは」まったくの当てずっぽうだったが、内心のなにものか、声のない確信が、彼にそう告げていた。

「あの……警察はかぎタバコの残りを持っていきましたか？」女はあたりを見まわした。

「そうでなきゃいいけど。最近はとても手に入れにくいんです」

「かぎタバコはらくに手に入る。フェノチアジンはべつだがね。きみがいうのはそっちのことか？」

女は顔を上げ、大きな暗い瞳で彼を見つめた。「そうです、董《トン》さん――」と口ごもった。保安警察の二人組が自信たっぷりだったのと好対照に、ひどくおどおどしたようすだ。

「あなたがなにをごらんになったか、話してください。それをたしかめるのは、わたしたちにとってとても重要なことなんです」

「つまり、人によって見るものがちがうのか？」彼は察しよくたずねた。

「そ、そうです――そのとおりですわ。だから困っています。計画どおりにいかないんです。わけがわかりません。だれの理論にも合わなくて」瞳をいっそう暗く沈ませながら、女はいった。「それは水棲の恐ろしい怪物でしたか？　牙のある、ぬらぬらした地球外生物では？　どうか教えてください。ぜひとも知る必要があります」

苦しげで不規則な女の呼吸に合わせて、茶色のレインコートが上下する。董《トン》は自分がそのリズムに目を奪われているのを知った。

「機械だ」

「まあ！」女は首をすくめて、激しくうなずいた。「そうですか、わかりました。人間とは似ても似つかぬ機械的生物ですね。シミュラクラム、つまり人間の姿を模造したものではなくて」

「人間のようには見えなかったね」あとは心の中でつけたした。それに、人間のようにはしゃべれなかった――しゃべろうとしなかった。

「それが幻覚でないことはおわかりですね」

「ぼくの摂取したのがフェノチアジンだったことは、公式に知らされた。知っていることはそれだけだ」彼はできるだけ言葉を節約した。いまはしゃべるよりも、聞きたかった。この女の話を聞きたかった。

「でも、菫《トン》さん――」女は深く、たよりなげに息を吸った。「もし幻覚でないとすれば、いったいそれはなんでしょう？　ほかにどんな可能性がありまして？　いわゆる〝超意識〟――でしょうか？」

菫《トン》は答えなかった。くるりと背を向け、おもむろに二通の答案をとりあげると、女を無視してそっちに目をやった。女のつぎの動きを待ちかまえながら。

女は彼の肩に顔を近づけた。春雨の匂い、甘く心をそそるような匂いがする。彼女の匂いも、姿も、それに言葉づかいも、すべて美しい、と菫《トン》は思った。テレビでいつも聞かされる――赤ん坊のときから聞かされてきた――ぎすぎすした高地弁とは大ちがいだ。

「ステラジンをためした人びとの中には」と女はハスキーにささやいた。「菫《トン》さん、あなたが入手されたのはステラジン、つまり高品質のフェノチアジンなんです――ある怪物を見た人も、べつのものを見た人もあります。でも、はっきりしたいくつかのカテゴリーが、すでに現われているんです。その種類は無限じゃありません。ある人たちは、あなたとおなじものを見ました。わたしたちが〈わめき屋〉と名づけたものです。ある人たちは水棲《すいせい》の怪物を見ました。〈丸呑み屋〉です。そのほかにも〈鳥〉とか〈よじ登りチューブ〉とか――」女は言葉を切った。「でも、ほかの反応からは、ごくわずかなことしかわからないんです。わたしたちには」ちょっとためらってから、思いきったようにしゃべりだした。「菫《トン》さん、そんな経験をなさったからには、ぜひわたしたちの集まりへ加わっていただけませんか。あなた自身のグループ、あなたとおなじものを見た人びとの組に入ってください。レッド・グループです。わたしたちは、あれが本当はなんであるかを知りたいんです。とにかく――」先細りの、蠟《ろう》のようになめらかな指をひらひらと動かして、「あれがこうしたいろいろの姿の全部だとは思えません」女の口調はせつないほど激しく、そして純真だった。菫《トン》は警戒心が――ちょっぴり――ゆるむのを感じた。

「きみにはなにが見える？　そういうきみには？」

「わたしはイエロー・グループのひとりです。わたしに見えるのは――嵐ですわ。ひゅうひゅう吹きまくるつむじ風。それがあらゆるものを根こそぎにし、一世紀はもつように作られた高層集合住宅をぺしゃんこにします」悲しげにほほえんで、「〈こわし屋〉です。菫《トン》さん、グループはぜんぶで十二あります。十二の絶対的に異なった経験、それがすべておなじフェノチアジンから生まれるんです。おなじ主席がテレビでしゃべっているのを見て。というより、あれがしゃべっているのを見てね」

女はにっこりと彼を見上げた。長いまつ毛――たぶん人工的にひきのばしたのだろう――そして媚《こ》びるような、いや、むしろ縋《すが》るようなまなざし。まるで、こちらがなにかを知っているか、それともなにかをする力があると思っているようだ。

「市民として、きみを逮捕すべきだな」ややあって、董《トン》はいった。

「そんな法律はありませんわ、この件に関しては。わたしたちはソビエトの法律書をじっくり研究したんですよ――ステラジンを配布する相手をきめる前にね。量があんまりないから、だれに渡すかは慎重を要します。あなたは候補者として適当に思えました……よく知られた、戦後派の、前途有望で熱心な、若い出世主義者」女は彼の手から試験答案をとり上げた。「あなたは試読審査にかけられているんですか？」

「〝試読審査〟？」その用語は初耳だ。

「なにかの談話や文章を検討して、それが党の最近の世界観に合致するかどうかを判定することです。官僚機構内部の人たちは、それを縮めて〝読審《スーマ》〟といってましたっけ」女はふたたび微笑した。「あなたがもう一段階昇進して、司馬氏の地位になれば、その表現を知らされることになりますわ」真顔になって、「それからピーセル氏。彼はうんと地位が上です。董《トン》さん、サンフェルナンドに思想教育なんてありません。これはにせの試験答案で、あなたの政治イデオロギーを徹底的に分析するために作られたものです。ところで、どちらの答案が正統でどちらが異端なのか、区別はつきまして？」小妖精のような女の声は、彼をからかって楽しんでいるようだった。「まちがったほうを選んだらさいご、せっかく芽ぶきかけたあなたのキャリアも、たちまち枯れてしまいますよ。正しいほうを選べば——」

「きみはどっちが正しいかを知っているのか？」彼は詰問した。

「ええ」女はおごそかにうなずいた。「わたしたちは司馬《スーマ》氏のオフィスに盗聴装置を仕掛けています。彼とピーセル氏との会話もモニターしました——ピーセルとは真っ赤な偽りで、実は高等保安警察のジャッド・クレイン警部。たぶん、あなたもその名はご存じでしょう。九八年、チューリッヒで開かれた戦犯裁判で、ヴォルラフスキー判事の首席補佐官をつとめた人物です」

かろうじて彼は声を出した。「なるほど」そうか、それで説明がつく。

女がいった。「申しおくれましたが、わたしはタニア・リー」

菫《トン》は無言だった。首をうなずかせるのが精いっぱいで、あまりのショックに考える気力もない。「おもてむき、わたしはあなたとおなじ省に勤める下級事務員です」タニア・リーはいった。「でも、あなたがわたしに出会ったことは、これまで一度もない——すくなくとも、わたしの記憶ではね。わたしたちはあっちこっちの役所にもぐりこんでいます。

それも、できるだけ高い地位に。実はわたしのボスも――」

「そんなことをぼくに話していいのか？」彼はまだつけっぱなしのテレビを示した。「逆に盗聴されてるんじゃないのかね？」

「この建物から出る音声と画像の受信部に、雑音がまじるようにしておきました。あの被覆が発見されるまでには、小一時間はかかりますわ」細い手首にはめた腕時計に目をやって、「もう十五分間。まだ安全です」

「教えてくれ。どっちの答案が正統なんだ？」

「あなたの気になるのはそれだけ？　本当に？」

「ほかに、なにを気にしろというんだ？」

「まだわかりませんの、董《トン》さん？　あなたはあることを知ったんです。主席が主席でないことを。彼はなにかべつのものですが、それがなにかはまだはっきりしません。いまのところはね。董《トン》さん、つかぬことをお聞きしますが、あなたはご自分の飲料水を分析させたことがおありですか？　こんなことをいうと被害妄想のように聞こえるでしょうが、いかが？」

「いや。もちろんない」女がつぎにいうことは、もう見当がついていた。

タニア・リーは勢いよくしゃべりだした。

「わたしたちの検査によると、幻覚剤がたっぷり混入されているんです。これまでもそうだったし、いまも、これからも、それはつづくでしょう。戦時中に使われた幻覚剤じゃありません。見当識を失わせる薬物じゃなく、ダトロックス＝3という人工の麦角《ばっかく》に似た誘導体です。あなたは目覚めたときから、このアパートでそれを飲みます。レストランや訪問先のアパートでも飲みます。省内でも飲みます。なにしろ、共通の中央水源地から、水道管を通って送られてくるんですからね」彼女の口調は冷たく荒々しいものになった。

「わたしたちはその問題を解決しました。その事実を発見したときから、高品質のフェノチアジンがあればそれに対抗できるのを、知っていました。知らなかったのは、いうまでもなく、これ――真実の経験が何種類もあることです。合理的に、それではすじが通りません。本来ならば、幻覚が人それぞれにちがい、現実の経験は遍在的であるべきなのに――それがあべこべだなんて。この問題だけに通用する特殊な仮説さえ成り立たないんです、いくら頭をしぼってもだめ。十二の相互に排他的な幻覚――それなら話はわかります。けれど、ひとつの幻覚と十二の現実というのは」

　彼女はそこで話しやめると、おでこにしわをよせて、ふたつの答案を見くらべた。

「このアラビアの詩の入ったほうが正統です。そう判定すれば、彼らはあなたを信用して、もっと高い地位をくれます。あなたは党の階級制官僚機構の中で、また梯子を一段登れるわけです」微笑をうかべて――歯ならびは完璧で美しい――彼女はいった。「ねえ、けさの投資はむだじゃなかったでしょう？　あなたのキャリアは、これでしばらく保証されたわ。しかも、わたしたちの手で」

「信じられん」本能的に、いつもの警戒心が働いていた。東世界共産党ハノイ支部の弱肉強食の中で半生をすごして、いやおうなく身についた警戒心だった。だれもが、ライバルをけおとす方法を無数に心得ている――その中のいくつかは、おれも使ったことがある。おれがそうされたこともあるし、人がそうされるのを見たこともある。これは、まだおれが知らなかった新しい手口かも。その可能性はつねにある。

「今夜」ミス・リーがいった。「主席は訓話の中で、とくにあなたを名ざしで呼びかけました。奇妙だとは思いませんか？　こともあろうに、なぜあなたを？　ちっぽけな省の一係長クラスを――」

「認めるよ。それはぼくも考えた」

「あれはすじが通っているんです。主席は、戦後育ちの少壮幹部エリートを養成したい。老いぼれと無能党員のしがみついた、偏狭で死にかかった官僚機構に、新しい血をそそいでくれると期待しています。主席は、わたしたちとおなじ理由で、あなたを選びました。だから、もしうまくやれば、あなたは最高の地位まで出世できる。すくなくとも、ここ当分は……わたしたちの知るかぎり。そういうわけです」

　董《トン》は考えた――つまり、ほとんどあらゆる人間がおれを信用しているわけか。当の本人以外は。しかも、こんな出来事のあと、抗幻覚剤のかぎタバコを体験したあとでは、なおさら自分が信用できない。長年積み重ねた確信が揺らいでしまったし、たぶんそうなって当然なのだろう。

しかし、董《トン》は徐々におちつきをとりもどした。心の平衡がじわじわと、ついで一気に回復するのが感じられた。

映話に歩みよると、受話器をとり、そしてその夜二度目の通報をすべく、ハノイ保安警察の番号をダイアルしはじめた。

「わたしを警察に引き渡すのは」とミス・リーがいった。「あなたにできる行動決定の中で、二番目に退行的なものかもしれなくってよ。わたしはこう訴えるだけだわ。あなたはわたしを買収しようと、ここへ連れてきた。省内のわたしの仕事から見て、答案の判定ができるだろうと考えた、とね」

「じゃ、いちばん退行的な行動決定とは、いったいなんだ?」

「これ以上フェノチアジンを使おうとしないこと」ミス・リーが無表情に答えた。

映話を切って、董健《トン・チエン》は心の中でひとりごちた。なにがおれの身に起こっているのか、さっぱりわけがわからない。ふたつの勢力。一方には党と主席——そしてもう一方には、この女といわゆるその仲間。片方は、党の階級制の中でできるだけ昇進することを、おれに望んでいる。もう片方は——い、っ、た、い、タニア・リーはな、に、を望んでいるのか? あの言葉の裏で——党と、主席と、人民民主統一戦線の倫理的基準に対する、ほとんど投げやりに近い侮蔑をひと皮むけば――いったい彼女はおれになにを求めているのか？

彼はふしぎそうにたずねた。「きみは反党分子か？」

「いいえ」

「しかし――」身ぶりして、「立場はふたつしかない。党か、反党か。すると、きみは党側なんだな」混乱して、相手をまじまじと見つめた。むこうは落ちつきはらってその視線を受けとめた。「きみたちはある組織を作り、集会を開いている。いったいなにを破壊するつもりだ？　政府の定常機能か？　アメリカの反逆的な大学生たちが、ベトナム戦争中に軍用輸送列車を阻止したように――」

ものうげにミス・リーはいった。「ちがうわ。でも、そんなことは忘れなさい。問題はそんなことじゃない。わたしたちが知りたいのはこれなの――だれ、またはなにが、わたしたちを導いているのか？　それを知るには、体制の中にもぐりこんで、だれかを味方につけなくちゃならない、そのうちに主席とじかに対面する機会のあるような、若くて前途有望な理論家の党員をね――おわかり？」彼女は声を高めた。早く帰りたそうに、腕時計に目をやった。十五分の猶予は、ほとんど切れかかっていた。「実際に主席に会った人はごく数が少ないのよね。つまり、本当に彼を見たという意味では」

「ひきこもってるんだよ。高齢のために」

「だから」とミス・リーはいった。「もし、あなたがむこうの仕組んだこのテストに合格すれば――もう、わたしのおかげで合格は確実だけれど――主席がときどき開く、電送新聞には決して報道されたことのない、例のスタッグ・パーティーに招待されるんじゃないかと、わたしたちはそう期待してるわけ。さあ、これでおわかり？」彼女の声は、狂おしい絶望をまじえてかん高くなった。「そしたら、いよいよ真相がつかめるんだわ。もし、あなたが抗幻覚剤の作用を受けたままパーティーに出て、主席の実体とじかに顔をつきあわせれば――」

彼は考えをそのまま声にした。「そして、官僚としてのキャリアをふいにするのか。命とまではいかなくても」

「あなたはわたしたちに借りがあるじゃない」タニア・リーは頬を蒼白にして、食ってかかった。「もし、どちらの答案を選べばいいかを教えてあげなかったら、きっとまちがったほうを選んで、どのみち出世コースを踏みはずしていたはずよ。あなたはきっと失敗していたわ――自分ではテストを受けているとも知らずに！」

董《トン》は穏やかにいった。「確率は五分五分だった」

「いいえ」彼女は激しくかぶりをふった。「異端の答案は、特殊な党内用語をふんだんにばらまいてごまかしてある。あなたが罠にかかるように、わざと仕組んだ問題なのよ。むこうは、あなたを失敗させたいんだってば！」

混乱した気分で、董《トン》はあらためて二通の答案を見くらべた。彼女のいうとおりなのか？

たぶん。おそらく。真実のひびきがする。おれのように党の役員たちのことを、とくに上役の司馬《スーマ》のことをよく知っているものには、うなずけるふしがある。急に疲労を感じた。敗北を感じた。ややあってから、彼女にいった。

「つまり、お返しを要求するわけか。きみはおれのためにあることをした。この党のテストへの正解——もしくは、きみが正解と称するもの——をおれに教えた。だが、もうそれはすんだことだ。おれがきみをここから追いださないという保証がどこにある？　こっちにはなんの義理もない」

自分の声を聞いていると、その無感動な口調は、党内部のいたるところで目につく、あの感情移入能力の欠如を、まざまざと現わしているようだ。

「これからも、あなたが昇進をつづけるかぎり、つぎつぎにテストはあるわよ。そのつど、わたしたちが解答をモニターしてあげてもいい」

彼女は穏やかな、落ちついた態度だった。明らかにこうした反応を予想していたらしい。

「いつまでに考えればいいんだ？」

「わたしはもう帰る。こちらはべつに急いでないのよ。どうせ、あなたが来週や来月のうちに、主席の黄河別邸に招待されることなんて、ありえないもの」玄関へ出て、ドアをあけてから、彼女は立ちどまった。「この種の偽装された評価テストを受けるたびに、こちらはあなたと接触して、解答を提供するわ——だから、そのときには、わたしたちの仲間の何人かと近づきになれるわけ。たぶん、つぎはわたしじゃない。あの傷痍《しょうい》軍人が、省から帰宅途中のあなたに正解答案を売りつける、ということになるかも」ふっとロウソクの消えるような微笑をうかべて、「でも、そのうちいつか、きっと思いもよらないときに、仰々しい飾りのついた正式の招待状を受けとることになるわよ。そして、別荘のパーティーにでかけるとき、あなたは鎮静作用のあるステラジンをしこたま吸っていく……たぶん、わたしたちの乏しい在庫からの最後の一服をね。おやすみなさい」ドアが閉まった。彼女はもういなかった。

くそったれめ、と彼は思った。むこうはおれをゆすることもできる。おれのやったことを種に。だが、あの女はそれを口にすらしなかった。むこうのかかわりあっていることからすれば、それは口にする価値もないのだ。

しかし、なにを種にゆするというのか？　薬を売りつけられたことは、もう保安警察に報告してある。その薬はフェノチアジンだと分析された。じゃ、むこうも知ってるんだ、やつらもおれを監視するだろう。警戒するだろう。厳密にはおれは法律を破ったわけじゃないが、しかし――監視はされる。

だが、監視はいま始まったことじゃない。そう考えて、いくらか緊張がほぐれた。もう長年のあいだ、それにはほとんど慣れっこになっている。ほかのみんなとおなじように。いまにおれは人民の絶対の恩人の正体を見ることになる、と心にいいきかせた。これは、おそらくほかのだれもがやらなかったことだぞ。いったい主席の正体はなんだろう？　非幻覚のどのカテゴリーに属するのか？　おれのまったく知らない種類……まったくどぎもを抜かれるような化け物かもしれない。それを見たあとで、おちついてパーティーのお開きまでつきあえるものだろうか？　もし、それがテレビで見たようなあの機械だったら？　こわし屋、わめき屋、鳥、よじ登りチューブ、丸呑み屋——それとも、もっとひどいものだったら？

ほかのカテゴリーにはどんなものが含まれているのだろう、と彼は想像し……やがてその想像を打ちきった。そんなことをしても、なんの得にもならない。よけい不安になるだけだ。

あくる朝、司馬《スーマ》氏とピーセル氏が董《トン》のオフィスを訪れた。どちらも穏やかだが、なにかを期待している態度だった。無言で、董《トン》は二通の〝試験答案〟の片方をさしだした。胸をしめつけられるようなアラビアの短詩を引用した、正統派のほうを。

「こちらが」と董《トン》は堅い口調でいった。「忠実な党員、または党員候補者の答案です。もう片方は——」あとの答案をぴしゃりとたたいて、「反動的なごみ屑《くず》です」怒りがわきあがってきた。「いくら表面的に——」

「けっこうです、董《トン》さん」ピーセルがうなずきながらいった。「いちいち細部を論じるまでもありません。あなたの分析は正しい。昨夜のテレビ訓話で、主席があなたのことに触れられたのを聞きましたか？」

「はい、もちろん」

「では、今回のわれわれの計画に大きなものがかかっていることは、理解されたにちがいない。主席はあなたに注目しておいでだ。それは明らかです。実をいうと、あなたの件で、このわたしにわざわざ親書をくださったほどで――」ピーセルはふくらんだ書類カバンをあけ、中をかきまわした。「くそ、どこかへいきやがった。とにかく――」ピーセルはちらと司馬《スーマ》に目をやり、司馬《スーマ》は軽くうなずきかえした。「偉大なる主席は、つぎの木曜の夜に揚子江牧場で開かれる晩餐会に、あなたを招待された。とりわけ、フレッチャー夫人のご意向で――」

董《トン》はいった。「〝フレッチャー夫人〟？　だれですか、その〝フレッチャー夫人〟とは？」

一瞬おいて、司馬《スーマ》がそっけなく答えた。「絶対の恩人のご令室だ。主席のお名前は――もちろん、きみには初耳だろうが――トマス・フレッチャーという」

「白人です」ピーセルが説明した。「もともとはニュージーランド共産党から出た人でしてな、あちらで困難な政権奪取に参加した。これは厳密には秘密じゃないが、といってほうぼうに言いふらされてもいません」時計鎖をおもちゃにして、しばらく口ごもった。

「おそらく、あなたもそのことは忘れたほうがいい。もちろん、主席にお会いし、顔と顔をつきあわせれば、いやでもそれははっきりするわけだ。彼が白人であることがね。わたしとおなじように。大ぜいの党員とおなじように」

「皮膚の色がちがっても」と司馬《スーマ》が指摘した。「主席と党への忠誠にはなんら関係がない。ここにおられるピーセルさんが、その生きた実例だ」

しかし、と董《トン》はうろたえながら考えた。テレビで見る主席は、およそ西洋人らしくなかったのに。「テレビでは――」と彼は口を切った。

司馬《スーマ》がさえぎった。「あの映像には、いろいろな種類の巧妙な修正が加えられているんだ。イデオロギー的な意図でね。上層部の人間の大半は、そのことを知っている」司馬《スーマ》は厳しい批判の目で、彼をながめた。

では、だれの意見も一致するわけだ、と董《トン》は思った。毎晩われわれの見ているものが、現実でないことは。しかし、問題はだ、どの程度に非現実なのか？　部分的にか？　それとも――完全にか？

「心の準備をしておきます」董《トン》は緊張した口ぶりでいった。そして考えた。こいつは手抜かりだぞ。やつらは――タニア・リーに代表される一味は――おれがこんなに早く招待を受けると予想していない。抗幻覚剤はどこにある？　やつらがそれをうまく届けられるかどうか。期日がこんなに切迫していては、おそらくむりだろう。

ふしぎにも、董《トン》はほっとした。それなら、偉大なる主席を人間としてながめられる状態、いつもおれが——そしてだれもが——テレビで見ている姿のままにながめられる状態で、主席と対面できるわけだ。きっと、すごく刺激に富んだ、楽しい晩餐会だろうな。アジアで最も有力な党幹部がずらりと顔をそろえることだろう。フェノチアジンがなくたって、おれはいっこうにかまわん、と彼は自分にいいきかせた。安堵の思いが深まった。

「あったあった、これだ」ピーセルがすっとんきょうな声を上げて、書類カバンから白封筒を抜きだした。「あなたの入場券です。木曜の朝、中国ロケット便で主席の別邸へ飛んでください。そこで、儀典官が宴席作法について簡単な注意をします。正装し、ネクタイを締めること。ただし、雰囲気はうちとけたものです。いつも、何回となく乾杯が行なわれます」つけたして、「わたしは男性だけのそうした集まりに、二度出席したことがあります。司馬《スーマ》さんは」——とってつけたような笑みをうかべて——「まだその栄誉にあずかっておられない。しかし、よくいうじゃありませんか——待つものはすべてを手に入れる。ベン・フランクリンの言葉ですよ」

「董《トン》君の場合は、やや時期尚早にそれを手に入れたようですな」司馬《スーマ》が達観したように肩をすくめた。「ま、わたしの意見は一度も求められなかったから」

「もうひとつ」ピーセルは董《トン》にいった。「偉大なる主席を目のあたりに見たとき、ひょっとするとあなたはなにかの点で失望を感じるかもしれない。たとえそう感じても、けっしてそれを表に出さぬように注意なさい。われわれはつねに、主席を人間以上の存在と見なす傾向がある——そう訓練されています。しかし、宴会での主席は」——身ぶりして——「二股大根です。いくつかの点では、われわれと変わりません。たとえば、相当に人間的な毒舌や弱音を吐くかもしれない。下がかった冗談をいったり、酒を飲みすぎたりするかもしれない……率直にいって、パーティーがどんなことになるかはだれにも予想できませんが、たいていは翌日の昼近くまでつづきます。だから、儀典官のよこしてくれるアンフェタミンを服用しておくのが賢明でしょう」

「はあ？」董《トン》はいった。これは初耳だし、興味深い。

「スタミナをつけるためですよ。それと酔い止め。主席は驚くほど酒がお強い。ほかのみんながダウンしたあとも、まだしゃきっと立って、飲みたりないような顔をされる」

「なみはずれたお方ですね」司馬《スーマ》があいづちを打った。「あの方のそういう——放逸さが、かえってスケールの大きさを感じさせますよ。円満なふくらみといいましょうか。いわば、理想的なルネッサンス人ですね。たとえば、ロレンツォ・デ・メディチとか」

「たしかにそれはいえる」ピーセルは答えて、董《トン》をじっと見つめた。昨夜のさむけがよみがえってくるような、強烈な視線だった。おれはひとつの罠からつぎの罠へと、順ぐりに導かれているのだろうか、と董《トン》はいぶかった。あの女——実はあの女も保安警察の手先で、おれが不誠実で反動的な性格を持ってないかどうかを、さぐりにきたんじゃなかろうか？

彼は決心した——仕事がひけたら、あの両足のない薬売りに待ち伏せされないようにしよう。いつもとは全然ちがうルートで、集合住宅へ帰るんだ。

それは成功した。その日、彼は薬売りにつかまらずにすんだし、翌日もそうだった。木曜日まではそれがつづいた。

木曜の朝、薬売りは駐車してあるトラックの下からふいに出現し、彼の行く手をさえぎった。

「あの薬はいかがでした?」薬売りは問いかけた。「効きましたか? 効くはずですよ。宋朝時代から伝わる処方ですからな——効いたにちがいない。そうでしょう?」

董《トン》はいった。「通してくれ」

「どうか答えていただきたい」

その口調は、インチキくさい大道の薬売りから予想されるような、あの伝統的な哀れっぽいものではなかった。その口調は董《トン》にも伝わった。感度良好かつ明瞭だった……大昔の帝国主義傀儡《かいらい》軍が使っていた用語でいえば。

「おまえがなにを売りつけたかは知ってる」董《トン》はいった。「もう、あんなものはほしくない。かりに気が変わっても、あんなものは薬局で買える。それじゃ」

董《トン》は歩きだしたが、両足のない男のあやつる台車《カート》は、追いすがってきた。

「ミス・リーからのことづけだ」薬売りは大声でいった。

「フム」菫《トン》はつぶやいた。ひとりでに足どりが速まる。ホバー・タクシーが目についたので、手を上げて合図した。

「今夜だったな、きみが揚子江別邸の晩餐会に招ばれていくのは」薬売りは、彼に追いつこうとする努力で息をはずませていた。「薬を受けとってくれ——さあ！」哀願するように、平べったい紙包みをさしだした。「たのむよ、菫《トン》党員。きみ自身のため、われわれみんなのために。われわれが相手どっているものが、なんであるかを知るために。だって、そうだろうが。やつは地球外生物かもしれないんだぞ。それがわれわれの最も根源的な不安だ。わからないのか、菫《トン》？　きみのけちくさいキャリアなんぞ、これに比べたらなんだ？　もし、真相を見いだせなければ——」

タクシーが舗道にどすんと着地した。ドアがするりとひらき、菫《トン》は乗りこもうとした。薬の包みが彼のそばをかすめて、タクシーの入口の敷居に乗っかってから、明け方の雨で湿った床の上に滑りおちた。

「たのむ」と薬売りがいった。「しかも、金はかからないんだ。きょうはタダにしとく。とにかく、それを持っていって、宴会の前に吸入してくれ。もうひとつ、アンフェタミンは使うな。あれは視床興奮剤だから、フェノチアジンのような副腎抑制剤には禁忌——」

タクシーのドアが菫《トン》のうしろで閉まった。彼は着席した。

「同志、どちらへ？」ロボット運転装置がたずねた。

董《トン》は集合住宅の認識番号を告げた。

「あのまぬけな薬売りめ、わたしのクリーンな車内へ、インチキ商品をもぐりこませましたぜ」タクシーがいった。「お知らせ――お客さんの足もとに落っこってます」

彼はそれを目にとめた――なんのへんてつもない封筒。麻薬ってやつは、こんなふうにしてやってくるんだな、と思った。いきなりポンと目の前に現われるんだ。一瞬、茫然としていたが、やがてそれを拾い上げた。

前回とおなじく、外の包装には細かい文字が並んでいた。だが、こんどのそれは肉筆だった。女性の筆跡――ミス・リーからのものだ――


とつぜんで驚きました。でも、さいわい用意はできています。火曜と水曜、あなたはどこにいたのですか？　とにかく、これがそうです。がんばって。今週中にこちらから連絡をとります。そちらからわたしを探そうとしないように。


彼はその手紙に火をつけ、タクシー備えつけの灰皿で燃やしてしまった。

そして黒い粉だけをポケットにしまった。

そのあいだにも考えた。水源地への幻覚剤投入。毎年毎年。何十年も。戦時中だけでなく、平和になってからも。そして、敵陣営だけでなく、自国の中まで。なんて悪質なやつらだ、と自分にいいきかせた。やはり、おれはこれを使うべきかもしれない。あの男の、いや、あのものの正体をつきとめて、タニアのグループに知らせるべきかもしれない。

そうしよう、と彼は決心した。それに——好奇心もそそられる。

よくない感情だ、と自覚していた。好奇心は、とくに党活動においては、しばしばキャリアに墓穴を掘ることがある。

この瞬間の菫《トン》は、その死病にとりつかれていた。いったい、この末期的状態は、今夜一晩中つづくのだろうか、といぶかった。いよいよその瞬間になって、はたして実際にかぎタバコを使う気になるだろうか。

時がくればわかる。そのことも、ほかのなにもかも。おれたちは野に咲く花だ、と彼は思った。摘まれる花だ。アラビアの詩人がいみじくも書いたように。その詩のつづきを思いだそうとしたが、できなかった。

かえって、それでよかったのかもしれない。

別邸の儀典官は、奥原鬼猛《おくばらきもう》という日本人で、明らかに元レスラーとわかるたくましい大男だったが、菫《トン》が型押し印刷の招待状を見せ、本人であることをちゃんと立証しても、まだ生得の敵意で彼をじろじろと見つめた。

「わざわざ出てくるおよばない」奥原は吐きだすようにいった。「なぜうちでテレビ見てないか？　おまえこない、だれも気にしない。なしで、いままでたのしかった」

董《トン》はむっとして答えた。「テレビはいつも見てる」それにどのみち、この種のスタッグ・パーティーは、めったにテレビ中継されない。ワイセツすぎるのだ。

奥原の部下は、董《トン》が武器を持っていないかと、肛門部への隠匿の可能性まで念入りにチェックしてから、彼に衣服を返した。しかし、フェノチアジンは発見されずにすんだ。事前に吸入しておいたからである。こうした薬剤の効果は約四時間持続する。それだけあれば充分だろう。しかも、タニアが前にいったように、最大投与量なのだ。体がだるく、動きが重たく、目まいはするし、舌はパーキンソン病もどきの痙攣《けいれん》を起こしていた——予想もしなかった不快な副作用だった。

ウェストから上はヌードで、銅色の長い髪を肩から背中に垂らした若い女が、すぐ横を通りすぎた。おもしろい。

反対側からやってきたのは、おしりから上をヌードにした若い女だった。これもおもしろい。どちらの娘も退屈したうつろな顔で、なんの羞《は》じらいもない。

「おまえもあのかっこうになる」奥原が彼に教えた。

びっくりして董《トン》はいった。「正装にネクタイという話だったが」

「冗談よ」奥原はいった。「ちょっとからかった。ヌードは若い女だけ。おまえもすぐ愉快になる。ホモでなければ」

　そうか、と董《トン》は思った。じゃ、せいぜい楽しんでやれ。彼はほかの客たちにまじって歩きだした。男たちは彼とおなじように燕尾服と白ネクタイ、女たちは床まで届くような長いガウンを着ている。ステラジンの鎮静効果にもかかわらず、おちつかない気分だった。なぜおれはここにきたのか、と自問した。この状況のもつジレンマが頭から離れない。おれがここにきたのは、党の機構の中でより高い地位につくため、偉大なる主席から親密で個人的な称賛のうなずきをもらうためだ……それだけでなく、おれがここにきたのは、偉大なる主席の化けの皮をひき剝がすためでもある。どんな化けの皮かは知らないが、とにかく裏がある――党に対する欺瞞《ぎまん》、平和を愛好する地球の民主的人民に対する欺瞞。皮肉だな、と彼は思った。そして、人波の中をさまよいつづけた。

　きらきら光る小さな乳房を見せた若い女が、タバコの火を借りに近づいてきた。董《トン》はうわの空でライターをとりだした。「どうしてそんなにおっぱいが光るの？」とたずねた。

「放射性物質の注射かい？」

　女は肩をすくめ、無言でむこうへ行ってしまった。彼はまたひとりになった。どうやらまちがった応対をしたらしい。

　ことによると戦時中の突然変異かな、と考えてみた。

「お飲み物をどうぞ」召使いが優雅に盆をさし出した。董《トン》はマティーニを受けとり――人民中国の党幹部のあいだで最近流行のカクテルだ——そして、よく冷えた辛口のそれをちびちびなめた。上物のイギリスのジンだ。それとも、元祖オランダの調製品だろうか。杜松《ね》《ず》の実だかなんだかの香りをつけたやつ。わるくない。すこし気分がよくなって、彼は歩きだした。実際、パーティーの雰囲気は快いものだった。ここの人たちは自信にあふれている。彼らはすでに人生で成功をおさめ、ここへくつろぎにきているのだ。主席に近づくと神経症的不安がひきおこされるというのは、どうやら神話らしい。すくなくとも、ここには不安の形跡すらないし、董《トン》自身もほとんどそれを感じなかった。

頭の禿《は》げたかっぷくのいい老人が、自分のグラスを彼の胸に押しつけるという簡単な手段で、董《トン》の足をとめた。

「さっき、きみに火を借りにきたカワイコちゃんな」老人はそういって、ククッと笑った。「クリスマス・ツリーのようなおっぱいをした女——ありゃきみ、女装の稚児《ちご》さんだよ」また笑った。「ここでは気をつけなきゃいかん」

「じゃ、どこへ行けば本物の女が見つかりますか？　燕尾服と白ネクタイの中ですか？」

「近いな」老人はいうと、一団の超活動的な客たちといっしょにむこうへ行ってしまい、董《トン》はマティーニといっしょにとり残された。

それまでそばに立っていた、背の高く着こなしのいい、ととのった顔立ちの女が、とつぜん董《トン》の腕に手をのせた。女の指がこわばるのが感じられた。

「こっちへおいでになるわ。偉大なる主席が。わたし、はじめてなの。ちょっぴり怖くて。髪はちゃんとなってるかしら？」

「ええ」菫《トン》は反射的に答え、女の視線をたどって、絶対の恩人に一瞥を——彼の最初の一瞥を——向けた。

部屋を横切って中央のテーブルへ近づいてくるものは、人間ではなかった。

それが機械的な構築物でないことに、菫《トン》は気づいた。前にテレビで見たあれではない。あれはたんなる演説用の仕掛けなんだろう。むかし、ムッソリーニが、長い退屈な閲兵式のあいだ答礼をつづけるため、人工義手を使ったように。

なんてこった、と彼は思い、吐き気を感じた。タニア・リーが〝水棲の怪物〟と形容したのは、これのことだろうか？　しかし、これには形がない。偽足もない——肉質の偽足も、金属のそれも。ある意味で、それはそこにいないのとおなじだった。なんとかそれを直視したとたんに、その形は消えてしまう。それを透して、むこうにいる人びとが見える——だが、それ自身は見えない。そのくせ、こっちが頭の向きをかえ、横目でちらとそれを見ると、輪郭が見分けられる。

恐ろしい。その生き物のおぞましさが、爆風のようにおそってきた。動きまわりながら、そいつは出席者たちから順々に生命を吸いとっていく。パーティーに集まった人びとをむさぼり食い、先へ進んではまたがつがつと、限りない食欲でむさぼり食う。そいつは憎んでいた。そいつの憎悪が感じられた。そいつは嫌っていた。出席者全員に対するそいつの嫌悪が感じられた――そればかりか、董《トン》もまたその嫌悪を分かちあっていた。とつじょとして、この大別荘にいる彼とほかのみんなが、それぞれねじくれたナメクジとなり、怪物はあたりに転がったおびただしいナメクジの死骸を踏みつけ、舌なめずりし、ぐずぐずしながら、それでいてつねにこっちへまっすぐに近づいてくる――それとも、これも幻影なのだろうか？　もし、これが幻覚なら、いままでに見た中で最悪だ、と董《トン》は思った。もし幻覚でなければ、邪悪な現実だ。そいつは人を殺し、傷つける、邪悪な化け物だ。そいつの背後には、踏みつぶされてぐじゃぐじゃにちぎれた男女の残骸が見えた。その残骸がものようにまとまろう、ちぎれた体を動かそうとしているのが見えた。言葉をしゃべろうとしているのが聞こえた。

おまえがだれなのかおれは知っているぞ、と董健《トン・チエン》は思った。全世界的な党機構の最高指導者であるおまえ。手あたりしだいにすべての生き物を滅ぼしていくおまえ。おれにはあのアラビアの詩が見える、いのちの花をむさぼるための探索――おれには野を踏みわたるおまえが見える。おまえにとって、それは地球であり、山も谷もない平原なのだ。おまえはどこにでも行き、どの時代にも現われ、どんなものでもむさぼり食う。おまえは生命をあやつり、それをがつがつ平らげ、そしてそれをたのしんでいる。

おまえは神だ。

「菫《トン》君《トン》」声がいった。だが、その声は菫《トン》のすぐ前に出現した口のない精霊からではなく、菫《トン》の頭の中から出てくるようだった。「また会えてよかった。きみはなにも知らんのだ。帰りたまえ。わたしはきみになんの興味もない。なぜ、わたしがヘドロを気にかけたりする？　ヘドロ。わたしはその中でのたくり、それを排泄せねばならんから、そうしているだけだ。きみをたたきつぶそうと思えばできる。わたし自身をすらたたきつぶすことができる。とがった石ころがわたしの下にある。わたしはヘドロの中に鋭くとがったものをばらまく。わたしは隠れ家を作る。深い場所、鍋のように煮えたぎる場所を。わたしにとって、海は大量の軟膏だ。わたしの肉の薄片は、あらゆるものとつながっている。きみはわたしだ。わたしはきみだ。なんのちがいもない。あの光る乳房をした生き物が、男だろうと女だろうと、なんのちがいもないように。慣れれば、どちらもおなじように楽しめる」

そいつは笑った。

菫《トン》は、そいつが話しかけてくることが信じられなかった。自分だけ選びだされたとは想像もできなかった――考えるだに恐ろしい。

「わたしはあらゆる人間を選びだした」とそいつはいった。「とるにたりないものは、ひとりもない。それぞれが倒れ、死に、わたしはそれを見まもる。見まもる以外、なにをする必要もない。すべては自動的だ。そんなふうに仕組まれているのだ」

そういうと、そいつは話しかけるのをやめた。そしてばらばらになった。だが、菫《トン》にはまだそいつが見え、多重的な存在が感じられた。そいつは部屋の中にうかんだ球体で、そこに五万もの目、百万もの目——いや、何十億もの目、ひとつの生き物を見るのにひとつずつの目がついていた。それぞれの目がそれぞれの生き物の倒れるのを見まもり、瀕死で横たわった生き物を踏みつけていく。そうするために、そいつは世界を創りだしたのだ、と菫《トン》はさとった。いまや理解した。あのアラビアの詩の中で、死と思えたもの——あれは死ではなく、神なのだ。というより、神こそ死であり、それは一つの力、一つの狩猟者、一つの人食いなのだ。神はたびたびしくじるが、永遠の時間を手に握っている以上、失敗を苦にはしていない。どちらの詩もそうだ、と気づいた。あのドライデンの詩も。あの崩壊——あれはわれわれの世界のことで、おまえが元凶なんだ。おまえがわれわれの世界をそんなふうに歪め、われわれをねじ曲げているんだ。

だが、すくなくともおれにはまだ自尊心があるぞ、と菫《トン》は思った。堂々とした態度でグラスをテーブルにおき、きびすを返し、部屋の出口へと歩いた。出口のドアをくぐった。カーペットの敷かれた長い廊下を歩いた。むらさき色の服を着た別邸の召使が、ドアをあけてくれた。彼は自分が夜の闇の中に立っているのに気づいた。ベランダの上に、ひとりで。

いや、ひとりではない。

そいつがあとを追ってきた。それとも、先まわりしていたのか。そう、そいつは彼を待っていた。まだ用がすんでいないのだ。

「よし、こうしてやる」董《トン》は手すりから飛びおりようとした。六階の高さ。下には川の水面が光り、そして死がある。アラビアの詩が見たものではない、本物の死が。

いままさに墜落しようとしたとき、そいつは体の一部をのばして彼の肩にのせた。

「なぜだ?」董《トン》はたずねた。だが、その一方で、動作を止めていた。迷いながら。もうわけがわからない、なにひとつ。

「わたしへのつら当てで飛びおりないでくれ」そいつはいった。背後からやってきたので、董《トン》にはそいつが見えない。だが、その一部は彼の肩の上にある——それが、しだいに人間の手らしく見えてきた。

そこで、そいつは笑い声を上げた。

「なにがおかしい?」偽足にひきとめられて、手すりの上で危なっかしくシーソーを演じながら、彼は詰問した。

「きみはわたしの仕事を先まわりしてやっている。待とうとしない。待つひまもないのか?　いずれ、わたしはおおぜいの中からきみを選びだす。その過程を早めてもらうにはおよばない」

「それでもおれがそうしたら?　おまえに対する嫌悪から?」

そいつは笑った。そして答えなかった。

「教える気もないのか？」

ふたたび答えはなかった。彼はずるずるひきもどされて、ベランダに下りた。とたんに偽足の圧力がすっと軽くなった。

「おまえが党を作りあげたのか？」彼はたずねた。

「わたしはあらゆるものを作りあげた。反対党も、党でない党も、党に味方するものも、敵対するものも、きみたちが米帝と呼ぶ連中も、反動陣営に属する連中も、などなどと果てしなくだ。わたしはすべてを作りあげた。あたかも彼らが草の葉であるようにな」

「そして、ここでそれをたのしんでいるわけか？」

「わたしの望みは、きみがさっきそうしたように、わたしをありのままの姿で見てから、つぎにわたしを信頼することだ」

「なんだと？」菫《トン》はふるえながらいった。「おまえをどう信頼しろというんだ？」

「きみはわたしの存在を信じるか？」

「信じる。この目で見たから」

「では、省の仕事にもどることだな。タニア・リーにはこういえばいい。きみが見たのは、のんだくれで、若い女のおしりをつねりたがる、過労で肥りすぎの老人だった、と」

「そんなばかな」

「きみが生きつづけるあいだ、とどめようもなく、わたしはきみを苦しめる。きみが持っているものや欲しがるものを、ひとつまたひとつと奪っていく。そして、きみが死にうち砕かれるとき、わたしは謎を明かす」

「どんな謎を？」

「死者は生き返り、生者は死ぬ。わたしは生きるものを殺し、死んだものを救う。もうひとつ教えよう——この世にはわたしよりまだ恐ろしいものもある。だが、きみがそれらにでくわすことはあるまい。その前にわたしがきみを殺すだろうからだ。さあ、会場にもどって晩餐《ばんさん》の席につきたまえ。わたしのしていることを問いただすな。わたしは董《トン・チエン》健の存在するはるか以前からそうしてきたし、はるか以後までそうしつづけるだろう」

彼は渾身《こんしん》の力でそいつをなぐりつけた。

そして頭の中に猛烈な苦痛をおぼえた。

そして闇、落下の感覚。

そのあとは、ふたたび闇。董《トン》は思った——おれはいつかおまえをつかまえるぞ。おまえも死ぬのさ。おまえを苦しめてやる。おれたちのなめたすべての苦しみを、おなじように味わわせてやる。そのためにおれは一生を賭ける。もう一度おまえと対決し、とどめを刺してやる。神に誓って、どこかでおまえのとどめを刺す。そのときは痛いぞ。いまおれが痛いように。

彼は目を閉じた。

あらあらしく彼は揺りおこされた。そして奥原鬼猛の声を聞いた。「立つんだ、この酔っぱらい！　さあ！」

目をつむったまま、菫《トン》はいった。「タクシーを呼んでくれ」

「タクシー、待ってる。帰れ。恥さらし。醜態のかぎり」

ふらふら立ちあがると、目をあけ、自分の体を検分した。われわれがしたがう指導者は、唯一の真なる神。そして、われわれがこれまで戦いつづけ、いまも戦っている敵も、やはり唯一の真なる神。彼らは正しい。神はいたるところにいる。だが、おれはその意味を理解してなかった。儀典官を見つめながら思った――おまえも神だ。だから、逃げ道はない。おそらく、たとえ飛びおりたとしても。さっき、おれが本能的にそうしかけたように。菫《トン》は身ぶるいした。

「酒に麻薬まぜたか」奥原が凄味をきかせた。「出世のさまたげ。何回も見た。失せろ」

おぼつかない足どりで、菫《トン》は揚子江別邸の巨大な正面玄関へと歩きだした。ふたりの召使、中世騎士の服装で、兜に羽根飾りをつけた召使たちが、うやうやしく扉をあけてくれた。その片方がいった。「おやすみなさいませ」

「くそくらえ」菫《トン》はいって、夜の中へと歩きだした。

午前三時に十五分前、眠れぬままに、アパートの居間で葉巻をつぎつぎと灰にしていると、ドアにノックの音がした。

ドアをあけた董《トン》は、トレンチ・コートを着たタニア・リーと顔をつきあわすことになった。彼女の頬は寒さに鳥肌立っていた。目だけが問いつめるようにぎらぎら燃えていた。

「そんな目で見るな」彼は荒っぽくいった。葉巻が知らないまに消えている。火をつけなおした。「いやってほど、じろじろ見られてきたんだ」

「あいつを見たのね」

董《トン》はうなずいた。

タニアは長椅子の肘掛けに腰をおろすと、しばらくしていった。「そのことを話したくはない？」

「ここからできるだけ遠くへ逃げろ。うんと遠くへ」そういってから思いだした。どこまで逃げてもむだだ。それもどこかで読んだおぼえがある。「いや、忘れろ」立ちあがり、ぎくしゃくとキッチンに入って、コーヒーをいれはじめた。

彼のあとにくっついてきて、タニアはきいた。「そんなに――ひどかったの？」

「われわれに勝ち目はない」彼はいった。「きみたちに勝ち目はない。おれは別さ。おれは無関係だ。省で自分の仕事に精を出して、こんどのことは忘れてしまいたい。あのくそいまいましいすべてをな」

「やはり地球外生物だったのね？」

「うん」彼はうなずいた。

「われわれに敵意をもったやつ？」

「うん」彼はいった。「いや。両方だな。おもに敵意だが」

「じゃ、なんとかして——」

「もう帰って寝ろよ」そういってから、しげしげと相手をながめた。あれから長いあいだ、じっとすわって、考えに考えぬいたのである。いろいろのことを。「きみは人妻か？」

「いいえ。いまはちがうわ。以前はね」

「今夜はいっしょにいてくれ。夜のあいだだけでいい。日が昇るまで」つけたした。「夜が怖くてたまらない」

「いいわ」タニアはレインコートのベルトのバックルをはずした。「でも、質問には答えてもらわないと」

「いったいドライデンはどんな意味でああ書いたんだろう？」菫《トン》はいった。「音楽が空を狂わせる、というあれさ。どうもわからない。音楽が空になにをするというんだ？」

「この宇宙の、すべての天上の秩序がおしまいになるのよ」彼女は寝室のクローゼットにレインコートを掛けながらいった。コートの下は、オレンジの縞柄のセーターと、ストレッチ・パンツだった。

彼はいった。「災難だな」

手をとめて、タニアは考えこんだ。「よくわからない。たぶんね」

「たいへんな力を、音楽に託したもんだ」

「でも、知ってるでしょ、昔のピタゴラス派が唱えた〝天球の音楽〟のことは」

淡々とした態度で、彼女はベッドに腰かけ、スリッパに似た靴をぬぎはじめた。

「きみはそれを信じているのか？　それとも、神を信じているのか？」

「〝神〟！」タニアは笑った。「そんなもの、ドンキー・エンジンといっしょに滅びちゃったわ。いったい、なんの話？　唯一神のこと、それとも神々のこと？」

タニアは彼のすぐそばにやってきて、顔をのぞきこんだ。

「そうじろじろ見るな」董《トン》は身をひきながら、鋭くいった。「もう、見られるのはたくさんだ」ふきげんに彼女から離れた。

「思うんだけど」とタニアがいった。「もし唯一神がいるとすれば、それは人間のすることにほとんど関心のない神だわ。とにかく、それがわたしの説なの。つまり、悪が栄えようと、人間や動物が苦しみ、死のうと、神は知らんぷりだってこと。率直にいって、わたしはどこにも神が見えないわ。それに、いかなるかたちの神にも、党はつねに否定的だったし——」

「でも、一度ぐらい神を見たことはあるだろう？　子供のころには？」

「ええ、そりゃ子供のころはね。でも、そのころは——」

「こう考えたことはないか？　善と悪はおなじものにつけられた名称だと？　つまり、神は同時に善でも悪でもありうると？」

「なにか飲み物を作ったげる」

タニアは素足で、ぱたぱたとキッチンのほうにむかった。

菫《トン》はいった。「こわし屋、わめき屋。丸呑み屋に、鳥に、よじ登りチューブ——そのほか、おれの知らないたくさんの呼び名と形態。おれは幻覚を見たんだ。あの晩餐会で。とてつもない幻覚を。恐ろしい幻覚を」

「でも、ステラジンが——」

「あれでよけいひどい幻覚を見たんだ」

「なにか方法はないの？」タニアは真剣にいった。「あなたの見たものと戦う方法は？　あなたは幻覚というけれど、明らかにそうじゃないその怪物、そいつと戦う方法は？」

「やつの存在を信じることだ」

「それがどんなたしになるの？」

「なにも」彼はものうげに答えた。「なんのたしにもならない。疲れたよ。飲み物はほしくない——それよりベッドへいこう」

「いいわ」タニアはぱたぱたと寝室にひきかえし、縞柄のセーターから首をぬきはじめた。

「その話は、あとでもっとくわしくね」

董《トン》はいった。「幻覚は慈悲深い。幻覚のほうがまだよかった。昔の幻覚をとりもどしたい。きみの仲間の薬売りにフェノチアジンを手渡される前の、もとのおれにもどりたい」

「それよりベッドへいらっしゃい。あったかいわよ。あったかでとてもすてき」

彼はネクタイをはずし、シャツをぬぎ——そして、そこに痣《あざ》を見つけた。飛びおりようとして、あいつにひきとめられたときの跡、聖痕だ。その青黒い痣は、永久に消えそうもない感じだった。パジャマの上着をはおった。それで痣は隠れた。

彼がベッドのタニアのそばにもぐりこむと、彼女はいった。

「とにかく、あなたのキャリアはこれではかりしれない前進をとげたわけよね。うれしくない？」

「うれしいさ」彼は闇の中であてずっぽうにうなずいた。「実にうれしい」

「ねえ、抱いて」タニアは腕をまわしながらいった。「なにもかも忘れなさい。すくなくとも、いまだけは」

彼はタニアを抱きよせ、彼女の求めにこたえ、自分のしたいことをした。タニアはすばらしかった。みごとな動きで彼にこたえ、自分の役目を果たした。長いあいだ二人は物もいわずに求めあったが、やがてタニアが、「おーっ！」と声を出した。そして、体の力をぬいた。

「これが永久につづけばいいのに」と彼はいった。

「つづいたわ」タニアが答えた。「時間の外側で。海みたいに果てしがなかったのよ。カンブリア紀のわたしたち、陸に上がってくる前のわたしたちは、こんなふうだったのよ。太古の原始の海。こうしているときだけ、わたしたちはあの時代へ帰れるのよ。だから、こうすることがとても大きな意味をもつんだわ。あの時代のわたしたちは、まだ離ればなれじゃなかった。大きなゼリーの塊だったのよ。ときどき浜辺に打ちあげられてくる、あのクラゲみたいに」

「打ちあげられて、そこで死んでいくんだ」

「タオル貸してもらえない？」タニアがいった。「でなきゃ、顔拭きでも？　必要なの」

彼はタオルをとりに浴室へはいった。そこで——いまの彼は素裸だったが——もう一度右肩の痣に目をやった。あいつがつかまえ、おそらくはもうしばらくおもちゃにするために、彼をひきとめ、連れもどしたときの跡を。

痣からは、どういうわけか、出血がはじまっていた。

菫《トン》はスポンジでその血をふきとった。とたんにまた血がにじみだした。それを見ながら、あとどれぐらいの時間が自分に残されているのだろうか、と考えた。おそらくほんの数時間だろう。

ベッドにひきかえして、彼はいった。「もっとつづけるかい？」

「ええ。もしあなたにまだスタミナがあるなら。あなたしだいよ」夜の薄明かりの中でぼんやりとしか見えないタニアは、まばたきもせず彼を見あげていた。

「あるさ」彼はいった。そして彼女を抱きよせた。

電気蟻

The Electric Ant

浅倉久志◎訳

地球《テラ》標準時の午後四時十五分、ガースン・プールは病院のベッドで目ざめ、自分が三人用の病室のベッドに横たわっていることを知ると同時に、ふたつのことを認識した。右手がないことと、痛みがないことを。

よほど強力な鎮痛剤を打たれたんだな、と内心で思いながら、真正面の壁を眺めた。そこには窓があり、ニューヨークの下町が見晴らせた。乗り物と歩行者のうごめくクモの巣が午後の日ざしにきらめき、その年老いつつある太陽の輝かしさがうれしかった。あいつはまだくたばっていないぞ、と彼は思った。そして、このおれもだ。

ベッドのそばのテーブルに映話機がある。ちょっとためらってから、それをとりあげ、外線をダイアルした。まもなく、画面にルイ・ダンスマンが出た。彼――ガースン・プール――が不在のとき、代理でトライ・プラネット社の業務をとりしきっている男である。

「ありがたい、無事でしたか」ダンスマンは、彼を見るとすぐそういった。大きな、肉づきのいい顔を覆った月面のようなあばたが、安堵の表情といっしょに平たくなった。「心あたりをぜんぶ探したんですがね――」

「それはいいが、右手がなくなっちまった」とプールはいった。

「いや、だいじょうぶですよ。つまり、べつの手を移植すればすむことだし」

「わたしは何日ぐらいここにいたんだろう?」プールはいった。看護婦や医者はいったいどこへいったんだ、といぶかしんだ。患者が映話しているのを見て、なぜ舌打ちしたり、大騒ぎしたりしないのか?

「四日になりますね」ダンスマンがいった。「会社のほうは、しごく好調ですからご心配なく。なにしろ、べつべつの三つの警察組織から同時に注文がとれたんです。それもこの地球《テラ》で。ふたつはオハイオ、ひとつはワイオミング。ちゃんとした大口注文ですよ。内金三分の一、そしていつものように三年間のリース選択権」

「はやくきて、ここからわたしを出してくれ」とプールはいった。

「しかし、新しい手がくっつかなくちゃ――」

「それはあとまわしだ」なによりもまず、住みなれた環境にもどりたかった。小さな商用スクウィブが、パイロット・スクリーンの上でグロテスクなまでに大きくなる……その記憶が心の奥を傾きながら横ぎった。もし目をつむれば、こわれたスクウィブが自分をうしろに乗せたまま、つぎからつぎへとほかの乗り物にぶつかって、とほうもない損害を積み重ねていくのが、ありありと感じられるだろう。その衝撃の感覚……それを思いだして顔をしかめた。おれはよほど運がよかったんだ、とつぶやいた。

「サラ・ベントンもそこにいるんですか？」ダンスマンがたずねた。

「いや」そういわれてみるとそうだ。ほんとうなら、個人秘書のサラは——まあ、それが職務といえなくもないが——そばにつきまとって、れいの未熟な子供っぽいやりかたで、なにくれと世話をやいているはずだ。えてして大柄な女は、母親のように人の世話をやきたがる、と彼は思った。おまけに、連中は危険だ。あんなのにのしかかられたら、こっちは殺されてしまう。

「たぶん、おれの身に起こったのもそれだ」と声に出していった。「たぶん、サラがおれのスクウィブの上に倒れたんだろう」

「いやいや。スクウィブの操舵翼の連結軸が、ラッシュ・アワーの混雑のあいだに折れたんですよ。そのために——」

「思いだした」病室のドアがひらくのを見て、彼はベッドの中へ体をにじらせた。白衣の医者と、青衣の看護婦ふたりが、ベッドに近づいてきた。「またあとで話そう」プールはそういって映話を切った。期待をこめて、大きく息を吸いこんだ。

「まだ映話なんかしちゃいけませんな」医師は彼のチャートに目を通しながらいった。

「ミスター・ガースン・プール。トライ・プラネット電子工業社長。標的の脳波パターンに反応して、千五百キロ円内の追跡能力を持つ、無作為識別ダーツのメーカー。あなたは成功者ですな、プールさん。しかし、プールさん、あなたは人間じゃない。電気蟻です」

「なんだって」プールは啞然とした。

「ですから、それがわかった以上、当病院ではあなたの治療はできません。むろん、あなたの右手の負傷を診察したときから、われわれはそれに気づきました。そこに電子部品が見つかったので、上半身のX線写真をとったところ、はたして仮説が裏づけられたわけです」

「いったい」とプールはきいた。「その〝電気蟻〟とはなんだね?」しかし、聞くまでもない。その言葉の意味は解ける。

看護婦がいった。「有機ロボットですわ」

「なるほど」とプールはいった。つめたい汗が、全身の皮膚に滲み出てきた。

「知らなかったんですな」と医師。

「知らなかった」かぶりをふりながらプールは答えた。

「週一回ぐらいの割りで、電気蟻がここへやってきますよ。スクウィブの事故で――あなたのように――運びこまれてきたり、むこうから診察を受けにきたり……つまり、あなたとおなじように、いままでなにも知らされずに人間にかこまれて機能していて、自分を人間だと思いこんでいた人たち――いや、物たちがね。ところで、その手ですが――」医師は口ごもった。

「おれの手なんぞほっといてくれ」プールはあらあらしくいった。

「まあまあ」医師は上体をかがめると、プールの顔をじっとのぞきこんだ。「病院の輸送機で、サービス・ステーションまで運んであげます。そこなら、良心的な値段で、手の修理や交換をやってくれますよ。あなたが自己保有であって、その費用も自己負担されるのか、それともほかにそれを負担する持ち主がいるのか、そのへんは知りませんがね。とにかく、そうすれば、トライ・プラネット社のデスクへもどって、前とおなじように機能できるわけです」

「ひとつちがいがある」とプールはいった。「おれがそれを知ったことだ」ダンスマンやサラやほかの社員たちもそれを知っているのだろうか、と彼は考えた。連中が――それとも、連中のなかのだれかが――おれを買ったのだろうか？　設計したのだろうか？　名目だけのボス、とつぶやいた。おれはそれでしかなかったんだ。おれが会社を動かしていたわけじゃない。それは、おれが作られたときに……おれが生きている人間だという妄想といっしょに、おれの中へ植えつけられた妄想なんだ。

「サービス・ステーションへ行くまえに」と医師がいった。「おそれいりますが、玄関の受付で請求書の支払いをすませていただけますか？」

プールは厭味たっぷりにたずねた。「ここでは蟻の治療はしないのに、請求だけはするのかね？」

「わたしたちがその事実を知った時点までのサービス料ですわ」と看護婦。

「請求しろ」猛烈かつ無力な怒りを感じながら、プールはいった。「がっぽり請求するがいい」非常な努力で、やっと上体を起こした。めまいを感じつつ、ベッドから床に足をおろした。「ここを出たら、さぞせいせいするだろうよ」いいながら、直立姿勢をとった。「それはそうと、人道的な手当をどうもありがとう」

「どういたしまして、プールさん」医師はいった。「いや、さん抜きでプールと呼びましょう」


修理工場で、プールは新しい手に交換してもらった。

じつに魅惑的な手だった。技術者たちが取りつけにかかる前に、彼は長いあいだそれを鑑賞した。表面からは有機的に見える――事実、表面に関しては、まさにそうなのだ。天然の皮膚が天然の筋肉を包み、本物の血液が血管を満たしている。だが、その内側には、導線や回路、超小型化された部品がきらきら輝いている……手首の内部深くをのぞきこむと、サージ・ゲートや、モーターや、多段増幅バルブなどが見える。どれもこれもおそろしく小さい。精巧そのものだ。そして――その手の値段が四十フロッグ。一週間分のサラリーだ。いまの会社につとめているかぎりは。

「これは保証つきかね？」その手の〝骨〟の部分を彼の体へつなぎあわせている技術者たちに、プールはたずねた。

「九十日間は、部品交換も修理も無料」と技術者のひとりがいった。「ただし、異常な、あるいは故意の酷使の場合は、そのかぎりにあらず、だよ」

「どうも気にかかるセリフだな」とプール。

人間の技術者は――彼らはみんな人間だ――鋭くプールの顔を見やった。「あんたは偽装してたのかい？」

「無意識的にね」プールはいった。

「で、こんどは意識的になるわけか？」

プールはいった。「まあそうだ」

「なぜ、これまで気がつかなかったか知ってるかい？　なにか徴候はあったはずさ……ときどき、体の中で、カチッとかジーとか音がする。それに気づかなかったのは、気づかないようにプログラムされていたからだよ。これからだって、なぜあんたが作られたか、だれのために働いているのか、なんてことを見つけるのは、やはりそれとおなじようにむずかしい」

「奴隷さ」とプールはいった。「機械じかけの奴隷」

「でも、おもしろかったろう」

「いい生活だったよ」とプールはいった。「よく働いたものな」

彼は修理工場に四十フロッグを払い、新しい指を屈伸して、ためしにコインやいろいろのものをつまみあげてみたのち、そこを出た。十分後、公衆キャリヤーに乗って家路についた。多事多難の一日だった。

一DKのアパートに着くと、ジャック・ダニエルの紫ラベル――六十年前の時代物――を一杯つぎ、腰をおろしてちびちびやりながら、たったひとつの窓ごしに、通りのむかいのビルを眺めた。さて、会社へ行ったものかな、と彼は自問した。行くとすれば、なぜ？ 行かないとすれば、なぜ？ どれかをえらべ。こんちくしょう、このことを知ったおかげで、おれはだめになった。おれはフリークだ、と彼はさとった。生物をまねしている無生物だ。しかし――生きている感じはある。にもかかわらず……いまでは、感じかたが変わってしまった。自分自身に対して。それゆえに、ほかのみんな、とくにダンスマンやサラ、トライ・プラネット社の一同に対して。

自殺するか、とひとりごちた。だが、おそらくそんなことはしないようにプログラムされているだろう。おれの持ち主にとっては、高価な浪費だものな。それに、自分でもそうしたくはない。

プログラム。おれの内部のどこかに、マトリックスが埋めこんである。そのグリッド・

スクリーンが、ある思考、ある行動からおれを遮断する。そして、ほかの方向へとおれを強制する。おれは自由じゃない。一度も自由であったためしがない。だが、いまのおれはそのことを知っている。これは大きなちがいだ。

　窓を不透明化すると、天井灯をつけ、おもむろに着衣をぬぎはじめた。修理工場で、技術者たちが新しい手を取りつけるのを、注意ぶかく観察しておいたのだ。いまでは、自分の体がどう組み立てられているかについて、かなり明確な概念を持っていた。両方の太腿には、親パネルがひとつずつはいっている。技術者たちが、内部の複合回路を点検するために、そのパネルをはずしたのを見た。もし、おれがプログラムされているとしたら、おそらくマトリックスはそこに見つかるだろう。

　迷路そっくりの回路を見て、彼は当惑した。助けが必要だ、とひとりごちた。待てよ……社で雇っているBBBクラスのコンピューター、あの映話コードはなんだったっけ。映話機をとりあげ、コンピューター本機の常設場所であるアイダホ州ボイズをダイアルした。

「コンピューターの利用料金は、一分間五フロッグです」録音された声がいった。「あなたのマスター・クレジット・カードを、スクリーンの前へお示しください」

　彼は示した。

「ブザーが鳴りましたら、コンピューターとの接続ができた合図です」声はつづけた。

「できるだけ早口で質問してください。なぜかと申しますと、コンピューターの答えはマイクロ秒単位であるのに対して、人間の質問は——」彼はそこで音量をしぼった。やがて、のっぺりしたコンピューターのオーディオ入力装置が画面に現われるのを見て、急いで音量をもとにもどした。この瞬間から、コンピューターは、プールの声——と、そして地球《テラ》全域にわたるほかの五万人の質問者の声——に反応する巨大な耳となったのだ。

「わたしを視覚走査しろ」彼はコンピューターに命じた。「わたしの思考と行動を制御するプログラム機構が、どこにあるかを教えてくれ」

彼は待った。映話スクリーンでは、複眼レンズのついた、大きい活動的な目が、じっとこちらを見つめている。一DKのアパートの中で、彼は全身をくまなくその目の前にさらした。

コンピューターがいった。「胸のパネルをとってみてください。胸骨を押さえて、そうっと外側へはずすのです」

そのとおりにした。胸の一部分がすっぽりとはずれた。目まいを感じながら、それを床の上においた。

「制御モジュールは識別できました」コンピューターはいった。「しかし、その中のどれが——」コンピューターは言葉を切り、映話スクリーンの目がきょろきょろした。「心臓メカニズムの上に、さん孔テープのリールが見えます。あなたにも見えますか?」プールは首を曲げてのぞきこんだ。見える。「まもなく時間切れです」とコンピューターはいった。「入手できるかぎりのデータを検討したのち、あらためて回答をご連絡します。さよなら」画面が消えた。

あのテープを体からひきちぎってやろうか、とプールはひとりごちた。ちっちゃな……せいぜい糸巻ほどの大きさしかない、ふたつのスプール。送り出しドラムと巻取りドラムのあいだにある、小さなスキャナー。おれの目には、動いている気配さえ見えない。スプールがまるきり停止しているみたいだ。特殊な状況が起きたときだけ、優先指令《オーバーライド》として作動するんだろう、と彼は考えた。おれの脳プロセスへの優先指令《オーバーライド》。おれのこれまでの一生をつうじて、このテープはそれをやりつづけてきたんだ。

手をのばして、送り出しドラムにさわった。こいつをひきちぎるだけでいい、そうすればおれは――

映話スクリーンが、ふたたびともった。「マスター・クレジット・カード番号三－BNX－八八二－HQR四四六－T」とコンピューターの声がいった。「こちらはBBB－三〇七DR。一九九二年十一月四日付、十六秒経過のお問合わせに対する、回答のための再連絡です。あなたの心臓メカニズムの真上にあるさん孔テープは、プログラム・ターレットではなく、現実供給装置です。あなたの中枢神経系が受けとるすべての感覚刺激は、そのユニットから出たものであり、そのユニットをいじることは、終末的ではないとしても、きわめて危険です」つけ加えて、「あなたにはプログラム回路がないようです。以上回答終わり。さよなら」またたきして、それは消えた。

プールは、映話スクリーンの前に裸で突っ立ったまま、もう一度テープのスプールをそろそろと用心深くさわってみた。わかったぞ、と狂おしい気持ちで考えた。いや、ほんとうにわかったのだろうか？　このユニットは――

もしこのテープを切断したら、と彼は思った。おれの世界は消えうせるだろう。ほかのやつらにとっては現実が継続しても、おれにとってはそうじゃない。なぜなら、おれの現実、おれの宇宙は、この超小型ユニットからやってきたものだからだ。テープの巻きがのろのろとほどけていくにつれて、それはスキャナーに送りこまれ、それからおれの中枢神経系へ送りこまれる。

もう何十年も、こいつの巻きはほどけつづけていたのだ。

もう一度服を着こむと、大きな安楽イス――トライ・プラネット社のオフィスからせしめた上物――に腰をおろし、紙巻きタバコに火をつけた。頭文字入りのライターをおくとき、両手が、ふるえた。イスの背にもたれると、煙をほーっと吐いて、灰色の輪をこしらえた。

慎重にやらなくちゃだめだ、と自分にいいきかせた。おれはなにをするつもりなのか？

プログラムの回避？　だが、あのコンピューターは、プログラム回路が見つからないといった。すると、おれは現実供給テープに干渉するつもりか？　もしそうだとすれば、なぜ？

　なぜなら、と彼は考えた。もしそれを制御できれば、現実を制御できるからだ。すくなくとも、おれ自身にかかわりあうそれを。おれの主観的現実を……しかし、それがすべてじゃないか。客観的現実といったところで、合成された構造物、おびただしい主観的現実の仮説的な普遍化でしかないのだから。

　おれの宇宙は、文字どおり手の届くところにあるんだ、と彼はさとった。もし、このいまいましいしろものがどう作用するかを、知ることができさえすれば。もともとおれがやろうとしたのは、プログラム回路を探しあて、ほんとうに恒常的な機能を手に入れること、それだけだった。いってみれば、おれ自身の制御を。だが、これがうまくいけば――

　これがうまくいけば、自分自身の制御だけではない。あらゆるものの制御ができる。

　そして、おれはそのために、これまでに生き、これまでに死んだすべての人間と、かけ離れたものになるのだ、と憂鬱に考えた。

　映話に近づくと、社のオフィスをダイアルした。ダンスマンが画面に現われるのを待って、きびきびといった。「すまんが、マイクロ工具の一式と拡大スクリーンを、わたしのアパートまで届けさせてくれないか。マイクロ回路をちょっと細工するんでね」いうだけいって、接続を切った。うるさく詮索されたくない。

半時間後、玄関にノックの音がした。ドアをあけると、会社の職長のひとりが、ありとあらゆるマイクロ工具をかかえて立っていた。「なにが要るのか、くわしくおっしゃらなかったでしょう？」職長は言いながら、アパートの中へはいった。「それで、ダンスマンさんに、そっくり一式持っていけといわれましてね」

「それと拡大レンズ・システムは？」

「トラックの中です。屋上の」

もしかすると、おれは死にたがっているのかもしれんな、とプールは思った。タバコに火をつけた。職長が、重い拡大スクリーンとその動力源、制御盤などをアパートの中へ運びこむのを、立ったままタバコをふかして待った。これは自殺だ、これからおれがやろうとしていることは。彼はぞくっと身ぶるいした。

「どうなさいました、プールさん？」職長は、かかえてきた拡大レンズ・システムを床におろして、腰をのばしながらいった。「事故のあとで、まだ足もとが危なっかしいようですね」

「そうなんだ」プールは穏やかにいった。職長が帰るまで、彼は体をこわばらせて待っていた。

拡大レンズ・システムの下で、プラスチック・テープは新しい形態を見せた。幅広い一本のトラックに、数十万、数百万のパンチ孔《あな》があいている。思ったとおりだ、とプールは思った。酸化第一鉄の薄い層に電荷として記録されたものではなく、単なるパンチ孔だ。

レンズの下で見ると、テープがじわじわ進んでいるのがわかった。ごくゆっくりとだが、一定の速度で、スキャナーのほうへ動いている。

おれの考えでは、と彼は思った。これらのパンチ孔は『オン』のゲートだ。ちょうど自動ピアノの仕掛けそっくり。孔のあるところは〝イエス〟で、ないところは〝ノー〟を意味する。どうやれば、そいつを試せるかな？

きまってる。孔のいくつかをふさげばいい。

送り出しスプールに残ったテープの長さを推測し、テープの移動速度を――非常な苦労のすえに――計算した。数字が出た。もし、スキャナーの入口の縁に見えているテープの部分に細工したとすると、その時間帯に到達するのは、いまから五ないし七時間後になる。早くいえば、これから数時間後に発生するだろう刺激を塗りつぶすわけだ。

マイクロ刷毛を使って、テープの大きな――かなり大きな――一部分を、不透明ワニスで塗りつぶした……どちらも、マイクロ工具の付属品セットの中にあったものだ。これで、約半時間分の刺激を消したわけだな、と彼は思った。すくなくとも千個のパンチ孔がふさがったぞ。

六時間後に、おれの環境にどんな変化が現われるか、それはおもしろい観ものにちがいない。

それから五時間半のあと、プールはマンハッタンの高級バー〈クラックターズ〉で、ダンスマンを相手に一杯やっていた。

「顔色がわるいですな」ダンスマンがいった。

「気分もわるいよ」プールはスコッチ・サワーをぐっとあけ、お代わりを注文した。

「あの事故から？」

「そう、ある意味では」

ダンスマンはいった。「というと――自分に関して、なにかを知ったからですか？」

顔を上げたプールは、うすぐらいバーの照明の中で、じっと相手を見つめた。「じゃ、知っていたのか？」

「知っていました」とダンスマン。「あなたを〝プールさん〟でなく、〝プール〟と呼ぶべきだってことはね。しかし、わたしはさんづけのほうが好きだし、これからもそうするつもりですよ」

「いつから知っていた？」とプールはきいた。

「あなたが社長になったときから。わたしの聞いたところでは、プロキシマ系に住んでいるトライ・プラネット社の本当の持ち主が、自分たちで制御できる電気蟻に社の経営をまかせようと考えたらしい。つまり、敏腕で意欲的な――」

「本当の持ち主？」これは彼には初耳だった。「社の株主は二千人もいて、あっちこっちへ分散してるんだぜ」

「プロキシマ4のマーヴィス・ベイ夫人とご主人のアーナンが、議決権株の五十パーセントを握ってます。最初っから、そうだったんですよ」

「なぜ、わたしがそれを知らなかったんだろう？」

「あなたには知らせるなと、命令されたんです。あなたが社の経営方針をぜんぶ決定しているんだと、思いこませるためにね。そこで、わたしがあなたの片腕になった。しかし、実をいうと、わたしはベイ夫妻から吹きこまれたことを、あなたに吹きこんでいただけです」

「わたしは名目だけのボスだった」とプール。

「そう、ある意味では」ダンスマンはうなずいた。「しかし、わたしにとっては、あなたはやはり〝プールさん〟です」

　向かい側の壁の一部分が消えた。それといっしょに、近くのテーブルに陣どった何人かの客も消えた。そして――

　バーの片側、大きなガラス窓のむこうで、ニューヨーク市のスカイラインもまたたきして消えた。

彼の表情を見て、ダンスマンがいった。「どうしました？」

プールはかすれ声でいった。「まわりを見てくれ。なにか変化はないか？」

ダンスマンはバーの中をぐるりと見まわした。「いや、べつに。たとえばどんな？」

「きみには、まだスカイラインが見えるか？」

「もちろん。多少スモッグでぼやけてますがね。明かりもちらちら――」

「それでわかった」とプールはいった。やはり、思ったとおりだ。ふさいだパンチ孔のひとつひとつが、自分の現実世界ではなにかの物体の消失を意味する。プールは立ちあがった。「お先に失礼するよ、ダンスマン。いまからアパートへ帰らなくちゃならないんだ。やりかけの仕事があってね。じゃ、おやすみ」バーを出ると、通りへ出てタクシーを拾おうとした。

一台もこない。

タクシーもか、と思った。いったい、ほかにどんなものをおれは塗りつぶしたのだろう？　娼婦？　花？　監獄？

しめた。バーの駐車場に、ダンスマンのスクウィブがある。あれを借りよう。ダンスマンの世界には、まだタクシーがある。あいつはそれを拾えばいい。それに、どのみちあれは社の持ち物だ。おれは控えのキイを持っている。

まもなく空に舞い上がった彼は、アパートを目ざそうとした。

ニューヨーク市は、まだ復活していなかった。左右には、乗り物やビル、街路、歩行者、ネオンサイン……だが、中央にはなにもない。あんなところをどうやって飛べる、と自問した。おれまでが消えてしまうぞ。

いや、そうだろうか？　彼は虚空の中へ分けいった。

たてつづけにタバコをふかしながら、十五分間も旋回飛行をつづけた……と、音もなく、ニューヨーク市が再出現した。彼はタバコをもみ消し（貴重なもののむだ使いだ）、一路アパートの方角を目ざした。

アパートの玄関の鍵をあけながら、考えた。もし、不透明なプラスチックの断片を、テープのまんなかへつなげば、おそらく――

思考はそこでとぎれた。だれかが居間のイスにすわって、テレビで「宇宙大作戦」を見ているのだ。「サラ」と彼はなじるようにいった。

サラは立ち上がった。こんもりパンヤのはいった、そのくせ優雅な体。「病院へ行ったら、あなたはもういなくて、だからここへきてみたの。あなたにもらった鍵をまだ持ってたから。ほら、この三月、あのひどい口論をしたあとで、あたしにくれた鍵。まあ……すごく陰気な顔」彼女はそばに歩みよると、心配そうに彼の顔をのぞきこんだ。「そんなに傷が痛む？」

「そうじゃない」彼は上着とネクタイとシャツをとり、それから胸のパネルをとった。ひざまずいて、マイクロ工作装置のグローブをはめた。そこで手をとめると、彼女を見上げた。「わたしは、自分が電気蟻だってことを発見したのさ。ということは、ある観点からするといくつかの可能性がひらかれたわけで、それをいま探ろうとしている」指を屈伸するのにつれて、左のマジック・ハンドの先で小さなネジまわしが動きはじめ、その動きが拡大レンズ・システムをとおして、肉眼でも見える。「見物してもいいよ。もしお望みなら」

サラは泣いていた。

「どうしたというんだ?」彼は作業から顔も上げずに、あらあらしく詰問した。

「だって——すごく悲しいんですもの。あなたは、トライ・プラネット社のみんなにとって最高の経営者だったわ。みんなが、心からあなたを尊敬してたわ。それが、なにもかも、これで変わってしまった」

プラスチック・テープには、上下に、パンチ孔のない余白があった。そこを細く細く横に切りとり、それから一瞬、全身の注意を集中して、スキャナーのヘッドから四時間分へだたった位置で、テープをまっぷたつに切断した。それから、先に切りとった細い断片を縦にして、その左右をテープの両端のそれぞれへマイクロ・ヒーターでくっつけた。つまり、巻きほどけていく彼の現実の流れの中へ、死んだ十分間を挿入したことになる。その効果は——彼の計算によると——真夜中の数分過ぎに現われるはずだった。

「自分を修理してるの？」おずおずとサラがきいた。

プールはいった。「自分を解放してるんだ」その先のいくつかの変更は、すでに考えてあった。しかし、まず第一に、自分の立てた仮説をテストしてみなくてはならない。パンチ孔のない空白のテープは、無刺激を意味する。とすると、テープの欠落は……

「あなたのその顔つき」とサラがいった。彼女は、バッグと、コートと、まるく巻いた視聴覚雑誌をかかえあげた。「帰るわ。あたしがここにいるのを見たときの、あなたの気持がわかったから」

「いや、いてくれ」と彼はいった。「いっしょに宇宙大作戦を見よう」シャツを着た。「きみはおぼえているかね？　ずいぶん前だが、テレビのチャンネルが——いくつぐらいだったかな？——そう、二十から二十二もあったときを？　政府が民営テレビを閉鎖させる前だ」

サラはうなずいた。

「もしもだよ」と彼はいった。「このテレビのブラウン管が、すべてのチャンネルを同時に映しだしたら、どんなふうに見えるだろう？　そのごったまぜの中で、なにかを見わけることができるだろうか？」

「できないでしょうね」

「たぶん訓練すればできるかもしれない。選択のしかたをおぼえるのさ。なにを知覚し、なにを知覚しないかを、自分の意志でえらぶ。もしわれわれの脳が、二十のイメージを同時処理できた場合の可能性を考えてごらん。与えられた時間に貯えられる知識の量を考えてごらん。もしも脳が、人間の脳が――」言葉を切った。「人間の脳では、やはりむりだろうな」しばらくして、彼は考え深げにいいはじめた。「しかし、理論的には、疑似有機的な脳なら、それが可能かもしれない」

「つまり、あなたの持っている脳なら、というわけ？」サラがきいた。

「そうだ」とプールはいった。

ふたりは宇宙大作戦をおしまいまで見てから、ベッドにはいった。しかし、プールは枕にもたれたまま、タバコをふかして考えこんでいた。かたわらでサラはそわそわと身じろぎし、なぜ彼が明かりを消さないのかをいぶかった。

十一時五十分。もう、それはいつ起こるかしれない。

「サラ」と彼はいった。「きみに手伝ってもらいたいんだ。もうじき、なにか奇妙なことがわたしの身に起こる。長くはつづかないはずだが、しっかりわたしを見ていてくれ。つまり、わたしが――」と身ぶりを加えて、「どんな変化を示すかをだ。たとえば、眠りこんでしまうとか、それともたわごとをしゃべるとか、それとも――」それとも体が消えるとか、といおうとしたのだ。だが、いわなかった。「きみに危害を加えるようなことはないと思うが、いちおう武器を持っていてくれたほうがいい。路上強盗よけの拳銃は、いま持っているかね？」

「ええ、バッグの中に」サラはもうすっかり目が冴えてしまった。ベッドに起きなおると、おびえきってまじまじと彼を見つめた。部屋の明かりに照らされた彼女の豊満な肩は、よく日焼けして、ソバカスが浮きだしていた。

彼は拳銃をとってきて、サラに渡した。

部屋の中が麻痺したように凍りついた。それから、色がしだいに褪せていく。いろいろの物体が縮みはじめ、ついには煙のように影の中へと溶けこむ。部屋の中の物体がぼやけ、弱まっていくにつれて、闇の薄膜がすべてを包みこんだ。

最後の刺激までが消えていくんだ、とプールはさとった。目をすがめて、それを見きわめようとした。ベッドの上のサラ・ベントンがぼんやりと見わけられた。平面的な人形に似たその姿は、そこに立てかけられたまま、薄れ、縮みつつあった。非実体化した物質のランダムな波が、不安定な雲のようにゆれ動いていた。構成分子が集まっては離れ、そしてまた集まった。やがて、最後に残った熱とエネルギーと光も、消散をはじめた。部屋は、まるで現実から締めだしをくったようにみるみるすぼまり、それ自身の中へと崩壊していった。絶対の暗黒がすべてにとって代わった。それは奥行きのない空間で、夜の闇とはちがって、堅く、融通性のないものだった。その上、なんの物音も聞こえない。

彼は手をさしのべて、なにかにさわろうとした。だが、のばそうにも、のばすべきものがない。彼自身の肉体の意識も、宇宙のあらゆるものといっしょに消え去っていた。彼には手がなく、たとえあったとしても、さわるものがなくなっているのだ。

あのくそったれなテープの作用についてのおれの考えは、まだまちがっていないぞ、と自分にいいきかせた。もはや存在しない口を使って、目に見えないメッセージを伝えた。

これはあと十分で終わるだろうか？　と自問した。そのことでも、おれの考えは当たっているかな？　彼は待った……しかし、ほかのあらゆるものといっしょに、彼の時間感覚も消え去ったことは、直観的にわかった。待つしかないんだ、とさとった。せめて、あまり長く待つ必要がないことだけを願おう。

時間の目安をつけるために、百科事典をこさえてみるか、と思った。aで始まるものを順番にあげていこう。えーと。アップル、オートモビル、アクシトロン、アトモスフィア、アトランチック、アスピック、アドヴァタイジング——彼はどこまでも考えつづけた。さまざまな概念が、恐怖にとりつかれた心の中をぞろぞろと通りすぎていく。

とつぜん、ぱっと明かりがついた。

彼は居間のカウチの上に横たわっており、たった一つの窓から柔らかな日ざしがさしこんでいた。ふたりの男が彼の上にかがみこみ、その手にはたくさんの工具が握られていた。

整備屋だ、と気づいた。連中はおれを修理しているんだ。

「正気づいた」と、技術者のひとりがいった。立ちあがると、うしろにさがった。心配そうに震えているサラ・ベントンが、その男と入れかわった。

「ああ、よかった！」湿った息がプールの耳をくすぐった。「あたし、心配で心配で。とうとう最後にダンスマンさんに連絡して――」

「なにが起こったんだ？」プールは邪険にさえぎった。「後生だから、もっと順序立ててゆっくりと話してくれ。わたしがすべてをのみこめるように」

サラは気をとりなおし、ちょっと鼻をこすってから、興奮した口調でしゃべりはじめた。

「あなたは気絶してしまったのよ。まるで死んだみたいに、そこに横になって。二時三十分まで待ってみたけど、ピクリともしない。だから、ダンスマンさんに映話したわ。たたき起こしちゃって気のどくだったけど。それから彼が電気蟻の整備――じゃなかった。有機ロボットの整備会社に連絡してくれて、四時四十五分頃にこのふたりがきてくれたの。それ以来、この人たちはずっとあなたにかかりきりだったのよ。六時十五分のいままで。あたしはもう寒くて寒くて、はやくベッドでやすみたいわ。きょうはとても出社なんてむり。ほんとうよ」彼女は顔をそむけ、鼻をすすった。耳ざわりな音だった。

制服を着た整備員のひとりがいった。「あんた、現実テープをいじったろう」

「いじった」とプールは答えた。否定してどうなる？　この連中は挿入されたテープの切れはしを見つけたにちがいない。「そんなに長く気絶していたとはおかしい」と彼はいった。「十分間相当の幅のテープを、中へはさんだだけなのに」

「テープの運動がとまったのさ」技術者は説明した。「テープが前へ進まなくなったんだ。あんたのはさんだやつがひっかかったんで、テープの切断を防ぐために機械が自動的に停止した。なぜ、あんなものをいじりたくなったんだね？　どんなことになるか、知らなかったのか？」

「確信はなかった」

「しかし、いい考えだ」

プールは辛辣にいった。「だから、やってみたのさ」

「費用は」と整備員がいった。「ぜんぶで九十五フロッグ。お望みなら、分割払いもできる」

「わかった」プールはふらふらと上体を起こし、目をこすり、顔をしかめた。頭がズキズキし、胃がからっぽになった感じだった。

「こんどやるときは、テープを削ったほうがいい」最初の技術者がいった。「そうすれば、ひっかからない。これに安全装置が組みこまれているぐらいのことは、気がつかなかったかね？　つまり、危険防止のためのストップを――」

「それより」と、プールは相手をさえぎった。おしころした、用心深い口調で、「もしも、スキャナーの下をテープが通らなかったら、なにが起こるんだね？　テープも——なにも通らなかったら？　光電管がインピーダンスなしに上を照らしたら？」

技術者たちは、ちらと顔を見合わせた。ひとりがいった。「ぜんぶの神経回路が、ギャップをとび越えて、ショートしてしまう」

「ということは？」とプール。

「ということは、一巻の終わりだ」

プールはいった。「わたしは回路を調べた。そこまでの電圧はかかってないよ。かりに端子が触れあったとしても、あんな弱い電流の負荷では金属は溶けない。二ミリたらずのセシウム電路を流れる百万分の一ワット程度のしろものだからね。かりに、テープのパンチ穴から一瞬間に生まれるのが、十億の可能な組み合わせだとしようか。その総出力は累積的なものじゃない。電流の強さは、あのモジュール用に設計された電池に左右されるが、そいつはたかが知れてる。たとえ、ぜんぶのゲートがひらいたとしてもだ」

「なんでおれたちが嘘をつく？」技術者のひとりが、うんざりしたようにいった。

「なんでつかないとわかる？」プールはいいかえした。「わたしは、あらゆるものを経験する機会を与えられたのさ。同時にね。宇宙をその全体的な姿でとらえ、たとえ一瞬にせよ、あらゆる現実と接触する。これはどんな人間にも不可能なことだ。時間の外から、わたしの脳の中へ、シンフォニーの総譜がはいってくる。すべての音、すべての楽器が、いちどきに鳴りわたる。しかも、すべてのシンフォニーが。わかるかね？」

「あんたが焼け切れちゃうよ」ふたりの技術者が声をそろえていった。

「そうは思わんね」とプール。

サラがいった。「コーヒーを召しあがる、プールさん？」

「うん」と彼はいった。両足をカウチからおろし、つめたい足裏を床に押しつけて、ぞくっと身ぶるいした。それから立ちあがった。体じゅうが痛い。連中がおれを一晩じゅうカウチに寝かしといたおかげだ、と彼は気づいた。いくらなんでも、もっとましなやりかたがありそうなもんじゃないか。


部屋の片隅の食卓で、ガースン・プールはサラの向かいにすわって、コーヒーをすすった。技術者たちは、とっくに帰ったあとだった。

「もうこれ以上、自分の体で実験したりはしないわね？　しないといって」サラが悲しげにいった。

プールは声をきしらせた。「時間をコントロールしてみたい。逆行させてみたい」

テープの一部分を切りとって、上下さかさまにくっつけてやろう、と彼は思った。そうすれば、因果のシークエンスが逆に流れるだろう。とすると、おれは屋上の離着場からうしろむきに階段をおり、ここの玄関まであとずさりしてきてから、鍵のかかったドアを押しあけ、うしろむきに流しまで歩いて、よごれた皿の山をとりあげる。皿の山を前にしてこの食卓へすわり、その皿のひとつひとつを、胃袋から吐きだした食品でいっぱいにする……それから、その食品を冷蔵庫の中へしまう。つぎの日、冷蔵庫からその食品を出し、それぞれの袋に入れ、その袋をスーパーまで運び、店内のあちこちへ袋を分配する。スーパーの入口のレジでは、その品物に対しておれに金を払ってくれるだろう。そして、おれの運んだ食品は、ほかの食品といっしょに大きなプラスチック箱に詰められ、市から大西洋岸の水耕農場へ送られたすえ、木や草、それとも動物の死骸の中へ逆もどりしたり、地中深く押しこまれたりするのだ。しかし、いったいそのすべてでなにが立証される？ビデオ・テープを逆にかけただけの話だ……すでに知っている以上のものはわからない。それだけでは不足だ。

おれがほしいものは、究極絶対の現実なんだ、と彼はさとった。ほんの一マイクロ秒。そのあとはもうどうでもいい。なぜなら、そこですべてを知ってしまえるからだ。もうなにひとつ、理解したり見たりすることは残されていないからだ。

もうひとつ、べつの変化を試してみてもいいな、とひとりごちた。テープの切断に手をつける前にだ。テープに新しいパンチ孔をあけて、なにが出てくるかを待つ。自分のあけた孔がなにを意味するかをおれは知らないのだから、きっとおもしろいことになるだろう。

マイクロ工具の先端を使って、テープへでたらめにいくつかの孔をあけた。それも、できるだけスキャナーに近いところへ……長く待つのはいやだった。

「きみにもそれが見えるかな」と、彼はサラにいった。おそらく見えないだろう、おれが推測したかぎりでは。「なにかがとびだしてくるかもしれない」と教えた。「なに、いちおうの警告さ。べつに怖がることはない」

「でも、あたし」とサラがキンキン声でいった。

プールは腕時計を見つめた。一分がたった。そして、二分、三分。すると——

部屋のまんなかに、一群れの緑と黒の鴨が現われた。鴨たちはくわっくわっと興奮した啼き声を上げ、床から舞いあがって天井にばたばたとぶつかった。逃げようという巨大な衝動に、本能に、狂おしく駆りたてられた、羽毛と翼の震える塊だった。

「鴨か」プールは感嘆しながらいった。「おれのあけた孔は、野鴨の飛行だったのか」

こんどはべつのものが現われた。公園のベンチと、そこに腰かけて、破れたよれよれの新聞を読んでいる、みすぼらしい初老の男。男は顔を上げると、プールの姿をぼんやり見わけたのか、できの悪い入れ歯を見せてちらと笑いかけ、それからまた新聞に目をもどした。そして読みつづけた。

「あの男が見えるかい？」と、プールはサラにきいた。「それと鴨が？」その瞬間、鴨と公園の浮浪者は消失した。あとにはなにも残らなかった。パンチ孔のインターバルは、あっというまに終わったのだ。

「あれは実在してないわ」とサラがいった。「でしょう？　だったら、どうして——」

「きみも実在してないんだ」彼はサラにいった。「きみはわたしの現実テープの上にある、刺激因子の一つにすぎないんだ。ふさぐことのできるパンチ孔の一つなんだよ。きみはほかの現実テープの中にも存在しているのかな、それとも、客観的現実の中に存在しているのかな？」彼にはわからない。想像がつかない。おそらくサラも知らないだろう。おそらく彼女は、おびただしい数の現実テープの中に存在しているんだ。おそらく、これまでに製造されたあらゆる現実テープの中に。「もし、わたしがテープを切断すれば」と彼はいった。「きみはどこにも存在し、どこにも存在しなくなる。この宇宙の中のすべてのものとおなじように。すくなくとも、わたしの知るかぎりにおいては」

サラはたじろいだ。「あたしは実在するわ」

「わたしは、きみというものを完全に知りたい」プールはいった。「それをするためには、テープを切らねばならない。かりに、いまそれをやらなくても、いつかはやるだろう。それは避けられないこと、いずれは起きることなんだ」だとすれば、なにをぐずぐずすることがある？　と自分に問いかけた。それに、ダンスマンがすでにおれの製造者たちへ報告していて、連中がじゃましにくる、という可能性もないわけじゃない。なぜなら、おれは連中の財産——おれ自身——を危険にさらしているのかもしれないから。

「こんなことになるなら、会社へ行ったほうがましだったわ」サラは憂鬱そうに唇のすみを下に曲げた。

「行けよ」とプール。

「あなたをひとりで置いていきたくない」

「だいじょうぶさ」

「いいえ、だいじょうぶじゃない。きっとあなたは、自分で自分のプラグをひっこぬくかどうかして自殺するわ。なぜって、自分が人間じゃなく、ただの電気蟻だってことを知ったから」

ややあって、プールはいった。「そうかもしれん」たぶん、煎《せん》じつめれば、そういうことになるのだろう。

「なのに、あたしにはあなたを止めることができない」

「そう」彼はうなずいて同意を示した。

「でも、やはりここに残るわ」とサラはいった。「たとえ、あなたを止められなくてもね。だって、もしあたしが帰ったあとであなたが自殺したら、あたしは、もしあのときいっしょにいてあげていたらと、一生悔やまなくちゃならない。でしょう？」

ふたたび、彼はうなずいた。

「さあどうぞ」とサラはいった。

彼は立ちあがった。「わたしがこれから感じるのは、苦痛じゃない。たとえ、きみにはそういうふうに見えてもだ。有機ロボットは、最小限の苦痛回路しか備えていないことを、頭においておきたまえ。わたしの経験するのは、もっとも強烈な――」

「もうそれ以上いわないで」彼女はさえぎった。「やるならやって。やらないならやめて」

ぎごちなく――それは怖気《おじけ》づいているためなのだが――彼はマイクロ工作装置のグローブへ手をつっこみ、小さな工具をつまみ上げた。鋭いナイフだった。「これから、胸のパネルの中にとりつけられたテープを切断する」拡大レンズをのぞきこみながらいった。「それだけのことさ」ナイフを持ちあげようとして、手がふるえた。たった一秒でそれはすむ、と彼は思った。すべてが。そして――おれには切ったテープの両端をもとどおりにつなぐ時間も残されている。すくなくとも半時間。もし気が変わった場合には。

彼はテープを切った。

彼をまじまじと見つめ、身をすくめながら、サラはささやいた。

「なにも起こらないわ」

「三、四十分の余裕があるんだ」グローブから手を引きぬき、もう一度食卓の前にすわった。声のふるえに、自分でも気づいていた。サラもそれに気づいているにちがいないと思い、彼女に不安を与えたことで、自分に怒りを感じた。「すまない」と彼はいった。不合理な話だが、サラに詫びたくなったのだ。「きみはもう帰ったほうがいい」彼はうろたえながらいった。ふたたび立ちあがった。するとサラも、まるで彼の真似をしているように、反射的に立ちあがった。ふくらんだ不安そうな姿で、震えながらそこに立っていた。「帰りたまえ」彼はくぐもった声でいった。「会社へもどるんだ。あそこがきみのいるべき場所なんだ。われわれふたりともがいるべき場所なんだ」やっぱりテープの端をくっつけよう、と自分にいいきかせた。この緊張にはとても耐えられそうもない。

グローブに手を伸ばして、こわばった指をその中へはめこもうとした。拡大スクリーンをのぞきこんだとき、光電管からの光線が、真上のスキャナーをまっすぐに照らしているのが見えた。同時に、テープのしっぽがスキャナーの中へ吸いこまれていくのも……彼はそれを見、そして理解した。もう手遅れだ、とさとった。テープは通りすぎてしまった。神さま、お助けください。テープが、おれの計算よりも速いスピードで、巻きとりをはじめたんだ。そして、とうとういま――

彼はリンゴと丸石と縞馬を見た。温かさと、絹のような肌ざわりを感じた。海の波が体にぴちゃぴちゃ打ちよせるのを感じ、北からの強風が、彼をどこかへ導くかのように吹きつけるのを感じた。あたりいちめんがサラだらけ、ダンスマンだらけだった。ニューヨークが夜の中に輝き、まわりではスクウィヴの群れが夜空と昼と洪水と旱魃の中を走りまわり、跳ねまわっていた。バターが舌の上で液体になり、それと同時に忌わしい匂いと味がおそってきた。毒の苦い存在とレモンと夏草の葉。彼は溺れた。墜落した。女の腕に抱かれて巨大な白いベッドに横たわり、同時にベッドが耳の中でけたたましい音をひびかせた。下町の古ぼけたホテルの、こわれかかったエレベーターの軋りだった。おれは生きている、おれは生きた、おれはもう生きられないだろう、とひとりごち、そしてその思考とともに、あらゆる言葉、あらゆる音響がわきおこった。昆虫の群れがさえずり、駆けめぐり、そして彼はトライ・プラネット社の実験室のどこかにあるらしい恒常調節機械の複雑な本体の中へ、なかば沈みこんだ。

彼はサラになにかをいいたかった。口をひらいて、言葉をしぼりだそうとした——巨大な言葉の塊から出る特定の言葉のつらなりが、彼の心をあかあかと照らしだし、その完全な意味が彼を灼きこがした。

口が燃えている。なぜだろうか、と彼はいぶかしんだ。

壁ぎわに体を凍りつかせたまま、サラはようやく目をひらき、プールの半びらきの口から立ちのぼる煙を見つめた。やがて、ロボットはずるずるとくずおれ、四つんばいになり、それからゆっくりとひしゃげて、こわれ縮かんだ塊になった。そばへ寄って調べなくても、それが〝死んだ〟ことは、彼女にはわかっていた。

プールが勝手にしたことなんだわ、とサラはさとった。それに、あれは苦痛を感じることもできないのよ。自分でそういってたわ。とにかく、たいして苦痛はなかったはず。すこしはあったかもしれないけど。どっちにしろ、もうすんだことじゃない。

ダンスマンさんに連絡して、ことのしだいを報告したほうがよさそうだわ、とサラは決心した。まだ震えながら、部屋を横切って映話に近づいた。それをとり上げると、番号をそらでダイアルした。

あれは、あたしがあれの現実テープの上の刺激因子の一つだと思っていた、と彼女はひとりごちた。だから、あれは、あれが〝死ぬ〟ときあたしも死ぬ、と思っていたんだわ。なんて奇妙な考え。なぜ、あれはそんな想像をしたのかしら？　あれは、一度も現実の世界にプラグをさしこまれたことがなかった。あれ自身のエレクトロニクス的世界の中で〝生きた〟だけ。なんて奇怪な。

「ダンスマンさん」オフィスへの回路がつながるのを待って、彼女はいった。「プールはもういません。あたしの目の前で、自分を破壊したんです。ここへきて、ごらんになってください」

「じゃ、われわれはやっとあれから解放されたわけか」

「ええ。すてきじゃありません？」

ダンスマンはいった。「工場の者をふたりほどそっちへ行かせる」ダンスマンは彼女の背後をのぞいて、食卓のそばに倒れているプールの姿を見わけた。「きみは家へ帰って休養したまえ」とサラに命じた。「この一件で、すっかり疲れたろうから」

「はい。ありがとうございます、ダンスマンさん」彼女は映話を切り、ぼんやりとたたずんだ。

そこで、サラはあることに気づいた。

あたしの手、と彼女は思った。両手を目の前にかざした。どうして、手のむこうが透けて見えるのかしら？

部屋の壁も、やはり、いつのまにか定かな形を失っている。

身ぶるいしながら、サラは動かなくなったロボットのそばにもどり、途方にくれてそこに立ちつくした。自分の脚をすかしてカーペットが見え、そのカーペットもやがてもうろうとしはじめ、そしてそれを透かして、そのむこうの、分解しつつある物質の何層かを見ることができた。

あのテープの端をもとどおりにつなぐことができたら、たぶん——と、彼女は思った。しかし、そのやりかたを知らない。しかも、すでにプールの姿もおぼろげになっている。

早朝の風が、彼女のまわりに吹きはじめた。彼女はそれを感じなかった。すでに、感じることをやめていた。

風は吹きつづけた。

凍った旅
Frozen Journey

浅倉久志◎訳

発進のあと、宇宙船は冷凍睡眠カプセルで眠っている乗客六十人の状態を型どおりに点検した。異常がひとつ発見された。九番の乗客だ。脳電図からすると明らかに脳活動が見られる。

くそっ、と宇宙船はひとりごちた。

複雑な自律調節装置が入力回路に接続され、宇宙船は九番乗客と接触をとった。

「あなたはかすかに目ざめています」と船は精神電子伝導経路をつうじて呼びかけた。九番乗客を完全に目ざめさせても意味がない。なにしろ、この旅はあと十年つづくのだ。

ほとんど意識のない九番乗客だが、あいにくまだ思考はできる。だれかが話しかけてきたなと考えながら応答した。「ここはどこだ？　なにも見えない」

「あなたは不完全な冷凍睡眠状態にあります」

「じゃ、声なんか聞こえないはずだ」

「不完全な、と申しあげたじゃないですか。そこが問題でね。だから、声が聞こえるんです。自分の名前が思いだせますか？」

「ヴィクター・ケミングズ。早くここから出してくれ」

「いまは飛行中です」

「なら、ちゃんと眠らせてくれ」

「待ってください」船は低温維持機構を調べた。走査と点検のすえにいった。「努力してみます」

時間がたった。ヴィクター・ケミングズは、なにも見えず、肉体感覚もないのに、まだ意識があるのを知った。「体温を下げろ」と彼はいってみた。自分の声が聞こえなかった。たぶん、声を出したと思っただけなのだろう。さまざまな色がふわふわ近づいてくると思うまもなく、きゅうにわっと押しよせてきた。彼はその色彩が気にいった。子供の絵具セットのようだ。人工生命の一種で、半活動状態のやつ。二百年前に学校で使ったことがある。

「あなたを眠らせるのはむりです」船の声がケミングズの頭の中でひびいた。「この故障はひどく厄介です。調整もできないし、修理もできません。あなたは意識を持ったまま、十年間の旅をすることになります」

半活動状態の色彩群がまた押しよせてきたが、こんどのそれは内心の恐怖を反映してか、不吉な性質をおびていた。「ひどい、あんまりじゃないか」と彼はいった。十年間！　色彩がどす黒くなった。

陰気な光のちらつきにとりかこまれ、身動きもできず横たわっているヴィクター・ケミングズに、船はこれからの計画を説明した。その計画は、船が自分で決定したものではなかった。この船は、万一この種の故障が発生した場合にそなえて、この解決法を選択するよう、あらかじめプログラムされているのだ。

「こうしましょう」と船の声が聞こえた。「これからずっと、あなたに感覚刺激を供給しつづけます。あなたにとっては、むしろ感覚遮断のほうが危険なんです。感覚データなしで十年も意識が目ざめていたら、あなたの精神は劣化してしまいます。LR4星系に着くころには、植物人間ですよ」

「で、なにを供給するつもりだ？」ケミングズはうろたえた。「おまえの情報記憶装置にはなにがはいっている？　前世紀のソープ・オペラのビデオじゃないだろうな。起こしてくれれば、船の中を歩きまわって過ごすよ」

「わたしの内部には空気がありません」と船はいった。「食べ物もありません。話し相手もいません。ほかの乗客はみんな眠っています」

「おまえと話ができる。チェスでもやろう」

「それだけで十年間はもちませんよ。聞いてください。よろしいか、ここは食料もないし、空気もない。あなたはいまのままでいるしかありません……気にいらない妥協案でしょうが、ほかに方法はないんです。それに、こうしてわたしと話ができますしね。ところで、わたしはこれといった情報の記憶を持ちあわせていません。このような状況に対処するための既定方針というものがありまして、それはこうです。あなた自身の中に埋もれた記憶を、わたしがよみがえらせ、愉快なものだけを強調する。あなたには二百六年間の記憶があり、その大部分は下意識の中によどんでいます。これはすばらしい感覚データの宝庫ですよ。元気をお出しなさい。あなたのおかれた状況は、それほどめずらしいものじゃないんです。わたしの領域内ではこれまで一度も起こったことはないが、ちゃんとそれを想定したプログラムがあるぐらいですからね。気をらくにして、わたしを信頼してください。すてきな世界を提供するようにがんばりますから」

「こういうこともあると前もって説明されていたら」ケミングズは恨んだ。「移住契約になんか同意しなかったのに」

「気をらくにして」と船がいった。

気をらくにしようとしたが、怖くてたまらなかった。本来なら、自分もちゃんとした冷凍睡眠状態におかれ、目がさめたときには目的地の星に――というよりは、その星の惑星である植民世界に着いているはずなのだ。船内のほかの乗客は、みんな無意識状態で眠っている。なんの因果か、おれだけが例外だ。なによりも困るのは、この船の善意にひたすらすがるしかないことだ。かりにむこうが悪夢の怪物ばかりを押しつけてよこしたら？　その気になれば、むこうは十年間おれをいじめぬくことだってできる――客観的な尺度で十年間、主観的にみたらきっとそれより長いにちがいない。いうならば、こっちはまったく船のいいなりだ。そもそも宇宙船というやつは、こんな状況をおもしろがるものだろうか？　宇宙船のことはよく知らない。おれの専門は微生物学だから。待てよ、とケミングズは考えた。最初のワイフだったマルチーヌ。あのかわいい小柄《こがら》なフランス女。ジーンズと赤いブラウス、ウェストまで胸をはだけて、うまいクレープをこさえてくれたっけ。

「聞こえましたよ」と船がいった。「それでいきましょう」

押しよせる色彩がそれぞれにまとまって、安定した形になった。建物。古ぼけた、小さな黄色の木造家屋。十九のころにワイオミングで住んでいた家だ。

「待ってくれ」彼はあわてていった。「この家は建てつけが悪い。敷土台《しきどだい》なんだ。それに雨が漏る」しかし、もうキッチンの中が見えている。自分で作ったテーブルがある。彼はうれしかった。

「じきに慣れますよ」と船がいった。「埋もれた記憶を、わたしに見せられているとは思えなくなります」

「この家のことは、ここ一世紀も忘れていたな」と彼はふしぎそうにつぶやいた。うっとりしながら、古いドリップ式の電気コーヒー・ポットと、紙フィルターの箱を見分けた。ここはマルチーヌといっしょに暮らしていた家だ、とさとった。「マルチーヌ！」と呼びかけた。

「いま電話中よ」マルチーヌがリビングルームから答えた。

船がいった。「これからは非常事態のときだけおじゃまします。しかし、モニターはつづけますよ。あなたの満足を保証するためにね。どうかご心配なく」

「あなた、火をとめてちょうだい。ガスレンジの右の奥だけ」とマルチーヌがいった。声は聞こえるが、姿が見えない。彼はキッチンから食堂をぬけて、リビングルームにはいった。映話機の前で、マルチーヌが彼女の兄と熱心に話しこんでいる。ショーツをはいて、下は素足だ。リビングルームの窓からは、表の通りが見える。商用の車がパークしようとしているが、うまくいかない。

きょうは暑いな、と彼は思った。エアコンをつけよう。

彼が古いソファーにすわっても、まだマルチーヌは映話でおしゃべりをつづけていた。

ふと、自分がながめているものが、いちばん大切にしているコレクションなのに気づいた。マルチーヌの頭上の壁にかかった額入りのポスター。ギルバート・シェルトンの筆になる

《ふとっちょフレディーいわく》だ。ふとっちょのふーてんフレディーは、膝に抱いた猫にむかって、「スピードは命取り」と教えるつもりなのに、自分のほうが覚醒剤《スピード》でハイになっているのでうまくいえない。フレディーの掌《てのひら》には、ありとあらゆる種類のアンフェタミンの錠剤やら、丸薬やら、カプセルやらがごっそりのっかっている。猫のほうは、幻滅と嫌悪《けんお》のいりまじったしかめっつらで、歯を食いしばっている。そのポスターはギルバート・シェルトン自身のサイン入りだ。ケミングズの最高の親友のレイ・トランスが、ふたりの結婚祝いにくれた。何千ドルもの値打ちがある。なにしろ、それにサインした画家が活躍したのは一九八〇年代。ヴィクター・ケミングズやマルチーヌが生まれるよりもずっと前の時代だ。

もし、いつか金に困ることがあったら——とケミングズは思った。このポスターを売ればいい。これはただのポスターじゃない。すばらしい珍品だ。マルチーヌもほれこんでいる。〈ふわふわふーてんふとっちょブラザーズ〉——遠いむかしの黄金時代の社会の産物。おれがマルチーヌをこんなに愛しているのは、なんのふしぎもない。彼女もおれを愛し、この世界の美しいものを愛し、心からいつくしんでいる。ちょうどおれを心からいつくしむのとおなじようにだ。保護者のようなその愛は、養分にはなっても、けっして息苦しくはない。そのポスターを額にいれようといいだしたのも彼女だ。おれだったら画鋲《がびょう》でとめてしまったろう。ばかだからな。

「ねえ」と映話をすませたマルチーヌがいった。「なに考えてるの？」

「きみが愛するものは、生き生きしてるってこと」

「愛ってそういうものなんでしょ？」とマルチーヌはいった。

「そろそろお夕食にしましょうか。赤ワインをあけてくれる？　カベルネを」

「七年物でいいかな？」彼は立ちあがった。ふいに妻をつかまえて、抱きしめたくなった。

「七年物か十二年物」彼女は彼のわきをすりぬけて、小走りに食堂からキッチンへとむかった。

地下室におりて、彼はワインをえらびにかかった。もちろん、どの瓶《びん》も横に寝かせてある。カビと湿気。地下室のにおいは好きだったが、ふとあるものが目についた。レッドウッドの厚板がなかば土の中にめりこんでいる。そうか、やっぱりコンクリートを流さなきゃだめなんだ。ワインのことはおるすになって、いちばん土の盛りあがっている奥の隅《すみ》へ行ってみた。腰をかがめて、厚板をつつく……こてで厚板をつついてから、ふと思った。おや、どこからこんなこてを持ってきたんだろう？　さっきまでは、こんなもの持ってなかったぞ。こてをあてがうと、厚板がぼろぼろと欠けた。この家ぜんたいが倒れかかっている。たいへんだ。マルチーヌに知らせなきゃ。

もうワインはほったらかしで、彼は上にもどった。家の土台が腐ってきて危険だと知らせるつもりだった。しかし、マルチーヌの姿はどこにもない。それに、レンジにはなにもかかっていない。ポットも、鍋も。びっくりしてレンジの上に手をやり、そこが冷えきっていることに気づいた。いまさっきまでマルチーヌが料理していたはずなのに。

「マルチーヌ！」大声で呼んだ。

返事がない。ここにいるのは自分だけ。この家はからっぽだ。からっぽで、おまけに崩れかかっている。ああ、神様。キッチンのテーブルの前に腰をかけると、椅子がちょっとぐらついた。たいしたことはないが、しかしちゃんと感じる。床がたわんでいるのを感じる。

どうしよう。マルチーヌはどこへいったんだ？

彼はリビングルームにもどった。たぶん、お隣へスパイスかバターかそんなものを借りにいったんだろう、と自分にいいきかせた。だが、それでも恐怖はふくれあがるばかりだった。

彼はポスターを見あげた。額縁がない。それに四隅が破けている。

いや、マルチーヌがたしかに額に入れたはずだ、と思った。いそいで部屋を横ぎり、そばでよく調べてみた。消えている……画家のサインが消えかかっている。もうほとんど読みとれない。マルチーヌは、紫外線よけの、無反射ガラスの額にいれようと力説していた。だが、額にもはいってないし、おまけに破けている！　うちのいちばん大切な財産なのに！

気がつくと、彼は泣いていた。あきれるばかりだった。涙とは。マルチーヌはいない。ポスターはぼろぼろだ。家も腐りかけている。レンジの上にはなにも煮えていない。これはあんまりだ、と彼は思った。おまけに、わけがわからない。

船にはわけがわかっていた。船はヴィクター・ケミングズの脳波パターンを注意ぶかくモニターしていたので、なにかが変調をきたしたことを知った。波形は興奮と苦痛を示している。早くこの入力から切り離してやらないと、この男は死んでしまう、と船は判断した。どこに欠陥があったのだろう、と船は自問した。この男の中に眠っていた悩み、潜在的な不安だ。もっと信号を増幅してやったらどうだろう。おなじ情報源を使って、電荷だけを上げてみよう。識閾下《しきいきか》の大量の不安に支配されたから、こんなことが起きたのだ。その責任はわたしでなく、この男の精神構造にある。

この男の人生の中で、もっと初期の記憶をためしてみよう、と船は決断した。この神経症的な不安がまだ根をおろさない時期がいい。

裏庭で、ヴィクター坊やはクモの巣にかかったミツバチをながめていた。クモは用心しいしいハチを縛りあげていく。こんなのひどいや、とヴィクター坊やは思った。ぼくが助けてやる。手をのばして、とらわれのハチをつかみ、巣からとりのけて、巻きついた糸をそろそろとほどいてやった。

ハチが彼の指を刺した。小さな火が燃えついたようだった。なんでぼくを刺すんだよ、と彼はふしぎでたまらなかった。逃がしてやろうとしたのに。家の中に駆けこんで母に訴えたが、聞いてもらえない。母はテレビに夢中だった。ハチに刺された指は痛かったが、それよりもっと気になることがあった。助けてやろうとした人間をなぜハチが刺したのか、よくわからない。もうあんなことしないからな、と彼は思った。

「そこのバクチン塗っときなさい」母がようやくテレビからふりかえった。

その前から彼はもう泣いていた。ずるいや。おかしいじゃん。彼はめんくらい、頭が混乱して、小さい生き物たちに憎しみを感じていた。あいつらバカだ。なんにもわかってねえんだ。

彼は外に出ると、しばらくブランコやすべり台や砂場で遊び、それからガレージの中へはいっていった。へんてこな音、バタバタ、キイキイと扇風機みたいな音が聞こえたからだ。薄暗いガレージの中を見まわすと、一羽の小鳥がクモの巣のかかった裏窓に体当たりしていた。その下で、猫のドーキーが小鳥をつかまえようと、しきりに跳びあがっている。

彼は猫を抱きあげた。猫は体と前足をのばし、首をのばして、小鳥にかみついた。すばやく彼の手からとびおりると、まだバタバタもがいている小鳥をくわえて逃げてしまった。

ヴィクター坊やは家にとびこんだ。「ドーキーが小鳥をとったよ」と母に告げた。

「しょうのない猫」母はキッチンのクローゼットから箒《ほうき》をとりだすと、ドーキーをさがしに外へとびだしていった。猫はイバラの茂みに隠れていた。箒をのばしても届かなかった。

「あんな猫、もう捨てようね」と母はいった。

　ヴィクター坊やは、自分が猫に小鳥をとらせたことを話さなかった。母が何度も何度もドーキーを隠れ家からつつきだそうとするのを、だまって見まもった。ドーキーは小鳥をかみくだいていた。骨の折れる音、小さい骨の折れる音が聞こえた。ふしぎな気持ちだった。自分のしたことを母にいわなければと思う反面、もしいえばお仕置きされるという気がした。もうあんなことはしませんから、と彼は思った。自分の顔が赤くなっているのに気づいた。もしママが感づいたらどうしよう？　もしママがなにか秘密のやりかたであのことを知ったら？　でも、ドーキーは口がきけないし、小鳥は死んじゃった。だれにもわからない。ぼくは安全だ。

　しかし、いやな気持ちだった。その晩は夕食がのどを通らなかった。両親もそれに気づいた。病気だと思ったらしく、彼の熱をはかった。彼は自分のしたことをだまっていた。母が父にドーキーのことを話し、ドーキーは捨てられることになった。食卓でその話を聞いていたヴィクター坊やは泣きだした。

「わかったわかった」父が優しくいった。「ドーキーは捨てないよ。猫が小鳥をとるのはあたりまえだ」

翌日、彼は砂場で遊んでいた。砂の中からなにかの植物が生えている。彼はそれを折って捨てた。あとで、母からあんなことをしてはいけませんと叱《しか》られた。

裏庭の砂場でひとり遊びをしながら、バケツに水をくんできて、濡《ぬ》れた砂で小山を作った。それまでよく晴れていた青空が、すこしずつくもってきた。影が通りすぎるのを見て、彼は目を上げた。なにか形のないものがまわりに感じられた。なにかすごく大きいもの、考えることのできるものが。

あの小鳥が死んだのはおまえのせいだ、と形のないものは考えていた。むこうの思っていることが、彼にはわかった。

「うん、知ってる」と彼はいった。きゅうに彼は死にたくなった。自分があの小鳥の身代わりになって死ねたらいいのに。そしたら、あの小鳥はまだ生きていて、クモの巣の張ったガレージの窓にバタバタぶつかっていられたのに。

あの小鳥は空を飛んだり、ものを食べたりして、もっと長生きしたかったんだよ、と形のないものはいった。

「うん」と彼はみじめな気持ちで答えた。

もう二度とあんなことをしちゃいけないよ、と形のないものは彼に教えた。

「ごめんなさい」彼はしくしく泣きだした。

これはえらく神経質な人物だぞ、と船はさとった。たのしい記憶をさがすのに、こんなに骨が折れるとは。この男の心の中には、たくさんの不安とたくさんの罪悪感がありすぎる。そのすべてを心の底に押しこめはしたものの、やはりそれがちゃんと残っていて、たえず彼をさいなんでいるのだ。この男の記憶のどこをさがしたら、気晴らしになるようなものが見つかるだろう？　十年分の記憶をなんとかさがしださないと、この男はだめになる。

ひょっとすると——と船は思った。わたしの失敗は、選択範囲を誤ったからだろうか。むしろ、本人に自分の記憶をえらばせるべきだろうか。しかし、それでは幻想の要素がはいりこむことになる。これは概してよい結果を生まない。とはいえ……。

よし、最初の結婚のころのあの部分をもう一度たしかめてみよう、と船は判断した。この男は本当にマルチーヌを愛していた。もし、あの記憶の強度をもっと高いレベルにたもっておけば、エントロピー因子を廃棄できるかもしれない。あんなことになったのは、記憶の中にある世界が微妙に劣化したからだ。構造の退廃だ。こんどはそれを補償する線でやってみよう。よし、スタート。

「ほんとにギルバート・シェルトンがサインしたと思う？」マルチーヌが思案深げにたずねた。彼女は腕組みして、ポスターの前に立っていた。リビングルームの壁にかかった色あざやかな絵に対して正しい鑑賞距離をさがしあてようとでもするように、体を前後に揺らしている。「つまりね、にせのサインって可能性もあるんじゃない。流通経路の途中でだれかが入れるとか。シェルトンの生前か、それとも死後に」

「真筆だという証明があるよ」ヴィクター・ケミングズはいった。

「あ、そうか」彼女はほのぼのとした微笑をうかべた。「レイがこれといっしょに証明書をくれたのよね。でも、あの証明書が偽造だとしたら？　必要なのは、あの証明書が本物だというもうひとつの証明書ね」笑いながら、マルチーヌはポスターの前から離れた。

「それをいいだしたら、最終的にはギルバート・シェルトンご本人にきてもらって、自分のサインだと証明してもらわなくちゃならない」

「でも、彼だってわからないかもね。ほら、ピカソのところへピカソの絵を持っていって、本物かどうかをたずねたって話があるじゃない。ピカソはさっそくその絵にサインして、こういったんだって――『さあ、これで本物だ』」マルチーヌはケミングズに抱きつくと、背のびをして彼の頬にキスした。「このポスター、本物よ。レイが偽物なんかくれるはずないわ。二十世紀のカウンター・カルチャー美術の最高権威なんだもの。知ってる？　彼、マリファナの一オンス包みをほんとに持ってるんですってよ。保存場所は――」

「レイは死んだよ」ヴィクターはいった。

「え？」マルチーヌは驚いて彼を見つめた。「それじゃ、この前あたしたちが会ってからあとで、なにか事故でも——」

「レイは二年前に死んだ。ぼくの責任だ。ぼくがあのエア・カーを運転してた。警察には呼びだされなかったけど、ぼくが悪い」

「レイは火星でちゃんと生きてるわ！」マルチーヌはまじまじと彼を見つめた。

「ぼくの責任なのはわかってる。きみにはだまっていたけどね。これまでだれにも話さなかった。ごめん。あんなことするつもりじゃなかったんだ。窓にバタバタぶつかってるのを見てさ、ドーキーがぴょんぴょん跳びあがってるから、抱きあげてやったんだ。そしたら、あっという間にドーキーがつかまえて——」

「すわって、ヴィクター」マルチーヌは厚い詰め物をした椅子のところへ彼をひっぱっていって、すわらせた。「なんだかへんよ」

「わかってる。なにかがまちがってる。ぼくはあいつの命を奪ってしまった。かけがえのない貴重な命を。ごめん、なんとか生きかえらせたいが、だめなんだ」

ややあって、マルチーヌがいった。「レイに電話してみて」

「あの猫——」と彼はいった。

「どの猫？」

「あそこだ」彼は指さした。「ポスターの中。ふとっちょフレディーの膝《ひざ》の上。あれがドーキーだよ。ドーキーがレイを殺したんだ」

沈黙。

「形のないものがぼくにそう教えた」ケミングズはいった。「あれは神様だ。あのときは知らなかったけど、神様はぼくが罪をおかすのを見てたんだ。あの殺人を。だから、神様はもう二度とぼくを許してくれない」

マルチーヌは麻痺《まひ》したように彼を見つめている。

「神様はなにからなにまでお見通しだ。雀《すずめ》一羽が落ちるところまで。ただ、あの場合、雀は落ちたわけじゃない。つかまえられたんだ。飛んでるところをつかまえられ、ひき裂かれたんだ。神様はぼくの体であるこの家をこわそうとしている。ぼくのしたことを償わせるためだ。この家を買う前に、建築業者に見てもらえばよかった。もう、この家はばらばらにこわれかけてる。一年たたないうちに、跡形もなくなってるよ。ぼくのいうことを信じないのか？」

マルチーヌは口ごもった。「あたし――」

「見てろ」ケミングズは両手を天井にのばした。背のびをする。それでも天井にとどかない。こんどは壁に近より、一拍おいてから、両手を壁の中につっこんだ。

マルチーヌが絶叫した。

船はただちに記憶の検索を中止した。しかし、すでに被害は出ていた。

この男は人生初期の不安と罪悪感を編みあわせて、ひとつのネットワークを作りあげてしまっている、と船はひとりごちた。この男にたのしい記憶を提供するのはむりだ。こっちが提供するはしから、むこうがそれを汚染していく。もとの記憶がいくらたのしいものであってもだ。これは深刻な事態だぞ、と船は判断した。この男はすでに精神病の徴候を示している。なのに、旅ははじまったばかりだ。これからまだまだ先は長い。

この状況を徹底的に考えるだけの時間をおいてから、船はもう一度ヴィクター・ケミングズと接触をとることにした。

「ケミングズさん」と船は呼びかけた。

「すまない」とケミングズはいった。「せっかくの検索をだめにする気はなかったんだ。きみはよくやってくれた。ただ、ぼくが――」

「待ってください。あなたを精神医学的に再構築するような機能は、わたしにはありません。なんといっても、単純な機械ですからね。いったい、あなたの望みはなんですか？　あなたはどこへ行きたいのか、なにをしたいのか？」

「早く目的地へ着きたい」ケミングズはいった。「この旅を早く終わらせたい」

そうだったのか、と船は思った。それが解答だ。

ひとつ、またひとつと冷凍睡眠カプセルがひらかれていった。ひとり、またひとりと、乗客は冬眠からよみがえり、ヴィクター・ケミングズもその中にいた。彼が驚いたのは、時の経過の感覚がなにもないことだった。おぼえているのは、この部屋にはいり、カプセルに横たわり、薄膜に包まれると、温度が下がってきたのを感じただけで——

いまはもう宇宙船の外側の下船デッキに立って、緑したたる惑星の大地を見おろしている。これがLR４第六惑星だ。これが新生活をはじめるためにやってきた植民世界だ。

「よさそうなところね」がっしりした体格の婦人が彼に話しかけた。

「そうですね」目新しい風景が、新しい門出を約束するように下からわきあがってくるのを、彼は感じた。過去二百年に経験したものより、もっとましな生活。おれは新しい世界の新しい人間なんだ、と思った。いい気分だった。

さまざまな色が彼にむかって押しよせてきた。まるで子供のころに使った半活動状態の絵具セットだ。セント・エルモの火か、と彼はさとった。なるほど、この惑星の大気中では、きっと電離現象がさかんなんだ。無料のライトショーだな。二十世紀人にいわせれば。

「ケミングズさん」と声がいった。いつのまにきたのか、ひとりの老人がそばにいる。「あなたは夢をごらんになりましたかな？」

「冬眠のあいだに？」とケミングズはいった。「いや、おぼえてません」

「わたしはどうも夢を見たようです」老人はいった。「すまんが、タラップを下りるときに手をひいてくださらんか。足もとがふらつきましてな。ここの空気は薄いようだ。そう思いませんか？」

「ご心配なく」ケミングズは相手の手をとった。「タラップの下まで連れていってあげますよ。ほら、ガイドがきたでしょう。あの人がこれからの居住手続をぜんぶやってくれます。これもパック料金のうちですからね。これからいったんリゾートのホテルにおちついて、デラックスな部屋をあてがわれるんです。パンフレットにそう出てますよ」不安そうな老人をおちつかせようと、彼はにっこり笑いかけた。

「十年間もの冬眠のあとでは、筋肉がぶよぶよになっとりゃせんですかな」

「冷凍した豆とおんなじことですよ」ケミングズはおどおどしている老人を支えて、タラップを下りはじめた。「ちゃんと低温をたもっておけば、永久に保存できるんです」

「わたしはシェルトンといいます」老人がいった。

「はあ？」ケミングズは立ちどまった。ふしぎな感情が全身を駆けぬけた。

「ドン・シェルトンです」老人は手をさしだした。反射的にケミングズはその手を握りかえした。「どうしました、ケミングズさん？　だいじょうぶですか？」

「ええ、もちろん。でも、腹がペコペコです。なにか食べたい。早くホテルにはいりたいですね。シャワーを浴びて、着替えをして」手荷物はどこで受け取ればいいのだろう、と疑問がわいた。船が手荷物をおろすのに、おそらく一時間はかかりそうだ。とりたてて頭のいい船じゃないから。

人なつっこい、親密な口調で、シェルトン老人はいった。「わたしがなにを持ってきたかご存じですかな？　ワイルド・ターキーを一本。地球で最高のバーボンです。ホテルに着いたら、あなたの部屋で一杯やりましょう」老人はケミングズのわき腹を肘《ひじ》でつついた。「強い酒は飲めないんです」ケミングズはいった。「ワイン党でして」この遠い植民世界に、うまいワインはあるのだろうか、と彼は考えた。いや、もう遠くはない。遠いのは、むしろ地球だ。おれもシェルトン老人みたいに、ワインを何本か持ってくりゃよかった。

シェルトン。その名前からなにか連想がはたらく。自分と遠い過去、若いころのなにかが。なにか貴重なもの、うまいワインと、古風なキッチンでクレープを作っていた、若くかわいい、優しい女といっしょにあったもの。胸のうずく思い出、つらい記憶。

まもなく、彼はホテルの部屋でベッドのそばに立っていた。スーツケースをあけ、衣類をハンガーに吊《つ》るそうとしていた。部屋の隅《すみ》には、ホログラム・テレビがニュース・キャスターを映しだしていた。見る気はなかったが、人間の声が聞きたくてそのままにしておいた。

おれは夢を見たろうか、と彼は自問した。この十年間に？

指が痛い。目をやると、赤いみみずばれができていた。虫刺されのようだ。ハチに刺されたんだ、と彼は思いだした。しかし、いつ？　どうやって？　冷凍睡眠カプセルにはいっていたときか？　ありえない。だが、みみずばれはちゃんと見えるし、痛みもある。なにか薬を塗っといたほうがいい、と気づいた。このホテルにはきっとロボット医師がいるはずだ。一流のホテルだから。

ロボット医師がやってきて手当をはじめると、ケミングズはいった。「これは小鳥を殺した罰なんだよ」

「本当に？」とロボット医師はいった。

「ぼくにとって大切だったものを、なにもかもとりあげられたんだ」とケミングズはいった。「マルチーヌ、あのポスター——ワイン・セラーのあった、あの小さな古い家。なにもかもそろっていたのに、それがみんななくなった。マルチーヌは、あの小鳥のことでぼくと別れたんだ」

「あなたの殺した小鳥ですか」

「神様がぼくを罰した。ぼくが罪をおかしたので、ぼくのだいじなものをぜんぶとりあげた。あれはドーキーの罪じゃない。ぼくの罪だ」

「でも、あなたは年端のいかない子供でしたよ」

「どうしてそれを知ってる？」ケミングズはロボット医師につかまれていた手をさっとひっこめた。「なにかがおかしいぞ。きみがそれを知ってるわけはない」

「あなたのお母さんから聞きました」

「母だって知らないことだ！」

「お母さんは推理したんです。あなたの助けがなければ、あの猫が小鳥に手のとどくはずはないんですから」

「じゃ、ぼくが成長するあいだ、ずっと母は知ってたわけか。だけど、なにもいわなかった」

「もう忘れてしまいなさい」

ケミングズはいった。「おまえが実在するとは思えない。おまえがあのことを知ってるはずはないんだ。ぼくはまだ冷凍睡眠カプセルの中にいて、船はまだぼくの埋もれた記憶をかきたてている。感覚遮断で精神病にならないように」

「それなら、あなたが旅を終えた記憶なんてあるはずがないでしょうが」

「じゃ、願望充足といいかえよう。おんなじことだ。それを証明してやる、ネジまわしをもってるか？」

「どうして？」

「あのテレビの背板をはずしてみればわかる。中はきっとからっぽだ。コンポーネントも、部品も、シャーシーも——なにもない」

「ネジまわしは持ってません」

「じゃ、小さいナイフでもいい。その外科用器具のバッグにはいってるやつ」腰をかがめて、ケミングズは小さいメスをとりだした。「これでいい。もしそれを見せたら、ぼくを信用するか？」

「もしテレビの中になにもなければ——」

ケミングズはしゃがみこんで、テレビの背板をとめてあったネジをゆるめた。はずした背板を床の上においた。

テレビのキャビネットの中はからっぽだった。それでもカラー・ホログラムはあいかわらず部屋の四分の一を占め、ニュース・キャスターの声が立体映像からほとばしりつづけていた。

「おまえが船だということを認めろ」ケミングズはロボット医師にいった。

「まいったな」とロボット医師はいった。


まいったな、と船はひとりごちた。しかも、あと十年近く、こんなことがつづくのか。この男ときたら、どんな経験でも子供時代の罪悪感でめちゃくちゃに塗りつぶしてしまう。この男ときたら、妻に去られたのも、四つのころの自分が猫に小鳥をとらせたせいだと思いこんでいる。唯一の解決法は、マルチーヌを彼のもとへ帰らせることだ。だが、どうやってそんな手配ができる？　第一、彼女はもう生きてないかもしれない。だが、しかし——と船は考えた。彼女が生きている可能性もある。話のもちかけようしだいでは、以前の夫を狂気から救おうと力ぞえしてくれるかもしれない。人間は概して非常に前向きな姿勢をもっているものだ。それに、十年先になって、彼を狂気から救おう――というより、彼の正気をとりもどそう――としたら、もっと手がかかる。抜本的な治療が必要で、とてもわたしの独力では歯がたたない。

それまでは、こうして目的地への到着という願望充足夢をリサイクルしつづけるしか手がない。そうだ、と船は決断した。到着のくだりをひととおり見せたら、この男の意識からその記憶をすっかり消して、また最初から見せることにしよう。この方法で唯一の前向きな点は、わたしが手持ちぶさたにならないことだ。それによって、わたしの正気もたもてるかもしれない。

冷凍睡眠カプセルに――不完全な冬眠状態で――横たわったまま、ヴィクター・ケミングズはふたたび船が着陸したのを、そして自分の意識がもどりかけているのを感じた。

「夢を見ました？」一団の乗客が下船デッキに集まったところで、がっしりした体格の婦人がケミングズにたずねた。「わたしは夢を見たらしいの。自分の人生のごく初期のことをいろいろ……もう一世紀も前の」

「ぼくはなにもおぼえてません」ケミングズはいった。早くホテルにはいりたかった。シャワーを浴び、着替えをすれば、どんなにさっぱりするだろう。なんとなく気分が重苦しいのを感じて、どうしてだろうといぶかった。

「あれがわたしたちのガイドかしら」と初老の婦人がいった。「これからホテルまで案内してくれるんでしたよね」

「パック料金のうちですからね」ケミングズの抑鬱感《よくうつかん》は去らなかった。ほかのみんなは元気いっぱいで生き生きしているのに、こっちは倦怠感《けんたいかん》がつきまとい、なんとなく重しがとりついているような感じだ。この植民惑星の重力がおれには強すぎるのだろうか。そうかもな、とひとりごちた。しかし、パンフレットによると、ここの重力は地球とほぼおなじ。それが魅力のひとつだという。

首をかしげながら、手すりにつかまって、ゆっくりゆっくりタラップを下りた。やっぱりおれは新しく人生をやりなおす資格なんかないんだ、とさとった。ただ、そんなふりをしているだけだ……あの人たちとは根本的にちがう。おれにはどこかおかしいところがある。なんだったかは思いだせないが、しかし、どこかがおかしい。おれの中にあるもの。身を切るような苦痛の感覚。自分が無価値だという感覚。

一ぴきの虫がケミングズの右手の甲にとまった。飛ぶのに倦《う》み、年老いた虫。彼は立ちどまって、その虫が指の関節の上を這《は》いまわるのをながめた。たたきつぶそうか、と彼は思った。この虫はずいぶん弱っている。どうせ長くは生きられない。

彼はその虫をたたきつぶし――そして強烈な内心の恐怖を感じた。おれはなにをしたんだ、と自問した。この世界へ着いたとたん、もう小さな命をひとつ奪ってしまった。これが新しい出発か？

ふりかえって、船を見つめた。ひきかえしたほうがいいな、と思った。こんどこそ永久に冷凍してもらおう。おれは罪ぶかい男だ、破壊の好きな男だ。涙が彼の目にあふれてきた。

いっぽう、それ自身の知覚装置の中で、宇宙船はうめきをもらした。

ＬＲ４星への旅で残された長い長い十年のあいだに、船がマルチーヌ・ケミングズの行方を追跡調査するひまは充分にあった。船は彼女に事情を説明した。マルチーヌはシリウス星系の軌道ドームに移住したが、そこでの生活が気にいらなくて、また地球へもどる途中だった。彼女も冷凍睡眠カプセルで冬眠中のところを起こされ、熱心に説明を聞いてから、承諾を与えた。前の夫が到着するときに、ＬＲ４の植民惑星で出迎えてもいい──もしそんなことが可能なら。

さいわい、それは可能だった。

「でも、彼、きっとわたしがわからないわよ」マルチーヌは船にいった。「わたしは年とるほうをえらんだの。老化過程を完全にとめるのは、どうも感心できなくて」

到着したときの彼にまだいくらかでも識別力が残されていたら、それこそほんとの幸運だ、と船は思った。

ＬＲ４の植民惑星の系際宇宙港で、マルチーヌは船の乗客が下船デッキに現われるのを待った。わたしには彼の顔がわかるかしら、と思った。すこし心配ではあったが、ひと足先にLR4へ着いたことがうれしかった。すれすれで間にあったのだ。もう一週間連絡がおそければ、彼の船のほうが先に到着するところだった。わたしはついてるのね、とマルチーヌは思い、着陸したばかりの宇宙船に注目した。

乗客が下船デッキに現われた。彼の姿が見えた。ヴィクターはあのころとほとんど変わっていない。

疲れているのか、彼はタラップの手すりにつかまりながら、ためらいがちに下りてきた。マルチーヌは両手をコートのポケットにつっこんで、そっちへ近づいた。なんとなく照れくさくて、口をひらいてもなかなか声が出てこなかった。

「ひさしぶりね、ヴィクター」ようやくそれだけをいった。

彼は立ちどまり、穴のあくほど彼女を見つめた。「やっぱりきみか」

「ええ、マルチーヌよ」

彼はにっこりして、手をさしだした。「船内のトラブルのことは聞いた？」

「あの船がわたしに連絡してきたの」彼女はヴィクターの手をとって握りしめた。「ひどい目にあったのね」

「ああ。永久におなじ記憶のくりかえしさ。きみに話したことがあったかな。四つのころに、クモの巣にかかったミツバチを逃がしてやろうとしたらさ、あのばかなハチめ、ぼくを刺しやがった」彼は背をかがめて彼女にキスをした。「また会えてうれしいよ」

「ねえ、船はなにかこのことを――」

「きみにここへきてもらうようにするといってた。だけど、きみが間にあうかどうかはいわなかった」

宇宙港ターミナルのほうへ歩きながら、マルチーヌはいった。「運がよかったの。軍用船に乗り替えできたのよ。ものすごい高速船。まったく新しい推進システムなんだって」

ヴィクター・ケミングズはいった。「ぼくは自分の無意識の中で、歴史上のだれよりも長い時間を過ごしたよ。二十世紀初期の精神分析よりなおひどい。それに、おんなじ材料のむしかえしばっかり。ぼくが母を怖がっていたのを知ってる？」

「わたしもあなたのお母さんが怖かったわ」ふたりは手荷物引渡し所で、スーツケースが出てくるのを待った。「ここはほんとにすてきな惑星みたいね。こないだまでわたしがいた場所よりよっぽどまし……。あそこはほんとにみじめ」

「じゃ、やっぱり宇宙の摂理というものはあるのかな」彼はにやりと笑った。「きみ、元気そうだね」

「もうおばあちゃんよ」

「医学も進歩したから……」

「自分できめたの。年とった人って、いい感じ」マルチーヌは彼を観察した。冷凍睡眠カプセルの故障でずいぶん苦労したみたい——口には出さずにそう思った。目を見ればわかる。うちひしがれている。うちひしがれた目。疲労と——それに敗北でずたずた。幼いころの埋もれた記憶がうかびあがってきて、彼を苦しめたみたい。でも、もうそれはすんだ。それに、わたしがくるのも間にあった。

ターミナルのバーで、ふたりはひさしぶりにグラスを合わせた。

「その爺《じい》さんがワイルド・ターキーをすすめてくれてね」とヴィクターはいった。「すてきなバーボンだった。地球で最高の銘柄《めいがら》だってさ。わざわざ地球からそれを一本……」ヴィクターの声はとぎれて、沈黙がおりた。

「おなじ船に乗りあわせた人ね」とマルチーヌがあとをひきとった。

「だと思う」

「とにかく、もうこれであなたも小鳥やハチのことを考えずにすむわ」

「セックスのことかい？」冗談にまぎらして彼は笑いだした。

「ハチに刺されたこと、猫に小鳥をつかまえさせたこと。それはもうみんな過去の話だもの」

「あの猫はね、死んでからもう百八十二年にもなるんだよ。冬眠からひきだされるときに計算してみたんだ。まあ、それでよかったのかもな。ドーキー。殺し屋ドーキー。ふとっちょフレディーの猫がやっぱりいちばんだね」

「あのポスター、とうとう手放したわ」マルチーヌがいった。「がまんしたんだけど」

彼は眉《まゆ》をひそめた。

「おぼえてる？」と彼女はいった。「別れるときに、あれをくれたじゃない。あのことでいつもあなたに感謝してたわ」

「いくらに売れたんだい？」

「すごい大金。あなたの取り分を返さなくちゃいけないわね……」彼女は計算した。「インフレを計算に入れると、二百万ドルぐらい返さなきゃ」

「ねえ、それよりもどうかな。ポスターの分け前は要らないから、しばらくぼくにつきあってくれないか？　ぼくがこの惑星に慣れるまで」

「いいわよ」彼女は本気だった。心からそう思った。

ふたりはグラスをあけると、手荷物をロボット係員に運ばせて、ホテルの部屋にはいった。

「いいお部屋ね」マルチーヌはベッドの端に腰をかけた。「それにホログラム・テレビもあるし。つけてみて」

「つけてもむだだよ」ヴィクター・ケミングズはクローゼットの前でシャツをハンガーにかけているところだった。

「どうしてむだなの？」

「中がからっぽだからさ」

マルチーヌはテレビに近づいて、スイッチを入れた。ホッケーの試合がカラーの立体映像で室内に投射され、大声援が彼女の耳にとびこんだ。

「ちゃんと映るわよ」と彼女はいった。

「いや、知ってるんだ。証明もできる。爪《つめ》やすりかなんか持ってないかな？　背板のネジをはずして、見せてあげるよ」

「でも、こんなにちゃんと――」

「これをごらん」彼は服をハンガーにかけるのを中断した。「ぼくの手が壁をつきぬけるところを」彼は右の掌を壁に押しつけた。「ほら」

彼の手は壁をつきぬけなかった。人間の手が壁をつきぬけるはずがない。彼の手は壁に押しつけられたままだった。

「それに土台も腐りかけてるんだ」

「まあ、ここへきておすわりなさいよ」マルチーヌがいった。

「もう何度もやったから、骨にしみて知ってる」と彼はいった。「何度も何度もこれを体験したんだ。冬眠から目ざめる。タラップを下りる。手荷物を受け取る。ときにはバーで一杯やることもあるし、ときには自分の部屋へ直行することもある。たいていはここでテレビをつけて、それから……」彼はマルチーヌに近づいて、手を見せた。「ほら、ここをハチに刺されたんだ」

マルチーヌにはなんの跡も見えなかった。彼の手をとって、よく調べた。

「ハチの刺した跡なんか、どこにもないわよ」

「それからロボット医師がやってくる。ぼくは彼から道具を借りて、テレビの背板をはずす。中にシャーシーも部品もないことを証明するためだ。それから船がまたはじめからおなじことをくりかえす」

「ヴィクター、自分の手をよくごらんなさいよ」

「しかし、きみがここにいるのははじめてだな」

「すわってちょうだい」

「わかった」ヴィクターは彼女と並んでベッドの縁に腰をおろしたが、体を近づけようとはしなかった。

「もっとこっちへこない？」

「なんだか悲しくなるんだよ。きみのことを思いだして。ぼくはほんとにきみを愛していた。これが本当だったらなあ」

マルチーヌはいった。「本当よ。あなたが信じるまで、ここにすわっててもいいのよ」

「あの猫をもう一度やりなおすように努力してみるよ。こんどは猫を抱きあげずにおいて、あの小鳥をとらせない。もし、それができたら、ぼくの人生も前とちがって、幸福なものに変わるかもしれない。なにかもっとリアルなものに。ぼくの最大のまちがいは、きみと別れたことだった。ほら、ぼくの手はきみの体をつきぬけてしまう」彼はマルチーヌの腕に手をおいた。その筋肉は力強かった。マルチーヌはその手の重み、彼の肉体の存在をひしひしと感じた。「ほらね？」と彼はいった。「手がきみの体をつきぬけた」

「それもこれも、あなたが子供のころに小鳥を一羽殺したからなのね」

「ちがう」と彼はいった。「それもこれも、あの船内で低温維持機構のひとつが故障したからなんだ。それでぼくの体温がちゃんと下がらなくなった。ぼくの脳細胞にまだすこしぬくもりが残っていたために、脳活動が停止しなかった」彼は立ちあがり、それから伸びをして、彼女にほほえみかけた。「いっしょに夕食でもどう？」

「わるいけど、おなかがすいてないの」

「ぼくはすいてる。この土地の魚介料理でも食べてみたいな。パンフレットにも絶品と書いてある。とにかく、おいでよ。料理を前にして匂《にお》いをかいだら、きっと気が変わるさ」

コートとバッグをかかえて、マルチーヌは彼といっしょに部屋を出た。

「ここは美しい惑星だ」と彼はいった。「ぼくは何十回かほうぼうを探検したよ。もう、ここのすみずみまで知ってる。だけど、まず下の薬局へいって、バクチンを買っていこう。指につけるんだ。だいぶ腫《は》れてきたし、すごく痛い」彼は自分の指を見せた。「こんどの痛さときたら、これまでの比じゃない」

「ねえ、わたしにもどってきてほしい?」

「本気かい?」

「ええ。あなたがそう望むなら、いつまでもいっしょにいるわ。同感よ。わたしたちは別れるべきじゃなかった」

ヴィクター・ケミングズがいった。

「なんですって?」

「あのポスターは破けてしまった」

「やっぱり額に入れときゃよかったんだ。ほんとにどうかしてたよな、あれをだいじにしないなんて。あのポスターはぼろぼろだ。それにあの絵描きも死んでしまったよ」

さよなら、ヴィンセント
Goodbye, Vincent

大森 望◎訳

　このあいだ、大学のほうに向かって歩いていたら、年式が新しめのマスタングで通りかかった男が車を停めて乗せてくれた。しばらくは二人ともほとんどしゃべらなかったんだけど——世の中、そういうもんだよね——そのうち、運転席の脇のトランスミッショントンネルに小さなかわいいプラスチック人形が置いてあるのに気がついて、それをきっかけにとりとめのない会話をはじめた。なにか目的があるわけじゃなくて、気まずい沈黙を埋めるための会話をね。ぼくは男に人形のことをたずねた。女の子の人形だった。ショートの黒髪、気さくで親しみの持てる、かわいい感じの顔。超ミニのスカートから伸びる脚はすらりと長くて、セクシーな人形だった。女の子が着せ替えをして遊ぶために人形といっしょに何着も服を買うようなタイプ。テレビの前に座り込んで一日中ずっと遊んでいても飽きない、おしゃれなファッション人形。

「リンダ人形だよ」と男は言った。「レヴィ製の。本社のビルを見たことがあるんじゃないかな、LAの近くのフリーウェイ沿いに建ってる。いまはマテルに次いで業界二位だけど、いずれ追い抜くよ。この人形は、バービーよりずっと、顔に個性があるから」

「こんな顔をした本物の美女がいたら、ぜひ会いたいね」とぼく。「つまり、現実世界で。こういう小さな人形じゃなくて。ね？」

「その願いがかなう時代は去った」男はマスタングを運転しながら悲しげにいった。「もしかしたら、昔は会えたかもしれない。もしあの話がほんとうなら。リンダ人形の誕生にまつわる話だ。すごく運がよければ、どこかで見かけていた可能性だってある。でも、いまは無理だ。きっといい時代だったんだろうなあ、おれが聞いてる話からすると。ほんとうにリンダがいたんだから。とにかく、そう伝えられている。もっとも、レヴィが小出しにする情報がすべて真実だとはかぎらない。ヒントを集めて推理しなきゃいけない。子供が送ってくる質問の手紙に対する回答とか、レヴィがときどき宣伝用にリリースする材料の中からね。とにかく、リンダという女性がいたのはまちがいない。おれたちとおんなじ、本物の、生身の人間だ。で、レヴィのだれかが彼女のスナップ写真を手に入れた。あるいは、レヴィの工場の人間がリンダの知り合いだったか。もともとレヴィは、中古車の修理工場かなんかだったんだよ。はっきりとは覚えてないけど。とにかく、問題のリンダは、色っぽい娘だった。人形みたいに。ただし、人形以上だった。人形の場合、実物の人間が持つ微妙なニュアンスをそっくりそのまま再現することはできないから」

「たしかにそうだね」

「当時、リンダはよくそのへんをぶらぶら歩いていた。ぼんやりした、さびしそうな表情だけど、でも、すごくファニーな笑みを口もとに浮かべていた。小さな黒い目をきらきら輝かせていた。熱意や生気にあふれていて、元気がよくて敏捷で、おかしなことばかりいいながら街をびゅんびゅん歩き、愛車のカマロでフリーウェイをかっ飛ばしていた」

「そのカマロはなんて名前？」

「ジョージ」

「父親はいたのかな」

「もちろん。ジョージの父親は――いや、どうせ信じてもらえないから、その話は省略しよう。どのみち、たぶんただの神話だろうし。とにかく、リンダは人生と生きることとを信じていた。でも彼女はすごく独創的だった……リンダが次になにをいうか、なにをするか、だれにもわからなかった。予測不可能だった。電話に出ると――レヴィの情報によると、リンダは電話交換手をしていたことがあるらしい――妙ちきりんな、ぶっ飛んだことをいった。かけてきた相手は途中でパニックを起こして電話を切る。それとも、笑い出す。ユーモアのセンスがあるかどうかしだいで反応が分かれる。もしくは、元気があるかどうかしだいで」

「うん、頭がどっちを向いているかによりけりだよね。スーパー元気な相手にどう反応するかっていうのは」

「ああ、まさしくそれが彼女だ。スーパー元気。いつも走りまわって、なにかをしていた。ちっちゃな電子みたいに。でも、リンダはだんだん疲れはじめた。自分を磨り減らしていった。人形なら、壊れたら取り替えることができる。毎日毎日、製造ラインから新しい人形がどんどん出てくる。でも、人間の場合は、たったひとりしかない。そういうものだ。たぶん、だからレヴィの連中は、あんなに熱心に彼女を複製しようとしたんだと思う。やがて彼女が――」

「信号が赤だよ」

「ありがとう」男はブレーキを踏んで、青いフォルクスワーゲンのバンのうしろにマスタングを停止させた。「それでリンダは疲れ果ててしまい、夜に痛みを感じるようになった。彼女は部屋の中をこんなふうな人形でいっぱいにしていたから、人形たちに助けを求めた」

「人形はなにをしたんだい？」

「できることをした。助けようとした。たしかなことは、リンダ以外のだれにもわからない。夜、人形たちといっしょに部屋にいたのは、リンダひとりだけだった」

「ほかにはだれも手をさしのべなかったのかい？　だれも知り合いがいなかった？　リンダのことを愛し、気遣い、力になり、そのときどきに心配して、助けになってくれる人は？」

「その点については、伝説も神話も、はっきりしたことを伝えていない。レヴィのパンフレットには、ときどき、彼女を愛していた人がまわりにおおぜいいたことをほのめかすような記述があるけどね。でも、彼女にはすごくたくさん、心配の種があった。ノーブラで出かけるとか」

「はあ？」

「あるパンフレットによれば、リンダは救急車かなにかの運転手をしていたらしい。で、ある日、ノーブラで救急車を走らせていたところをLAの警官に逮捕された。正確な罪状は忘れたよ。『緊急車両運転時の服装規定違反』とかなんとか。またあるときは、死体解剖の見学切符を売って捕まった。見るだけなら五セント、さわって十セントとか。ある意味、リンダはちょっと変わってた。でも、みんな彼女が好きだった。せつなげな、おかしな小さな悲鳴をあげたらしい。彼女の体に腕をまわしたりすると、うっとりさせるようなチャーミングな声を洩らしたって。もっとも、それで期待すると莫迦《ばか》を見たって話だけど」

「でも、あんまりしあわせじゃなかったみたいだね」

「もちろん、しあわせになろうと努力はしたんだよ。ずっと努力をつづけていた。なにがあろうとも。酔っ払ったときは――」

「え？　酒飲みだったの？」

「飲めるときはいつも飲んでいた。どんな場合でも。もちろん仕事中はべつだ。とくに、最後の仕事の場合はね。リンダはその仕事にものすごく真剣にとりくんでた。墓石磨きだ」

「ほんとに？」

「リンダは、軽石にぼろ切れとかの道具セットを持たされて、毎日、ハッピーバレー片道旅行グリーンパスチャー霊園で働いた。軽石で墓石をこすってから、布できれいに拭いたり、もみ革で熱心に磨いたり。来る日も来る日も磨きつづけて、墓石はますます古びて見えるようになった。世界中の墓石すべてを古びさせるのがリンダの大望だった。ＬＡ周辺から出発して、北へ向かって」

「ほんとにそんなことを？」

「ほんとにそうしたんだよ。すべての霊園や墓地を洩れなく訪ねて墓石を磨きながら北上し、もし見つかれば、シェブロンのガソリンスタンドの裏にある墓石やピザハットの裏の墓石も磨いた。リンダはいい仕事をした。リンダはいつも、やることすべてについて、いい仕事をした。もっとも、ときには、突拍子もない思いつきに支配されるまま、墓石を磨き終えたあと、自作の勝手なラベルを墓に貼りつけたりもしたけどね。『農務省推薦《USDAチョイス》』とか書いたやつ。でも、そのせいで農務省とトラブルになったから、それ以降は、タイミングを見計らって、『壊れものにつき、取り扱い注意』と書いたステッカーをすばやく台紙から剥がして墓に貼るようにした。やがてはそれがトレードマークになった。リンダが来たっていう証拠だ。そうやって足跡をたどっていくと、リンダはカリフォルニア州を縦断して、やがてオレゴン州に入り、さらに北へ向かった。そのへんのどこかで、どうやらステッカーが尽きたらしい。ともあれ、足跡はそこで途絶えた」

「だから、いまはもう、墓石は古びなくなっている、と」

マスタングのドライバーは交差点を右折すると、縁石のパーキングエリアに寄せて車を停めた。しばらく運転席にすわったままだったが、やがて小さなリンダ人形を手にとり、自分のとなりに寝かせた。

「思うに、彼女はいまもそのへんにいるんじゃないかな。おれたちはそう願っている。レヴィのリンダ人形を持っている人間はひとり残らず。おれたちは何百万人もいるんだよ……まあ、そのほとんどは子供だろうけどさ。それはそれでいい。彼女、たしかにキュートだろ？」男は人形をとってかざし、ぼくらはふたりでそれを見つめた。

「やあ、リンダ」と、ぼくはいった。

「ハロー、ヴィンセント」と、リンダ人形はいった。

「ヴィンセントだって」ぼくは文句をいった。「ぼくの名前はフィルだ。ヴィンセントじゃない」

「リンダ人形は、だれでもみんな、その名前で呼ぶんだ」男はそういいながら、ぼくのひざごしに身を乗り出し、助手席側のドアを開けてくれた。「着いたよ、大学だ。じゃあ、ここで。人形がどうしてみんなに『ヴィンセント』と呼びかけるようにプログラムされてるのかはだれも知らない。どうしても解けない謎のひとつかもな。もしかしたら、リンダの人生に、ヴィンセントという人物がいたのかもしれない。それとも、あの歌——」

「彼女、悲しそうに見えるね」ぼくはそういいながら車を降りた。

「バービーが市場から消えたら、リンダの気分もよくなるさ」マスタングのドライバーはいった。「彼女、それを楽しみにしてるんだ。フィルにさよならをいいな、リンダ」

「さよなら、ヴィンセント」と、リンダ人形はいった。

人間とアンドロイドと機械
Man, Android, and Machine

浅倉久志◎訳

　この宇宙の中にはすさまじく冷たいものたちが存在しており、それらにわたしは〝機械〟という名を与えました。彼らの行動がわたしはしんから怖い。特に、彼らが人間の行動を巧みにまねるときには、人間になりすますつもりではないかと、不安にかられます。だが、彼らは人間ではありません。自分勝手な命名ですが、わたしは彼らを〝アンドロイド〟と呼んでいます。わたしのいう〝アンドロイド〟は（あのよくできたテレビ映画『人造人間クェスター』に描かれたような）実験室で人間を創り出そうとする真剣な試みを意味してはいません。それが意味するのは、われわれを残酷に欺き、仲間の一人と思いこませようと、なんらかの方法で発生したもののことです。実験室で作られる——この一面は、わたしにはあまり意味がありません。全宇宙は一個の巨大な実験室であり、そこから狡猾《こうかつ》残忍《ざんにん》な実在物が現われて、ほほえみながら握手を求める。だが、その握手は死の罠であり、その微笑は墓のように冷たいのです。

これらの被造物はわれわれの中にまぎれこんでいるが、形態的には差異がありません。われわれは本質の違いをうんぬんするのでなく、行動の違いに目を向けなくてはならない。わたしは自作のSFの中で、たえず彼らのことを書いています。ときには彼ら自身、自分たちがアンドロイドであることを知らない場合もあります。たとえば『アンドロイドは電気羊の夢を見るか?』のレイチェル・ローゼンは、かわいい顔をしてはいるが、しかし、なにかが欠けています。また、『あなたをつくります』のプリスは、まちがいなく人間の胎内から生まれ、そしてアンドロイド（この小説の中ではエブラハム・リンカーンの複製）の設計さえするけれども、心の暖かみというものがありません。つまり、〝分裂病質〟という臨床的カテゴリーに属しているわけで、これは適切な感情を欠いていることを意味します。〝もの〟という言葉に強調をおくと、つぎの二つがおなじものを意味するのは、まちがいありません。適切な感情と感情移入のない人間は、設計上の故意か見落としでそれを欠いているアンドロイドとおなじです。根本的には、それは同胞が不運な目に遭っていることにまったく関心を示さないものを意味します。彼は傍観者のように超然たる態度をとります。彼はその無関心さによって、ジョン・ダンの「人間はだれも離れ小島ではない」という公理を身をもって示してはいるが、ただし、その公理に一つのひねりを加えている。つまり、精神的、道徳的な離れ小島は、人間ではない、ということです。

最近この世界に起きている最大の変化は、おそらく、生あるものが物体化へと向かい、逆に機械的なものが活性化へと向かう趨勢《すうせい》ではないでしょうか。生あるものと生なきもののあいだに、いまのわれわれはなんの区分法も持っていません。これはわれわれのパラダイムになるでしょう。わたしの作品『ドクター・ブラッドマネー』の登場人物ホピーは、迷路のようにいりくんだ補助器官をもつ一種の人間フットボールです。この実在物のうち、有機的なのは一部分だが、しかし、全体が生きています。その一部分は、子宮から、すべての生命の中から生まれたものであり、そしておなじ宇宙の中に存在しているのです。さて、わたしがこれから述べるのは、現実の世界のことであって、小説の世界のことではありません――いつの日か、われわれは、二つの世界に片足ずつを踏まえた雑種の存在を、何百万も持つことになるでしょう。彼らを〝人間〟対〝機械〟として定義するのは、言葉の謎々をもてあそぶことになるだけです。真に重要な問題はこういうことであるはずです――そうした複合的存在（わたしの作り出した登場人物の中では、パーマー・エルドリッチがその好例ですが）は、いったい人間的にふるまうだろうか？　わたしの大半の小説には、親切な行為をする純粋に機械的なシステムが登場します――たとえば『去年を待ちながら』に出てくるタクシーや、あの哀れな欠点だらけの人間が作ったローリング・カートがそれです。〝人〟あるいは〝人間〟という用語は、われわれが正しく理解して使わなければならないものですが、それらはその起源や、なんらかの本体論に基づいてではなく、この世界での存在のありかたに基づいて適用すべきなのです。もし、ある機械的な構造物が、いつもの作業を中断してあなたに援助の手を貸したなら、あなたは感謝の念をもって、それに人間性があると断定しなくてはならない。この人間性は、どんなにそのトランジスターやリレー・システムを分析しても、証明できるものではありません。もし、ある科学者が、その機械の人間性のありかをつきとめようと、その配線回路を調べたとしたら、それは、人間の魂のありかをつきとめようとして、特別の位置にある特別の器官を見つけることができず、われわれに魂があることを否定する羽目に立たされた、多くの熱心な科学者とおなじことになるでしょう。魂と人間との関係は、人間と機械との関係とおなじです。それは、機能的な階層制という点から見れば、別の次元にある。われわれの中のだれかが神に似た行ないをする(自分のマントを見も知らぬ他人に与える)のとおなじように、ある機械が人間に似た行ないをするのは、それがある判断の理由によって、プログラムされたサイクルを中断し、あとまわしにするときなのです。

だが、しかし、われわれはつぎのことを認識しなければなりません。宇宙は全体としてわれわれに親切ではあるが(宇宙はわれわれを好み、受け入れているのにちがいない。でなければ、われわれはここに存在しないでしょう。エブラハム・マズローがいうように、「でなければ、自然はとっくの昔にわれわれを処刑していただろう」)、しかし、宇宙にはにやにや笑いをうかべた悪の仮面もまた存在しており、それらは混乱のもやの中からわれわれの前にぬっと姿を現わし、自分の利益のためにわれわれを殺そうとするかもしれないのです。

しかし、どんな仮面にしろ、仮面とその下にある現実とを混同しないよう、気をつけなくてはなりません。ペリクレスが自分の顔の上に着けた戦いの仮面を考えてください。あなたは凍りついた容貌《ようぼう》、同情のない戦いの厳しさをそこに見る――あなたが訴えかけのできるような本物の人間の顔、人間の性格は、どこにもありません。もちろん、それが目的なのです。かりに、それが仮面であることにさえ、あなたが気づかないとしましょう。かりに、ペリクレスがもやの中から、しかも早朝の薄暗いうちに、あなたに近づいてきて、あなたがそれを彼の真実の容貌だと思いこんだとする。さて、これはわたしが自作の小説の中で描いたパーマー・エルドリッチの姿と、ほとんどそっくりです――彼はあまりにも古代ギリシアの戦いの仮面とよく似ているので、偶然の類似とはとてもいえません。それでは、うつろな眼のスロット、機械的な金属の腕と手、ステンレス・スチールの歯――これらの恐ろしい悪の傷痕、わたし自身が一九六三年のある日、真昼の中天にはじめて目撃したそれは、ある戦いの仮面と金属の甲冑《かっちゅう》、ある戦《いくさ》の神の表現であり、ヴィジョンではないのか？　それは、わたしに腹を立てていた憤怒の神でした。しかし、その怒りの裏には、金属と兜《かぶと》の裏には、ペリクレスとおなじように、人間の顔があるのです。親切で愛情深い人間の顔が。

長年のあいだ、わたしの創作のテーマは、「悪魔は金属の顔をしている」というものでした。たぶん、いまそれを訂正すべきかもしれません。わたしがあのとき垣間見たもの、それからそれについて書いたものは、実は顔ではなかった。顔の上に着けた仮面でした。そして、本当の顔は、仮面とは逆のものなのです。もちろん、そうあって当然でしょう。あなたはすさまじく冷たい金属を、すさまじく冷たい金属の上にかぶせたりはしない。柔らかい肉の上にかぶせるはずです。ちょうど無害な蛾が、羽を巧みに目玉模様で飾って、他の生き物を怖がらせるように。これは防御策であり、もしそれが効果を発揮すれば、捕食者はぶつぶつこう言いながら塒《ねぐら》に帰ります──「きょうは、すごく恐ろしい生き物が空にいるのを見た──怖い顔をして、羽をばたばたさせ、針だらけ、毒だらけだった」彼の仲間は強い感銘を受けます。魔法が効いたのです。

それまでわたしは悪人だけが恐ろしい仮面を着けているのだと思っていました。しかし、みなさんもこれでおわかりのように、わたしは仮面の魔法に、そのすさまじくも恐ろしい魔法、その幻覚に、とらえられていたのです。その欺瞞《ぎまん》にはまって逃げ出したのです。いま、わたしは、その欺瞞を本物だと説いたことについて、みなさんにお詫《わ》びしたいと思います。わたしはみなさんをキャンプファイヤーのまわりに集め、驚きに目をまるくするみなさんの前で、わたしの出会ったおぞましい怪物どもの話をしました。わたしの発見の航海は、戦慄のヴィジョンで終わり、それをわたしはうやうやしく家へ持ち帰ろうと、安全な港へ逃げました。それはなにからの安全だったのか？　相手は隠蔽《いんぺい》の必要がなくなったとき、ほほえみを浮かべて、みずからの無害さを証明したのです。

　といっても、わたしが〝人間〟と名づけたものと〝アンドロイド〟と名づけたものとの区分を、捨て去るつもりはありません。後者は、卑しい目的からなされた、前者の冷酷で安っぽい模倣なのです。しかし、わたしはうわべの外見にとらわれていました。この二つのカテゴリーを区別するには、もっと熟練が必要です。もし、優しい無害な生物が、恐ろしい戦いの仮面の後ろに隠れているならば、当然、優しく愛情深い仮面の後ろに、人間の魂の邪悪な破壊者が隠れている可能性もありうるはずだからです。どちらの場合も、うわべの外見をあてにするわけにはいきません。それぞれの核心、この問題の核心を見抜かなくてはならないのです。

　おそらく、この宇宙のすべては、よい目的のために奉仕しているのでしょう――つまり、宇宙の最終目的に奉仕しているという意味です。しかし、その中の固有の部分、ないしはサブ・システムは、生命を奪うものでありうる。われわれは彼らを、全体的構造における役割には関係なく、そういう目で取り扱わなくてはなりません。

『セフェール・イェツイラー』と呼ばれるカバラの教典、二千年近い昔に書かれた『形成の書』は、こう説いています――「神はまた一つのものの対極にもう一つのものを置かれた。善に対する悪、悪に対する善である。善は善から進み、悪は悪から進む。善は悪を純化し、悪は善を純化する。善は善人のために、悪は悪人のために保存される」

　この二人の競技者の背後には神があり、そして神はどちらでもありません。このゲームの効果は、どちらの競技者も純化されていくことです。これが、われわれの観点よりはるかにすぐれた古代ヘブライの一神論です。われわれはゲームの中の生き物であり、われわれの好き嫌いは最初から決定されている――それを決定したのは、盲目的な偶然ではなくて、しんぼう強く先見の明のある永続的印象づけのシステムですが、それをわれわれはおぼろげにしか見ることができません。もし、はっきりと見ることができれば、われわれはゲームを放棄してしまうでしょう。そうしては、明らかにだれのためにもならない。われわれはそれらの向性を信頼せねばならないし、とにかく、ほかに選択の道はない――それらの向性が解けるまでは。そして、ある状況のもとでは、それらの向性が事実解けることがある。そのとき、これまで故意にわれわれから隠されていたものの多くが明らかになるのです。

　われわれが認識しなくてはならないのは、この欺瞞、物事をヴェールの下に隠すような――それは幻影《マーヤ》のヴェールと呼ばれていますが――目くらましは、それ自体が目的ではない、別に宇宙がつむじ曲がりで、われわれの裏をかくのを面白がっているわけではない、ということです。このヴェール（古代ギリシア人がドコスと呼んだもの）がわれわれを現実から隔てているのをいったん認識すれば、つぎはこのヴェールが好ましい目的のために役立っていることを受け入れなくてはなりません。ソクラテス以前の哲学者パルメニデスは、世界がわれわれの見るとおりのものではなく、ドコスすなわちヴェールが存在することを、西欧ではじめて体系的に究明しようとした人として、歴史的評価を受けています。それと非常によく似た考えは、聖パウロによっても表現されています。パウロは、われわれが「鏡に映して見るようにおぼろげに見ている」と語りました。彼が言及しているのは、われわれが見るものは現実のイメージにすぎず、そしておそらくそれらのイメージは不正確不完全で、たよりにならないものであるという、あのよく知られたプラトンの説です。しかし、わたしはこうつけ加えたいと思います。パウロは、プラトンのあの有名な洞穴のたとえよりも、さらに一つ多くのことを述べている。つまり、パウロは、われわれがこの宇宙をさかさまに見ているのではないか、と述べているのです。

この考えの異様な推力は、かりにわれわれが知的にそれを把握できたとしても、あっさりとはのみこめないものでしょう。「宇宙をさかさまに見る？」それはどういう意味なのか？　では、一つの可能性を教えましょう。それは、われわれが時間をさかさまに経験するということです。それとも、もっと正確にいえば、われわれの内部にある主観的な時間経験のカテゴリー（カントが語ったような意味のもの、われわれがそれによって経験を整頓するやり方）、われわれの時間経験は、時間の流れそのものに対して直交的である——直角に交差している——のです。そこには二つの時間があります。われわれの経験あるいは知覚あるいは本体論的マトリックスの構築物である時間、つまり、別の領域への不可分な広がりとしての空間と並立する一つの広がり——これは現実のものですが、宇宙の外的な時間流はちがった方向に動いています。どちらも現実である。しかし、いまわれわれが経験しているように、つまり、実の方向とは直交的に時間を経験していると、物事の継起、因果関係、なにが過去でなにが未来か、宇宙はなにを目ざしているか、などについて、まったく誤った考えを持つことになるのです。

わたしはみなさんにこの重要性を認識してほしいと思います。時間は、カント的な意味での経験としても現実であり、また、ソ連のニコライ・コズィレフ博士が表現したように、時間は一つのエネルギーであるという意味でも、現実です。それは全宇宙を結びつけているエネルギーであり、すべての生命がそれに依存し、すべての現象がそこを源として発生するエネルギーです。それは、めいめいの生命力《エンテレヒー》であり、また宇宙そのものの全体的な生命力《エンテレヒー》でもあります。

しかし、時間は、それ自身、われわれの過去から未来へ動いているのではありません。時間の直交軸はそれを導いて一つの回転サイクルを作り上げており、たとえばわれわれは、そのサイクルの中で、線形時間《リニアル・タイム》の年数にしてすでに約二千年もつづいてきたわが種族の巨大な冬の中で、いわば〝紡《つむ》ぎ車を回して〟きたわけです。明らかに、直交的時間あるいは真の時間は、原初の周期的時間とでもいえるものを循環させており、その中では、どの年もおなじ年、どの収穫もおなじ収穫と見なされる。事実、どの春もおなじ春の再来なのです。時間をこうした実に単純な形で知覚する能力が人間から奪われたのは、人間そのものが多くの年を重ねすぎ、そして自分自身が擦り切れてきたことを、穀物や球根や木々のように毎年新しくよみがえることができないのを、知るようになったからです。単純な周期的時間などより、もっと適切な時間の概念があるはずだ。そこで人間は不承不承に線的時間なるものを考え出しましたが、それはベルクソンが示したように、蓄積的な時間です。それは一方向にのみ進行し、そして、ひた走りながらあらゆるものをつけ加えられて――あるいはつけ加えて――いくのです。

　真の直交的時間は循環していますが、しかしより大きいスケールでいえば、それは古代人のいうプラトン年（春分点が歳差によって黄道を一周するのに要する時間。約二万六千年に当たる）に似ており、また、ダンテの『神曲』の中で表現されている永遠の時間率に似ています。中世には、エリウゲナのような思想家が、真の永遠あるいは超時性を感得しはじめ、一方では他の思想家が、永遠は時間とかかわりあっている（超時性は静的な状態であるだろうからだ）が、その時間はわれわれの知覚するものとはまったくちがうはずだ、と感得しはじめました。この手がかりは、聖パウロがくり返し述べた、世界最後の日は万物のよみがえる時となるだろう、という教えの中にあります。明らかにパウロはこの直交的時間を充分に経験したため、それがこれまでにあったあらゆることを同時的な平面あるいは広がりとして含んでいることを、理解できたのでしょう。それはちょうどLPの溝が、すでに演奏された音楽の一部を保存しているようなものです。針が通りすぎても、その音楽はなくなりません。実際には、レコード盤は一つの長い渦巻であり、平面幾何学の方法で完全に表現できます。しかし、空間的には、針が前進しながら音楽を蓄積しているともいえるでしょう。ここで、たとえば前または後ろへの針飛びのような機能異常を考えることもできますが、それらは目的論的にはなんの役も果たしません。それらは、わたしの小説『火星のタイム・スリップ』に出てくるタイム・スリップに相当するものでしょう。しかしながら、もしかりにそれが起きるならば、タイム・スリップは、観察者または傍聴者であるわれわれに、一つの役割を果たしてくれるでしょう。つまり、われわれは突如として、宇宙についてすこぶる多くのことを知るようになるのです。こうした時間の本体論的機能異常は、事実起こっているはずですが、われわれの脳が自動的に偽の記憶システムを作り出して、それらをただちにぼやけさせてしまいます。その理由はと問われれば、ふたたびさっきの前提にもどることになります。つまり、ヴェールまたはドコスがわれわれを欺《あざむ》くために存在するのにはりっぱな理由があり、その好ましい目的が保たれるためにも、こうした時間の機能異常がもたらす暴露は、もみ消される必要があるのです。

厖大《ぼうだい》な量の隠蔽《いんぺい》を生み出さざるをえないシステムの中にいて、なにが実在であるかを説明するのは、うぬぼれのきわみかもしれません。わたしの前提からすれば、もしかりにわれわれがなんらかの理由でそのむこうを見通しても、このふしぎなヴェールに似た夢は、われわれの知覚と記憶の中で、それ自身を遡及的《そきゆうてき》に復元するでしょう。相互に夢を見る状態は、前とおなじようにつづく。なぜならば、われわれは、わたしの小説『ユービック』の登場人物と似ているからです。われわれは一つの半生命状態にあります。われわれは死んでも生きてもおらず、解凍される日を待ちながら、冷凍睡眠に入っています。たぶん意外なほどなじみ深い季節の進行にたとえれば、これはわたしがさきほどいった冬です。それは人類にとっての冬であり、『ユービック』の半生者たちにとっての冬でもあります。氷と雪が彼らを覆っています。氷と雪が層をなしてわれわれの世界を覆い、それをわれわれはドコス、あるいは幻影《マーヤ》と呼んでいます。世界を覆うこの凍てついた氷雪の殻、あるいは表層を、毎年溶かすものは、もちろん太陽の再来です。『ユービック』の登場人物たちを覆った氷雪を溶かすもの、彼らの生命の冷却を止め、彼らの感じるエントロピーを止めるものは、彼らの雇い主であったランシター氏が呼びかける声です。ランシター氏の声は、あらゆる球根や種子や根が、地中で、われわれの地中で、われわれの冬に聞く声にほかなりません。その声は「目覚めよ！　眠れるものたちよ、目覚めよ！」と聞こえるのです。

さて、これでわたしはランシターが何者であるかを、そして、われわれの置かれた状況と、『ユービック』の主題がいったいなんであるかを、みなさんに話しました。そしてまた、『ユ時間がまさにソ連のコズィレフ博士の仮定したようなものであることも話しました。

ービック』の中では、時間が無力化され、もはやわれわれが経験するような線的な前進をしなくなります。登場人物たちの死によってこれが起こったとき、読者のわれわれとペルソナの彼らは、幻影《マーヤ》のヴェール、すなわち線的時間の曖昧なもやを取り去られたかたちで、この世界を見ることになります。時間、すなわち、コズィレフ博士が、すべての現象を結びつけすべての生命を維持するもの、と仮定したエネルギーは、その活動によって、その流れの下にある本体論的現実を隠しているのです。

この直交的時間軸を、わたしは自分でもそれと理解せずに、『ユービック』の中で表現したのかもしれません。すなわち、それはいろいろな物が線的時間の中で作られたのとはまったく別の方向をたどり、形態退行をすることです。この退行は、プラトン的イデア、あるいは原型への復帰です。ロケット宇宙船はボーイング七四七に、さらには第一次世界大戦当時の〝ジェニー〟複葉機にもどっていく。これはまさしく直交的時間のドラマティックな眺めを表現しているかもしれないけれども、これを指して、直交的時間が不自然な退行、すなわち逆もどりをしているといえるかどうかは、それほど確かではありません。『ユービック』の登場人物たちが見るものは、正常な軸にそっている直交的時間かもしれないのです。もし、われわれ自身がなんらかの方法で宇宙の逆行を見るとすれば、『ユービック』の中で物体のたどる〝退行〟は、完全性を目ざす動きかもしれません。ここから暗示されるのは、（空間的広がりというよりも）時間的広がりとしてのこの世界が、タマネギのように、ほとんど無限に近いほど数多くの層から成り立っていることです。もし、線的時間がこれらの層をふやしていくように見えるとすれば、直交的時間は、たぶんこれらの層を順々に剝ぎとり、より偉大な存在の層を現わしていくのかもしれません。ここで思い出されるのは、プロティノスの宇宙観で、それによれば、宇宙はエマネーションの同心環から成っており、内側の環ほど外側の環よりもいっそう多くの存在――あるいは実体――を備えているのです。

この本体論、この存在の領域の中にあって、登場人物たちは、われわれ自身のように、夢の中で眠りながら、目覚めよと呼びかける声を待っています。彼らとそしてわれわれが春の訪れを待っているというのは、たんなる隠喩ではありません。春は熱の復活を、エントロピー過程の廃棄を意味します。彼らの生命は熱量単位で表現できるが、これらの単位はなくなったのです。春は生命を蘇らせます――生命をすっかり蘇らせるだけでなく、場合によっては、人類がそうであるように、新しい生命は完全な変容《メタモルフォーシス》なのです。眠りの時期は、同胞たちと結ばれる懐胎の時期でもあり、それはやがて、いまだかつてわれわれの知らない、まったく異なった生命形態の誕生で、最高潮に達するのです。これは多くの生物種にいえることで、どれもがこうした循環をくぐっています。このように、われわれの冬の眠りは、一見そう思えるような、たんなる〝紡《つむ》ぎ車の回転〟ではありません。われわれは、毎年、その前年に咲かせたのとおなじ花を、ただ何度も何度も咲かせているのではないのです。古代人が、植物の世界とおなじように、われわれにとってもおなじ年がめぐってくると信じていた、その誤りはここにあります。われわれにとっては蓄積があり、まだ完成していないそれぞれの生命力《エンテレヒー》の成長があって、決してたんなるくり返しはありません。ベートーヴェンの交響曲のように、われわれの一人ひとりがユニークであり、そして長い冬が終わったときには、新しい花を咲かせたわれわれが自分たちと周囲の世界を驚かせることでしょう。われわれが、われわれの多くがなにをするのか――それはこれまで自分の着けていたたんなる仮面、現実と受けとられることを意図した仮面を、かなぐり捨てることです。それらの仮面は、これまでその目的どおりに、みんなをうまく欺いてきました。これまでは、一人ひとりが冬の冷たい霧ともやと黄昏《たそがれ》の中を動きまわるパーマー・エルドリッチだったけれども、われわれはもうすぐその中から現われて、戦いの仮面をぬぎ、その下にある顔を明らかにするでしょう。

それは、仮面を着けた当の本人でさえ、これまで見たことのない顔です。めいめいがそれを見て、きっと驚くにちがいありません。

絶対の現実が姿を現わすためには、われわれの時空間経験のカテゴリー、われわれがそれを通じて宇宙と出会う基本的マトリックスが打ち砕かれ、それから徹底的に崩壊しなければなりません。わたしは『火星のタイム・スリップ』で、時間との関係からこの崩壊を扱いました。『死の迷路』には、空間的に並べられた数かぎりない平行した現実があります。『流れよわが涙、と警官は言った』では、ある登場人物の世界が一般の世界を侵食し、そして、われわれが意味する〝世界〟が、多かれ少なかれこころ――この世界を考え出している、あるいはむしろ夢見ている内在のこころ――にほかならないことを示しています。その夢見るものは、ジョイスの『フィネガンズ・ウェイク』の夢見る男とおなじように、身じろぎしながら、いまや意識をとりもどそうとしている。われわれはその夢の中にいます。その何重にもなった夢は、もうすぐそれ自身の中に包みこまれ、夢として消え去り、夢見るものの現実である真の風景に置きかえられるでしょう。彼がそれを見て、いままでが、夢であったことに気づくとき、われわれもそこに加わるでしょう。バラモン教でなら、一つの輪廻が終わり、ブラフマンが身じろぎしてふたたび目覚める、あるいは目覚めから眠りに入るというところです。いずれにせよ、われわれが経験する宇宙、ブラフマンのこころの時空間への広がりは、一つのサイクルの終わりに起こる典型的な機能異常を経験しつつあるのです。あなたは、「現実が崩壊しつつある。すべてが混沌に変わりつつある」というほうを採るかもしれない。それとも、わたしに加わって、「夢が、ドコスが、消えていくのが感じられる。幻影《マーヤ》が溶けていくのが感じられる。わたしは目覚めつつあり、彼は目覚めつつある。わたしは〈夢見るもの〉だ。われわれみんなが〈夢見るもの〉だ」というほうを選ぶかもしれない。ここで連想されるのは、アーサー・クラークのいう〈主上心《オーヴァーマインド》〉です。

本体論的なカテゴリーが崩壊するとき、われわれの一人ひとりは、そこで明らかにされた現実を肯定するか否定するかの、どちらかを迫られます。もしあなたが、混沌が迫っていると感じ、そして、夢が消えたとき、あとにはなにも残らないか、もっと悪いことに、なにか恐ろしいものが前に立ちはだかると感じるなら――そう、これこそ〈怒りの日〉という観念がなぜ長く存続しているかの理由です。多くの人びとは、ドコスがとつぜん溶け去ったとき、つらい時代がやってくるだろうという、根強い直感を持っています。ひょっとすると、そうかもしれない。しかし、わたしは、そこに現われる素顔が、ほほえみをうかべたものであろうと思います。なぜなら、ふつう春というものは、暑熱で万物を枯らすというよりも、暖かく光を注ぎかけるものであるからです。この宇宙には、ヴェールが取り去られたことによって姿を現わす悪の勢力もあるでしょうが、一九七四年に合衆国の専制権力が崩壊したことを考えると、そのみにくいガンが白日の下に照らされ、そして除去されたことは、日光にさらされることが大きな価値を持っている証拠だと、わたしには思えるのです。〈夜と霧〉の時代に、サン・クレメンテ島、フロリダ、その他数多くの別荘の偽りの聖域の中で飽食三昧にふけっていたあの卑しい生き物たちによって、われわれの自由、権利、財産、そして生命までもが、傷つけられ、歪められ、盗まれ、破壊されていたことを知って、かりにわれわれがショックにおそわれたとしても、その暴露のショックは、われわれの計画よりも、彼らの計画にずっと大きな痛手を与えたのです。われわれの計画がわれわれに要求するのは、正義と真実と自由をもって生きよということだけです。アメリカの前政府は、最も傲慢な種類の残酷な権力をもって生きる手配をすると同時に、すべてのコミュニケーションの経路を通じて、たえずわれわれを欺きつづけていたのでした。これが日光の治癒力の好例です。この治癒力は、善良な人びとの脈うつ心臓の奥に芽生えた暴政の卑しい草をまず暴露し、つぎにそれを枯らしてしまいます。

その心臓は、いま、前以上に強く脈打っています。それが病気に罹《かか》っていたことはたしかです。しかし、そこに忍びこんでいたガン――そのガンはもうありません。光をさまたげ、真実をさまたげ、真実を語る人びとを滅ぼした黒い病巣――それは、人類の長い冬のあいだにどんなものがはびこりうるかを示しています。しかし、その冬は、一九七四年という春分点を境に、終わりはじめたのです。

ときおりわたしはこう考えることがあります。〈夢見るもの〉がわれわれを目覚めさせるといっしょに、暴政を圧迫しはじめたのだ、と。アメリカ合衆国では、〈夢見るもの〉が、われわれをみずからの状態、みずからの恐ろしい危険に目覚めさせたのです。

すばらしい小説であるだけでなく、この世界の理解のためになによりも重要なもの、それはアーシュラ・ル・グィンの『天のろくろ』です。この小説では、夢の宇宙があまりにも印象的に、説得力をもって表現されているので、余分な説明を加えるのはためらわれます。説明の必要はまったくないのです。ル・グィンの場合もそうでしょうが、わたしもこれらの小説を書く前に、チャールズ・タートの夢の研究を読んではいなかった。だが、その後、わたしはそれを読み、また、ロバート・E・オーンスタインの著書も何冊か読みました。彼は、わたしの家の北にあるスタンフォード大学で〝脳革命〟を説いている人物です。オーンスタインの著作からすると、われわれは左右対称の半球に分かれた一つの脳ではなく、二つのまったく別々の脳を持っている可能性がある――早くいえば、体は一つだが、心は二つあるらしいのです（オーンスタイン編集の『人間意識の性質』におさめられたジョゼフ・E・ボーゲンの論文「脳のもう片側――付加成長の心」を参照してください）。ボーゲンはこう述べています。人間に二つの脳、二つの心がある可能性については、これまでの研究者もときおり嗅ぎつけかかったことはあるが、それを実証することは、現代のブレーン・マッピングの技術とその関連研究によって、はじめて可能になった。たとえば、一七六三年に、ジェローム・ゴーブはこう書いている――「……あなたにも信じてほしいのだが、最も賢明な古代哲学者であるピタゴラスとプラトンは、キケロによると、人間の心を二つの部分に分け、片方は理性を持ち、もう片方はそれが欠けているとした」と。ボーゲンの論文には、魅力的な発想がいくつも含まれているので、わたしは、なぜこれまでわれわれが、いわゆる〝無意識〟とは無意識でなく、われわれと曖昧な関係にあるもう一つの意識であることに気づかなかったのかと、ふしぎに思ったほどです。このもう一つの心、あるいは意識が、夜われわれの夢を見る――われわれはその物語にひきつけられる観客、呪縛にかかった子供なのです……わたしが『天のろくろ』をわが文明の生んだ偉大な基本図書の一冊と考える理由も、またここにあります。ル・グィンが、オーンスタインの研究や、ボーゲンの驚くべき理論を知らずにこの小説を書いたであろうことからすれば、なおさらです。ここで問題になるのは、さまざまな知覚経路を通じて、一方の脳はもう一方の脳とまったくおなじ入力を受けとるが、その情報をちがったふうに処理する、ということです。どちらの脳もそれぞれの独自なやり方で働く（左の脳はディジタル・コンピューターに似ており、右の脳はパターンを比較するアナログ・コンピューターに似ています）。同一の情報を処理しても、まったくちがう結果に到達するかもしれない――そこで、われわれの性格が左の脳で形成されているため、もし右の脳がなにか重要なことを見つけたが、左の脳はそれに気づかずにいる場合、右の脳は睡眠中に、夢の中でそれを伝達しなければなりません。このため、夜中にしつこくそれを伝達してくる〈夢見るもの〉は、明らかに〝わたしではない〟右の脳に属しているのです。しかし、それ以上のことは（たとえば、右の脳が、ベルクソンの考えたように、左の脳の認識範囲外にある超感覚的入力の変換器または変圧器ではないかという問題は）、まだなんともいえません。しかし、ドコスの魔法を作り出すものは複数の右の脳だと、わたしは思います。種としてのわれわれは、片方の脳半球の中だけに住みがちです。そして、放任されたもう片方は、われわれを守り、世界を守るために、やらなければならないことをしている。この保護性が左右対称であり、世界とわれわれ一人ひとりのあいだの交流であることを、忘れないでください。われわれ一人ひとりが、いつくしみ、大切にしなければならない宝ですが、眠っている世界も、そしてその中に隠れた種子も、またそうなのです。隠されたもう一方の種子。こうして、カーリーの女神が紡ぎ出すヴェール、われわれ一人ひとりの右半球を通じて、われわれはいままで知ってはならないことを知らされていなかったのです。しかし、その時代は終わろうとしています。長い冬は、その恐怖と、暴政と、氷雪とともに、溶け去りつつあるのです。

わたしが読んだ中で、このドコス＝ヴェールの形成に関する最も巧みな記述は、〈サイエンス・フィクション・スタディーズ〉誌の一九七五年三月号に載ったフレデリック・ジェーミスンの論文『ハルマゲドン以後――「ドクター・ブラッドマネー」における配役システム』の中に見うけられます。『ドクター・ブラッドマネー』というのは、わたしのあまり知られていない長篇小説です。引用しますと、「……ディックの読者ならだれでも、この悪夢にも似た不確実性、この現実の変動にはおなじみである。それは、ときには麻薬、※ときには精神分裂症、※ときには新しいSFの超能力で説明される。そこでは、いわゆる心理世界が外に出て、シミュラクラ、すなわち、外在物の精密巧妙な複製の形で、再出現する」（※ジェーミスンが意味しているのは、小説の中の麻薬、小説の中の精神分裂症であって、わたしの中のそれではないと思いたいが、ここではそれは大目に見ておきます）

ジェーミスンの記述からもおわかりのように、いまここで話題にしているのは、幻影《マーヤ》によく似ているが、同時にホログラムにもよく似たなにものかです。カール・ユングがわれわれの無意識について述べたこと、無意識が一個の実在、あるいは彼のいう〝集団的無意識〟を形作ると述べたことを、わたしは明らかに正しいと感じます。その場合、文字通り何億兆もの発・受信〝ステーション〟から成り立ったこの集団的脳存在は、テイヤールのいう精神圏の概念とよく似た、巨大な情報伝達ネットワークを作り出すでしょう。これは電離層や生物圏とおなじように実体を備えたものです。それは地球の大気中にあり、ホログラム的、情報的な放射物から成り立っている一つの層であって、統一され、たえず推移するゲシュタルトを形作っており、その源はわれわれの多種多様な右の脳にあります。これが構成する一つの巨大なこころは、われわれの中に内在しているのですが、われわれから見て創造主に匹敵するほどの力と知恵を備えています。すくなくとも、ベルクソンはそういうものとして神をとらえていました。

優秀なギリシアの哲学者たちが、神々の活動にどれほど深く悩まされていたかは、興味深いものがあります。彼らはその活動とそして（すくなくとも彼らの考えでは）神々自身を見ることができましたが、クセノファネスが述べたように――「たとえある人間がたまたま最も完璧な真実を語っても、本人はそれを知らない。万物は外見の中に包まれている」

ソクラテス以前の学者たちがこの考えに達したのは、彼らが多くのものを見てはいるが、唯一者のみが存在する以上、彼らが見るものが実体ではないことを、先験的に知っていたからでした。

「もし、神が万物であるなら、外見はたしかにあてにならない。そして、森羅万象の観察を通じて神の意図に関する一般論や推測は生み出せても、それに関する真の知識は、神の心とじかに接触しなければ得られない」（これはエドワード・ハッシーの名著『ソクラテス以前の哲学者』からの引用です）。ハッシーはさらにヘラクレイトスの二つの断片を紹介します――「自然は隠れることを好む」（断片一二三）「隠れた構造は明らかな構造のあるじである」（断片五四）

ここで思い出してほしいのは、古代のギリシア人とヘブライ人が、神および神の心を宇宙より上位にあるとは考えず、宇宙の中にあると考えていたことです。この内在するこころ、あるいは内在する〈神〉は、目に見える宇宙をその身体としており、したがって神と宇宙の関係は、心《サイキ》と体《ソーマ》の関係とおなじでした。しかし、彼らはまたこうも推測しました。たぶん神は偉大なサイキではなく、ヌース、つまり、異なった種類の精神かもしれない。その場合、宇宙は神の身体ではなく、神そのものということになります。時空間宇宙は神を宿してはいるけれども、神の一部ではない。神であるもの、それは巨大なグリッド場、あるいはエネルギー場にほかならないのです。

われわれの心が、とにかくなんらかの種類のエネルギー場であり、われわれがばらばらの微粒子ではなく、基本的にたがいに作用しあう場であると、あなたが考えるなら（そして、そう考えることは正しいのですが）、この何億兆という脳紋のあいだの相互作用が、放射と形成と再形成をくり返して精神圏のパターンを作り上げていることを把握するのに、なんの理論上の問題もなくなります。しかし、もしあなたが、自分自身を機械のように部分部分から成り立った脆《もろ》い生き物と見る、十九世紀的見解をまだ抱いているとしたら、どうして精神圏と融けあえるでしょうか？　あなたはユニークな有形物なのです。そして、われわれは自分自身を眺め、生命を考えるとき、その物体的性質から遠ざからねばなりません。より現代的な見解からすると、われわれは、動物を含め、植物を含めたみんなが、重なりあった場なのです。これが生態圏であり、われわれみんなはその中にいます。しかし、われわれが気づいていないのは、何億兆というばらばらで完全な自己志向型の左半球脳は、この世界の究極的な性質について、われわれの右の脳のすべてを含み、一人ひとりがそれを共有しあっている集団的かつ精神圏的なこころよりも、はるかに発言力に乏しいということです。そのこころは決定を下すでしょう。そして、それが全地球を一つのヴェール、一つの層で覆っていることから考えても、この巨大なプラズマ状の精神圏が外へ広がり、太陽エネルギー場、さらにはそこから宇宙の場と相互作用をすることも不可能ではないと、わたしは思います。そのとき、われわれの一人ひとりは——もし進んで自分の夢に耳をかたむける気があれば――宇宙に参加することになる。そして、その夢が、彼をたんなる機械から正真正銘の人間へと変容させるのです。彼はもはや気取って歩いたり、いかめしい鉄の音をひびかせて歩いたりはしません。地上の小王国を支配したりはしません。彼は陰イオンの場のように、わたしの同名の小説に出てくるユービックという存在のように、高く舞い上がり、飛行します。生命そのものであり、生命を与えながら、しかも決して彼自身を規定することはない。なぜなら、彼に対する――われわれに対する――明確な名称は、与えようがないからです。

　われわれが多様体《マニフォールド》を移動するのにつれて――すなわち、線的時間の中で前進するか、それとも、われわれが静止して線的時間が前進していくのか、いずれのモデルがより正しいかは別として――数多い生命力《エンテレヒー》としてのわれわれは、たえず信号を送り、情報を与えられ、そしてなによりも、われわれをめぐる宇宙からの引き金によって、抑止を解かれます。こうしたやり方で、宇宙のすべての部分の調和がたもたれているのです。これ以上に壮大な体系はありません。このわたしが、一つの生命力《エンテレヒー》の代表として、これら予定された信号が到達したとき、はじめて蕾《つぼみ》を開くことになっており、そして、各個の信号が到来する時期――時間の中の座――は、まったく宇宙の支配の中にあるという認識……これは鳥肌立つような認識であり、わたしとわたしの環境とのあいだに、断ち切ることのできない絆があるのを痛感させてくれます。

われわれ一人ひとりの中に記憶されたシステムと、それらのシステムをつぎつぎに発動していく蓄積信号とのあいだに見られる反応には、この生命力《エンテレヒー》を最初に規定し、記憶に刻みつけ、その上でこれらのシステムを閉鎖した《摂理》が、時間経路のどこでその信号が発生し、抑止を解くかを、絶対的な正確さで予知していたと思わせるだけの秩序がありまます。そこには偶然は係わりあっていません――最も幸運な偶発事に見えるものも、宇宙のきわめて巧緻な計画なのです。

人類には下等動物が明らかに備えているいくつかの本能が欠けていると、どうしてわれわれが考えたりしたのか、ときおりふしぎに思うことがあります。しかし、われわれが下等動物と異なるのは、たとえばアリの場合、すべてのアリがおなじ信号によって抑止を解かれ、おなじ行動が起きることとです。ちょうどそれは、一ぴきのアリが際限なく何度も何度もおなじことをしているようです。しかし、人間の場合は、一人ひとりが独自の生命力《エンテレヒー》であり、独自の連続性をもった信号を受けとる――そして、それに対して、一人ひとりが独自の反応を示します。とはいえ、アリが聞くのも、やはり宇宙の言語です。われわれは共通の喜びに胸をときめかします。

わたし自身、創作の材料の多くを夢から得てきました。たとえば『流れよわが涙――』では、結末近くにフェリックス・バックマンが見る強力な夢、馬に乗った老賢人の夢は、わたしがこの小説を書いているとき、実際に見たものです。『火星のタイム・スリップ』

の場合は、あまりたくさんの夢体験をその中に書きこんだので、いま読みかえしても、どこからどこまでが夢なのか、区別できないほどです。『ユービック』も、本来は夢、あるいは一連の夢でした。私見では、あの中にはソクラテス以前の哲学の世界観が、強いテーマとして含まれていますが、それを書いた当時、わたしはその哲学に（ほんの一例を挙げるなら、エンペドクレスの思想です）詳しくはなかった。ひょっとすると、精神圏は、非常に微弱なエネルギーの形で、思考パターンを含んでいたのかもしれない。人間が電波通信を開発するまではです。それをきっかけに、精神圏のエネルギー・レベルは限界を飛び越え、独立した生命を持つようになった。それはもはや人間の情報のたんなる受動的収納所（古代シュメール人が〝知識の海〟と信じていたもの）ではなくなりました。電子的信号とその中に含まれた情報ゆたかな資料からくる信じられない電荷上昇によって、われわれはそれに巨大な閾《しきい》を越える力を与えたのです。いわばわれわれは、フィロンをはじめとする古代哲学者がロゴスと呼んだものを復活させたのです。つまり、もしこの仮説が正しければ、情報が、われわれの脳から独立した一つの集団心として、生命を備えたことになります。その集団心は、われわれが知っているのを知り、かつて知られていたことを記憶しているだけでなく、独力で解決法を作り上げることもできる——一つの巨大な人工知能システムなのです。テープレコーダーにたとえれば、ベートーヴェンのシンフォニーを〝聞いて〟それを思い出せるものと、新しいシンフォニーをつぎつぎに作り出せるものとの違いでしょう。この天空の図書館は、いまある、そしてこれまでにあったすべての本を読んだ上で、いまや自分の本を書き著しつつあり、そして夜になると、われわれはそれを読み聞かされる——〝進行中の大著〟を形作る興味しんしんたる物語を語り聞かされているのです。

ここで、〈サイエンス・フィクション・スタディーズ〉誌に寄せられた、イアン・ワトスンの評論に触れなければなりません。ル・グィンの『天のろくろ』に関するこのすぐれた評論の中で、ワトスンはSFがこれまでに生み出した最も意義深い——驚くほど意義深い——短篇の名を挙げています。〈アスタウンディング〉誌に掲載された、フレドリック・ブラウンの「ウァヴェリ地球を征服す」です。ぜひともこの短篇を読んでください。これを読まないと、みなさんは宇宙が自分たちのまわりで生命を備えつつあることを理解できないまま、死ぬことになるかもしれません。ウァヴェリはわれわれの発する電波によって地球にひきつけられてきます。彼らは、われわれの通信をそっくり複製した形で（SOSからはじまって、以下年代順に）返信してくるので、最初われわれはなにごとが起こったのか理解できません。『天のろくろ』について、ワトスンはこう述べています——

……ジョージ〔・オア〕が、夢を見ることによって、敵意ある侵略を友好的なものに変えた、とも考えられる。しかし、それよりもっと可能性が高いのは、異星人が主張するとおりのことだ。つまり、異星人が〝夢の時間に属して〟おり、彼らの文化ぜんたいが、〝現実が夢を見ることによってそれ自身を存在させる〟方式の周囲をめぐっていること、そして、彼らがちょうどフレドリック・ブラウンの短篇に出てくるウァヴェリのように、ただし、電波ではなく、夢波にひきよせられたということである。

ル・グィンの作品やわたしの作品にあるこのテーマは、考えようによってはかなり無気味です。いったい夢とはなにか？　ほかの星から（ミズ・ル・グィンの小説ではアルデバランから）やってきた夢宇宙の生物などというものが、ほんとうにいるのか？　しばしば目撃されるUFOも、人びとの無意識の心が変圧器として働き、また、これらのふしぎな夢宇宙の生物の変換器として働いて、投射したホログラムなのだろうか？

この一年、わたしは多くの夢を見ました。それらは一見――この〝一見〟という言葉を強調しておきます――わたしの頭の中のどこかでテレパシー交信が行なわれているのを示しているようでした。しかし、オーンスタインの友人であるヘンリー・コーマンと話しあったあとでは、たんに右と左の脳半球が、マルティン・ブーバーの〝我と汝〟的な対話を交わしているだけだと考えるようになりました。しかし、その夢の素材の大半は、わたしの個人的能力では作り出せそうもないものでした。あるときは、夢の中でわたしは複雑な工学原理を書き写すように命じられました。それは円形のモーターで、内部では一対の車がそれぞれ逆方向に回転していました。それは道教でいう陽と陰とに（そして、エンペドクレスが弁証法的な世界の相互作用として見た愛と憎とに）よく似ていました。しかし、夢の中でわたしが見たものは正真正銘の工学装置なのです。むこうはわたしにそれを見せていいました。「この原理はおまえの時代にも知られていた」そして、わたしが急いで鉛筆を探していると、こうつけたしました。「知られてはいたが、地下室に埋もれ、忘れられていたのだ」と。そこにあるのは、高いトルクをもつよじれたチェーンのメカニズムで、それが二つの回転子のあいだでカムのように動いているのですが、さっぱり原理をのみこめないうちに目が覚めてしまいました。だが、あとになって理解できたのは、こういうことです——これはその後の夢で明らかになったのですが、どうやら浸透プロセスによる海水処理が、真水だけでなく、エネルギー源をも与えてくれるらしい。しかし、むこうはそうした資料を提供するのに、人選を誤ったようです。わたしにはそれを理解できる素養はありません。しかし、金額にして千ドル以上の参考書を買いこみ、教えられたことを自分なりに把握しようと努力したすえ、これだけのことを知りました。つまり、この一対のローター・システムの中では、高いヒステリシス因子と関係したなにかが、欠点から利点へと変化するのです。制動メカニズムの必要はなく、二つのローターはたえずおなじ速度で回転し、そしてトルクは、よじれたカム＝チェーンによって変換されます。

なにがいいたくて、こんな実例をお話ししたのか。つまり、わたしの無意識が、自分の記憶にもなく、意識的な興味も関心もない工学的な記事を、以前に読んだことがあったか、それとも、いうならば、アルデバランやその他の星からきた、いうならば、夢宇宙の人びとが、われわれといっしょにいるかのどちらかなのです。ひょっとすると、彼らの精神圏をわれわれの精神圏に接触させたのでは？　そして、二千年を越える長い冬で、すりきれた車の上のネズミのようにへこたれている、この傷つき病んだ惑星に、援助をさしのべているのでは？　もし彼らが春を運びこんできたのなら、それが何者であっても、わたしは歓迎します。『ユービック』のジョー・チップのように、わたしも寒けが、疲労が怖くてなりません。果てしない階段をのぼりつづけて、疲労で死にそうなのに、だれか残酷な相手、でなければ、とにかく残酷な仮面をつけた相手が、それを眺めてまったく助けようとしないのが怖くてなりません――この感情移入を欠いた機械、たんなる傍観者として眺めるだけの機械は、ハーラン・エリスンがとりつかれているのとおなじものであることを、わたしは知っています。ただ見ているだけで助けようとしない、手をさしのべようとしないこの相手は、殺人者そのもの（『ユービック』ではジョリー）よりも、もっと恐ろしいかもしれない。これがわたしにとってのアンドロイドであり、ハーランにとっての邪悪な下級神であります。ハーランもわたしも、それが存在することに戦慄をおぼえます。わたしがみなさんに夢宇宙の人びとについて語れること、それは、もし彼らが存在するならば、たとえ何者であっても、決してそうした同情心のないアンドロイドではない、ということです。彼らは最も深い意味において、人間的なのです。彼らはこの惑星に、汚染された生態圏に、救いの手をさしのべてきました。それだけでなく、ひょっとすると、合衆国、ポルトガル、ギリシアをとらえた圧政をうち破るのに手を貸したかもしれないし、またいつの日か、ソ連ブロックの圧政をうち破るかもしれません。春の訪れという観念をつかんだとき、わたしの頭にうかぶのは、こんな光景です――ベートーヴェンの《フィデリオ》の中で、牢獄の鉄の扉が開かれ、囚人たちが日ざしの中に解放される。ああ、オペラの中のその瞬間――彼らが太陽を仰ぎ、その暖かみを感じる瞬間。そして、ついに、幕切れで、自由を告げるトランペットの音が、残酷な監禁が永久に終わったことを知らせます。外部からの援軍が到着したのです。

よく、一部の人間がSF作家のところへやってきて、奇妙に秘密めかした、内情に通じているといいたげな微笑をうかべ、ニヤニヤしながらこんなことをいいます――「あんたが書いていることが事実なのは知ってるよ。あれは暗号だ。SF作家はみんな〝彼ら〟の〝受信者〟だ」〝彼ら〟とはだれのことかと、当然わたしはたずねます。答えはいつもおなじです。「ほら、あれだよ。天のどこか。宇宙人。もう彼らはすぐそこまできてて、あんたらの小説を道具にしてる。それはあんたらもよく知ってるだろうに」

わたしはあいまいに微笑して、その場を離れます。こんな経験はしょっちゅうです。さて、これは認めたくないのですが、（1）テレパシーというものが存在することはありうるし、(2)テレパシーによってETI(地球外生物)と交信できるかもしれないというCETI計画の発想も、いちおううなずけるものだと思います——もし、テレパシーが存在し、また、地球外生物が存在するとしての話ですが。もし、そうでなければ、効果のないシステムを使って、ありもしないものと交信を試みることになってしまいます。とにかく、これには大ぜいの人びとの長い長い努力が必要になるでしょう。しかし、聞くところによると、さきほどの時間＝エネルギー説を唱えたニコライ・コズィレフ博士が代表するソ連の天文学者の一グループは、太陽系内部の地球外生命からきた信号を受信した、と報告しているそうです。もし、これが事実ならば——そして、アメリカ側では、ソ連が受信したのは、こちらの廃棄した人工衛星や、その他の廃船から出た、古い無価値な信号だと主張しているのですが——もしかりに、そうした地球外生物あるいは集団心が、たとえば、地球を包んでいるらしい巨大なプラズマの中にあり、そして太陽爆発やそのたぐいのものと関係しているとしましょう。わたしのいうのは、もちろん精神圏のことです。もしそうなら、それは地球外生物と地球生物の両方であり、そしておそらくミズ・ル・グィンが『天のろくろ』で書いたものと、強い類似性を持つでしょう。そして、SFファンならよく知っているように、わたしの作品もそれに似たテーマを扱っています……というわけで、しょっちゅうSF作家のところへ寄ってきては、「あんたが暗号で書いていることは……」うんぬんとやりだすあの変わり者たちに、残念ながら二、三の論拠を与えてやったことになります。事実われわれは、特に夢を見ているとき、この精神圏から影響を受けているのかもしれません。それはわれわれ自身が生み出したものであり、独立した思考能力を持ち、地球外生物と関係しており、そしてこれら三つのすべてと、神のみぞ知るそれ以外のなにかの混合物なのです。これは創造主でないとしても、われわれの知るかぎりで《広大無辺な心》に最も近いものでしょう。それが好意的なものであるのは明らかです。もし、自然がわれわれに好意を持っていなければ、とっくの昔に処刑していたはずだという、マズローの言葉を思い出せばわかります――ここでは、広大無辺な精神圏を自然と解釈してください。

われわれ人間、暖かく優しい顔と、考え深い目をした人間――われわれはひょっとするとほんとうの機械かもしれません。そして、いろいろの構築物――われわれのまわりの自然物と、特にわれわれの作り上げる電子工学的ハードウェア、送信機やマイクロ波中継ステーションや人工衛星――これらは、究極的なこころの中により全面的に、そしてわれわれには隠された形で参加しているという点で、正真正銘の生きた現実を包むマントであるともいえる。ひょっとすると、われわれは万物を歪めるヴェールを見ているだけでなく、万物をさかさまに見ているかもしれないのです。おそらく、最も真実に近いのは、こう述べることでしょう――「万物は平等に生き、平等に自由で、平等に意識を持つ。なぜなら、万物は生きてもおらず、なかば生きても、また死んでもおらず、むしろ生かされているからだ」。電波信号が送信機によってブーストされ、いろいろな部分の中をくぐりぬけ、調節され、増強され、波形を変えられ、雑音を除去される……われわれは、ちょうど科学者が放射性物質をつまみあげるのに使う金属の腕のような延長部分です。神が思いのままに万物をあちこちへ動かすためにはめる手袋です。なんらかの理由で、神は現実をこんな方法で取り扱《ハンドル》うことを選んだのです（このだじゃれを、わたしは一歩も引かずに死守するつもりです）。

われわれは、神が作り出し、着用し、使い、そして最後には捨て去る衣服です。われわれはまた甲冑でもあります。これは、別の種類の甲冑の中にいる別の種類の蝶に、まちがった印象を与えます。甲冑の中には蝶がおり、蝶の中には――別の星からの信号がある。いまわたしの書いている（おそらく《夢見るもの》がわたしを通じて表現している）小説の中では、その星はアルベマスと呼ばれています。そのアイデアが浮かんだ時点で、わたしはまだミズ・ル・グィンの『天のろくろ』を読んでいなかったのですが、あの小説の読者なら、いましがたわたしが述べたこと、つまり、われわれの一人ひとりは巨大なグリッドの中の交信ステーションであり、しかもそれに気づいていない、という意味がおわかりになるでしょう。

つぎの《ルーミーの瞑想》をよく考えてみてください。これは現代のスーフィー教徒のあいだでいちばん尊敬されているイドリース・シャーの、スーフィー教の格言です――

「働くものは仕事場の中に隠れている」

ピタゴラスとプラトンの時代から気づかれないままだった左右対称の脳のパリティと、それとつながるこの新しい世界観を発見する道の先駆者が、ほかならぬオーンスタイン博士なのは明らかなので、わたしは最近思い切って博士に手紙を書きました。ときどき、ファンたちが震える手でわたしに手紙を書いてよこすことがあります。オーンスタイン博士に手紙を書くときには、わたしのタイプライターぜんたいがガクガク震えました。どんなふうにわたしが博士の助けで現実対幻影のカテゴリーを超越し、その結果、明らかな視力を得て、二十年間の研究と努力に終止符を打つことができたか、それを説明するために、最後に全文を引用します——

親愛なるオーンスタイン博士

最近、わたしはヘンリー・コーマン氏とトニー・ヒス氏に会う機会がありました（トニーは〈ニューヨーカー〉誌のインタビューアーとしてやってきたのです）。ヘンリーとスーフィー教についてのすばらしい討論を交わしたさい、わたしは左右対称の脳パリティに関するあなたの先駆的業績に対して狂信的熱狂に近い尊敬を抱いていることを、話しました。そして、この二人からあなたをよく知っていると聞かされたので、勇を鼓してこの手紙を書きはじめたしだいです。おたずねしたいのですが、右半球を活用する実験をはじめて以来、このわたしにはなにが起こったのでしょうか？（わたしはおもにオルト分子式ビタミンと、長時間の精神集中による瞑想とで、その実験を行なったのですが）

　オーンスタイン博士、わたしがいおうとしている意味はこうです。それが起きたのは十カ月前ですが、それ以来の十カ月、わたしは別人となりました。しかし、なによりも驚くべきことは（わたしはそれについて小説のかたちで本を書きました。『死者を脅かす』という題の長篇です）――だが、その前に、わたしが小説の中で使った前提を、まず説明させてください。

　ニコラス・ブラディは、現代の世俗的な価値観と欲求（金と権力と地位）を持ち合わせた平凡なアメリカ人ですが、彼の内部で二千年間眠りつづけていた一つの霊が、とつぜん生命に目ざめます。この霊は、いずれ約束どおり復活を与えられることを知った上で死んでいったエッセネ派（ユダヤ教の宗派の一つ）の祭司でした。この霊がそのことを知っているのは、この霊やその他のクムラン宗団（紀元前三世紀頃から死海の北にあるクムラン地域に本拠を置いたユダヤ教の修道団。一九四七年に近くの洞穴から死海写本が発見されたことで知られている）の人びとが、復活を保証する秘密の処方や、薬物や、科学的方法を、共有していたからです。こうして、主人公のニコラス・ブラディは、二人の自己が存在することに気づきます。一人は世俗的な職業と目標を持つ以前からの彼。そしてもう一人は、紀元四五年頃のワジ・クムラン（ワジは雨期だけ水の流れる川）からきたエッセネ派の祭司。神聖な価値観を持つこの聖者は、世俗的な物質世界を〝鉄の都〟と見て、それに強い敵意を持っています。このクムラン人の精神が支配権を握り、ブラディを一連の複雑な行動に駆りたてるうちに、やがて、こうしたクムラン人のような存在が、世界のあちこちで蘇りはじめたことが明らかになります。

このクムラン人の霊といっしょに聖書を研究しているうち、ブラディは新約聖書が暗号で書かれていることを知ります。クムラン人の霊はそれを解読できます。〝イエス〟は、実はザグレウス（オルフェウス神話の幼児神。のちにディオニュソスと同一視された）＝ゼウスであり、片や温和さ、片や非常な力強さという二つの面を持ち、信者たちは必要に応じてそのどちらかにたよれるのです。

このクムラン人の霊を、わたしは小説上の目的からトマスと呼ぶことにしました。トマスは、いまがパルーシア、すなわち《終末の日々》であることを、徐々にブラディに教えます。そして、準備せよということも。トマスはブラディに彼自身の神性を――それをトマスは想起《アナムネーシス》と呼んでいますが――思い出させることで、準備させようとするのです。トマスはブラディと特殊な対応関係を結ぶ一方、信じられぬほど無知なブラディを教え導くために、エラスムスとして知られる存在を発展させます。実をいうと、これは精神圏にある一つのステーションですが、いまや精神圏は地球の周囲で完全に充実しており、もし人間がそれに気づきさえすれば、無意識的にではなく意識的に、そこから知恵を引き出すことができるのです。これが古代に知られていた〝知識の海〟であり、デルフィの巫女《シビュラ》もその助けをかりていたのでした。しかし、これはカムフラージュです。というのも、ブラディは、クムラン宗団が神として崇めていたのは、神話のイエスではなく、実在のザグレウスであることに気づくからです。探求を進めたブラディは、まもなく、ザグレウスがディオニュソスの一形態であるのを知ります。キリスト教は、ディオニュソス崇拝の後期の形式で、オルフェウスのふしぎな美しい姿を通じて洗練されたものなのです。オルフェウスは、イエスとおなじように、ディオニュソスが普及したという意味でのみ、実在するのです。地球で生まれた別種族の子、人間ではない外来の種族の子として、ザグレウスはすこしずつ彼の〝狂気〟を修正していかなければならず、そしていま、それは沈滞状態にもたれています。基本的には、ザグレウスがわれわれとともにいるのは、彼の表出としてわれわれを作り直すためであり、その方法は、われわれに乗りうつることです――初期キリスト教徒はそれを求め、仇敵のローマ人からそれを隠しました。ディオニュソス＝ザグレウス＝オルフェウス＝イエスは、それがローマであれ、ワシントンＤＣであれ、つねに〝鉄の都〟と対立するのです。彼は春の神、新しい生命の神、小さなかよわい生き物たちの神であり、笑いと熱狂の神であり、そして、毎日ここへ坐ってこの小説を書いているものの神なのです。

しかし、その小説の中でトマスはいいます。「《終末の日々》はやってきた。暴政の打倒は、ヨハネが黙示録の中に強烈な言葉で語っているとおりだ。イエス＝ザグレウスは、いまやつぎつぎに本来の力をとりもどしつつある。神はよみがえった」

冬のあいだ、ブドウの木の神であり、草木の、作物の神であるディオニュソスは眠っている、と信じられてきました。どれほど死んでいるように見えても（ジェームズ・ジョイスの『フィネガンズ・ウェイク』には、このことのすばらしい記述があります。うっかり遺骸の上にビールをこぼすと、死人が生き返るところです）こちらは気づかないが、彼が実は生きていることは、知られています。そして——彼を理解し、信じている人びとにはすこしも意外ではないが——彼は生まれかわるのです。彼の崇拝者は、そうなるであろうことを知っています。彼らはその秘密を知っています（「見よ、わたしはあなたがたに神聖な秘密を話そう」などなど）。ここでいうのは、キリスト教を含めた、すべての神秘宗教です。われわれの神は、人類文化の長い冬（一年の季節の循環ではなく、紀元四五年から現在にいたる何世紀もの精神の冬）のあいだ、眠りつづけていました。冬がすべてを手中におさめ、絶望と敗北の雪で覆ったちょうどそのとき（われわれの場合でいえば、政治の混乱、道義の退廃、経済の崩壊——この惑星、この世界、この文明の冬です）、ねじくれ、年老い、すっかり枯れてしまったように思えたブドウの木が、新しい生命に芽生え、そして神が——われわれの外側にではなく、一人ひとりの中に――よみがえったのです。神は雪に覆われた地上ではなく、われわれの脳の右半球の中に眠っていたのでした。われわれは長らく待ちうけていたが、なにを待ちうけているかは知らなかった。これがそれなのです――これが、より深く、より根本的な意味で、われわれの惑星の春なのです。冷たい鉄の鎖はかなぐり捨てられようとしているが、それはなんという奇跡でしょうか。主人公のニコラス・ブラディとおなじように――わたしもザグレウスが右半球で目覚めるのを感じ、そして、よみがえった生命、彼の活力、彼の人格、彼の神々しい知恵が溢れ出すのを感じます。彼は自分の周囲で目につく不正を、虚偽を憎み、そして、「人間にかき乱されぬあの懐かしいはるかな土地／緑したたる影の中に森の小人たちが住むところ」（エウリピデス）を思い出したのです。オーンスタイン博士、あなたが冬を終わらせるのに手をかし、そして――春だけでなく――われわれの中に眠っている春の生命を招き入れるのに手をかされたことに、わたしは感謝しています。

実際には、幻覚と現実のあいだのはっきりした境界線というもの自体がおそらく幻覚になっていると思いますし、たぶんわたしは自分の夢の体験を真剣にとりすぎているのかもしれません。しかし、いまでは、たとえばマレー半島のセノイ族に、大きな関心が寄せられています（チャールズ・T・タートの『変性意識状態』に収められたキルトン・スチュアートの論文「マラヤの夢の理論」参照)。夢の中で、わたしは〝イエス〟という言葉が暗号または新造語であり、決して実名ではないことを知らされました。大昔に聖書を読んでいた秘教の信者(おそらくはクムラン宗団)は、〝ゼウス〟と〝ザグレウス〟が結びついて、〝イエス〟という完全体になったことを見抜いたのでしょう。これは置換暗号と呼ばれるものだと思います。さて、通常、だれもそうした夢にはたいして信を置きません。というより、それ以外の方法ではあなたの手に入りそうもない正確な情報を与えてくれる現実の存在、たとえば自動知能システムでないかぎり、どんな夢にも信を置いたりはしません。しかし、先日、ある綴りを調べようと、参考書の一冊を見たところ、わたしはそこに驚くほどよく似た文章を見出しました。その最初のものは、みなさんがよく知っているものです。なぜなら、それはわれわれ自身の神聖な本である『新約聖書』のしめくくりであるからです——「……わたしはダビデの若枝また子孫であり、輝く明けの明星である」(ヨハネの黙示録第二二章一六節)

そして——

すべてこの世の中にある木々に
神は羊の群れを飼い、つぎつぎに根を与えたもう
そは果実の穫り入れの中に輝く

かの純なる星、歓喜の神ディオニュソス
（紀元前四三〇年頃、アテナイのプルタルコスの愛したピンダロスの四行詩から）

名前がなんだというのでしょう。これは、聖なるキノコ（ジョン・アレグロ参照）やワインに浮かれ、また、ちょうどあなたがサイレント映画のドタバタ喜劇を見たときのように、すばらしく滑稽《こっけい》なジョークを見つけて、すべての理性を失い、涙の出るほど笑いころげる、そんな陶酔の神なのです。ピンダロスの短い詩節の中には、羊の群れと木々というイエスの二つの主要シンボルに加えて、秘教の信者ならだれもがそれと気づくもの、もう二つの内々の用語が見出されます――それは根と星です。

この〝根と星〟への言及は、「わたしはアルパであり、オメガである」――つまり、最初にして最後である――という時間的広がりに匹敵する空間的広がりととれるかもしれません。つまり、〝根と星〟が意味するものはこうです――わたしは天上にある地下世界、地底にある星空からきたものだ、と。しかし、わたしは星の中に、輝く明けの明星の中に、別のなにかを見ます。わたしはイエスがこう語っていると思うのです――「人間にとっての春がきたという信号、その信号は別の星からやってくる」われわれには友だちがおり、彼らは地球外生物です。そして、主がわれわれに語ったように、それは輝く明けの明星――愛の星――なのです。

編者あとがき

　フィリップ・K・ディックが世を去ってから、早いものでもう三十年近く経つが、その人気と名声は一向に衰える気配がない。既刊の名作は版を重ね、新しい短篇集が編まれ、未訳だった長篇が邦訳されている。とくにハリウッドでは、いまもディック作品が映画の原作としてひっぱりだこ。この十年に限っても、「クローン」（01年／原作「にせもの」）、「マイノリティ・リポート」（02年）、「ペイチェック」（03年）、「スキャナー・ダークリー」（06年）、「NEXT―ネクスト―」（07年／原作「ゴールデン・マン」）、*Radio Free Albemuth*（10年／原作『アルベマス』日本未公開）、それに今回の「アジャストメント」（11年）……と、毎年のようにディック作品が映画化されている。

　こうしたPKD映画化ラッシュの先駆けとなったのが、リドリー・スコット監督の「ブレードランナー」（82年／原作『アンドロイドは電気羊の夢を見るか？』）。ディックにとっては初めて実現した映画化だが、この作品が劇場公開されたのは、ディックの死から三カ月あまりを経た一九八二年六月だった。その後、「ブレードランナー」はカルト映画として不朽の名声を獲得し、さまざまなバージョンがリリースされているほか（『アルティメット・コレクターズ・エディション』と銘打つ五枚組DVDボックスに収録）、最新情報によれば、続篇（または前日譚）を製作するシリーズ化企画も交渉中だという（監督候補にはクリストファー・ノーランの名が挙がっている）。また、ポール・バーホーベン監督のヒット作「トータル・リコール」（90年／原作「追憶売ります」）は、レン・ワイズマン監督、コリン・ファレル主演でリメイクされ、二〇一二年公開予定。ディズニーによる「妖精の王」の映画化も、クリス・ウィリアムズ監督で進行している。何度も映画化企画が浮上しては消えた長篇の代表作『ユービック』は、紆余曲折の末、ミシェル・ゴンドリーが監督することになったらしい。他にも、水面下で動いてる企画がたくさんありそうだ。

こうした直接の映画化以外にも、「ダークシティ」、「マトリックス」、「ザ・セル」、「イグジステンズ」、「13F」、「インセプション」などなど、ディック流の現実崩壊感覚を描くSFサスペンスは、いまやハリウッド映画の中で一ジャンルを築いている。ディックがとり憑かれたヴィジョンは、二一世紀のアメリカ映画界で大きく花開いたのである。

あらためて紹介すると、フィリップ・キンドレッド・ディックは一九二八年十二月十六日、イリノイ州シカゴ生まれ。一九八二年三月二日没。五十三年の短い生涯に、四十四冊の長篇（うち、生前に刊行されたのは三十四冊。合作二冊を含む）と百十六篇の短篇を残している。一九五一年に小説を書きはじめ、五二年に商業誌デビューを飾ると、五三年には三十一篇、五四年には二十八篇、五五年は十二篇と、信じられないペースで短篇を発表した。原稿料は、一篇わずか三十五ドル平均。生活のために書いて書いて書きまくり、買ってくれる媒体ならどこにでも原稿を売った（当時、ディック短篇を掲載した雑誌・アンソロジーは二十六種類を数える）。この驚異的な量産にもかかわらず概して作品の質は高く、のちに映画化される「変種第二号」（「スクリーマーズ」原作）、「にせもの」、「ペイチェック」、「ゴールデン・マン」、「アジャストメント」、「マイノリティ・リポート」は、すべてこの時期（五〇年代前半）に集中して書かれている。浅倉久志氏の言葉を借りれば、

一九五〇年代は、ロバート・シェクリイやウィリアム・テンといった短篇の名手たちが腕を競った時代だが、ディック作品もアイデアの冴えにおいて決して遜色がないばかりか、「変種第二号」や「にせもの」などに見られる強烈なサスペンスは、ほかの作家の追随を許さないものだった。ディックの初期作品の大半に共通する特徴とし

て、冷戦時代を色濃く反映した暗いムードが挙げられるが、そっけないほど簡潔な会話と、短いセンテンスの連打から生まれる一種異様な焦燥感も見逃せない。これが、映画やテレビドラマの音楽でよく使われる不吉な場面の前触れ、あの低音楽器が刻む切迫したリズムのような効果を上げている。もちろん、〝現実〟と〝疑似現実〟の関係、〝人間〟とはなにか、というような後年のディックの長篇の主要テーマが、すでに顔を出していることはいうまでもない。(『時間飛行士へのささやかな贈物』解説より)

五〇年代末からは長篇中心にシフトしたため、短篇の生産量は激減するが、その分、一篇一篇にじっくり時間をかけるようになり、六〇年代には「追憶売ります」、「父祖の信仰」、「電気蟻」、七〇年代には「まだ人間じゃない」、「時間飛行士へのささやかな贈物」など、珠玉の名作が書かれた。没後、ほぼすべての短篇(百十五篇)は、全五巻のP・K・ディック短篇全集(*The Collected Stories of Philip K. Dick*)にまとめられ、アメリカ版、イギリス版ともに何度もリプリントされている。

本書『アジャストメント』は、そのディックが三十年近くにわたって発表してきた短篇群から選りすぐった十二篇にエッセイ一篇を加えた、日本オリジナルの傑作選。ディック終生のテーマをストレートに描く五〇年代の名作「アジャストメント」「にせもの」「くずれてしまえ」、記念すべきデビュー作「ウーブ身重く横たわる」、六〇年代のディックを代表する「父祖の信仰」「電気蟻」、最晩年に発表した「凍った旅」などに加えて、没後に手紙の中から発掘された本邦初訳の掌篇「さよなら、ヴィンセント」と、ディック理解のうえできわめて重要な論考「人間とアンドロイドと機械」を収録し、ディック・ワールドを多角的に紹介する。映画をきっかけにはじめてディック短篇に接する人はもちろん、筋金入りのディック愛好者にもぜひ手にとっていただければと思う。

このへんで、ディープなディック読者のために、本書刊行の経緯を簡単に説明する（興味のない人は、各篇解説まで飛ばしてください）。

もともと、ハヤカワ文庫SFのディック短篇集としては、七七年に出たジョン・ブラナー編の傑作選 *The Best of Philip K. Dick* を二分冊で邦訳した『パーキー・パットの日々』『時間飛行士へのささやかな贈物』（サンリオSF文庫『ザ・ベスト・オブ・P・K・ディック（Ⅰ・Ⅱ）』の改訳・改題版／九一年刊）と、八〇年刊のマーク・ハースト編 *The Golden Man* を同じく二分冊にした『ゴールデン・マン』『まだ人間じゃない』（サンリオSF文庫『ザ・ベスト・オブ・P・K・ディック（Ⅲ・Ⅳ）』の改訳・改題版／九二年刊）の四冊がある。その後、未収録作品・未訳作品を集めた日本オリジナル（浅倉久志編）の作品集として、九九年に『マイノリティ・リポート』、〇〇年に『シビュラの目』

が刊行された。この六冊に関しては当然、収録作の重複はないが、映画公開に合わせて二〇〇四年に出た『ペイチェック』で事情が変わる。エージェント側の意向で、原作短篇「ペイチェック」（別題「報酬」）を収めた『パーキー・パットの日々』を増刷するのではなく、新たに英国版のディック傑作選 *Paycheck* を邦訳刊行することになったのである。この『ペイチェック』の中身は、全十二篇のうち、「ナニー」「傍観者」をのぞく九篇がハヤカワ文庫SF既刊の短篇集に収録済みだった（『時間飛行士へのささやかな贈物』『パーキー・パットの日々』から、ともに表題作など三篇ずつ、『まだ人間じゃない』から表題作など二篇、『シビュラの目』から一篇）。このため、重複作の多い『時間飛行士…』『パーキー…』は、その後の増刷ができず、長く品切れ状態となっている。また、新潮文庫から出た浅倉久志編による日本オリジナルのディック傑作選三冊、『模造記憶』『悪夢機械』『永久戦争』も同様に品切れ中。そこで、「アジャストメント」公開を機に、現在、新刊書店で入手できない邦訳ディック短篇集を再編集し、新たな傑作選を編むこととなった。それが本書である。

具体的にいうと、『時間飛行士…』から浅倉久志訳の三篇（「おお！　ブローベルとなりて」「父祖の信仰」「電気蟻」）、『パーキー・パットの日々』から大森望訳の三篇（「ウーブ身重く横たわる」「ルーグ」「にせもの」）と浅倉久志訳の「消耗員」を収録。さらに浅倉久志編訳の『悪夢機械』から「調整班」「くずれてしまえ」「凍った旅」の三篇と、『模造記憶』から浅倉久志訳の「ぶざまなオルフェウス」をとった。文庫初収録のとエッセイ「人間とアンドロイドと機械」と、本邦初訳の「さよなら、ヴィンセント」以外は、日本のファンにもおなじみの作品が並んでいるが、新たなディック短篇選集の第一弾ということでご理解いただきたい。

ちなみに、ハヤカワ文庫ＳＦでは、今後も継続的にディック短篇選集を刊行していく方針だという。本書で「さよなら、ヴィンセント」が邦訳されたので、ディックの独立した短篇（長篇に組み込まれたものを除く）のうち、残る未訳は、"Mr. Spaceship"（1953）と、"Prize Ship"（1954）の二篇のみ（このほか、ファンジンに掲載された半ページの冗談ショートショート、"The Story to End All Stores for Harlan Ellison's Anthology Dangerous Visions"がある）。ＳＦ長篇も、残る未訳は*Vulcan's Hammer*（60）と*The Crack In Space*（66）の二冊だけ（ほかに、レイ・ネルスンと合作の*The Ganymede Takeover*〔67〕がある）。ディックが残したすべてのＳＦ作品が邦訳される日もそう遠くないかもしれない。

以下、本書収録作の原題、初出データと既刊の収録短篇集、および簡単な背景紹介を。

「**アジャストメント**」（「調整班」改題）"Adjustment Team" オービットＳＦ誌一九五四年九月‐十月号　『悪夢機械』所収

現実の裏側を見てしまった男を描く、いかにもディックらしい短篇。スタージョン「昨日は月曜日だった」のディック的変奏とも読める。「アジャストメント」（*The Adjustment Bureau*）のタイトルで二〇一一年に映画化されたが、原作との共通点は、ちょっとした〝調整ミス〟によって主人公が現実の舞台裏を知る導入部と、〝現実〟を操作しているスタッフがいるという設定ぐらいか。マット・デイモン演じる映画版の主人公デイヴィッドは、ブルックリンのスラム街に育ち、苦労しながら実力でのしあがって上院議員選に打って出るという（およそディック的ではないタイプの）ヒーロー。せっかく運命の恋人（エミリー・ブラント）と出会ったのに、調整局によって再会を妨害されたため、〝神〟を向こうに回して立ち上がる——というストーリーも、原作とはまったく関係がない。小説版にはラブストーリー要素もアクション要素も（ついでに〝どこでもドア〟要素も）皆無なので、本篇を読んでから映画を見た人は啞然とするのでは。とはいえ、主人公の名前と特性（超能力を持つこと）しか原作との共通点が見当たらなかった「NEXT——ネクスト——」にくらべれば、まだしも原作をリスペクトした映画化かもしれない。

「ルーグ」“Roog”　F&SF誌一九五三年二月号　『パーキー・パットの日々』所収

一九五一年、作家を志したディックは、F&SF誌編集長アンソニイ・バウチャーが週に一回バークリーの自宅で開いていた小説講座に参加した。徹底的な添削を受けて何度も書き直し、八千語だった初稿を二千語にまで切り詰め、ついに本篇の採用通知が届いたときは、天にも昇るような気持ちだったという。ディックにとっては、これが初めて売れた作品。ディックいわく、〈わたしはこの短篇が大好きだし、これを書いた一九五一年当時に比べて、いまの自分がうまくなったかどうかは疑問だと思う。ただ、長々と書くようになっただけだ〉（「著者による追想」浅倉久志訳『時間飛行士へのささやかな贈物』所収）なお、犬のボリスは、当時、ディック宅の近所で飼われていた、やたら吠えまくる犬がモデルらしい。

「ウーブ身重く横たわる」“Beyond Lies the Wub” プラネット・ストーリーズ一九五二年七月号　『パーキー・パットの日々』所収

著者いわく、〈これがデビュー作。掲載されたのは、当時の売店に並んだパルプ・マガジンの中でもひときわけばけばしい表紙のプラネット・ストーリーズだった。その雑誌を四冊かかえて勤め先のレコード店へ入っていくと、なじみの客がわたしの顔とその雑誌をがっかりした表情で見くらべ、「フィル、きみはそんな、い、い、い、しろものを読んでいるのか？」といった。わたしは、そんなしろものを読んでいるだけでなく、書いてもいることを告白しなければならなかった〉（前出「著者による追想」より）

「にせもの」 “Impostor” アスタウンディングSF誌一九五三年六月号　『パーキー・パットの日々』所収

何度も各種アンソロジーに再録されてきたディック初期短篇の代表作。「自分は人間なのか、それとも人間そっくりの機械なのか？」という終生のテーマを正面からストレートに描き切った作品。

ゲイリー・フレダー監督による劇場映画化作品「クローン」（原題は原作と同じ*Impostor*）は、もともと三話オムニバスのSF映画*Light Years*の一話になるはずだったが、ミラマックス上層部の判断によりピンの長篇映画に格上げされた文字通りの出世作。ゲイリー・シニーズ演じる主人公スペンス・オーラムの逃亡劇が始まってからは、見せ方のテンポが抜群で、手に汗握るサスペンスが連続する。原作にはない映画オリジナルのエピソードや結末のひねりもディック世界とうまく調和し、地味ながら、ディック・ファンには一見の価値がある作品。なお、主人公の名前は、福島正実氏の初訳以来、これまでずっと〝オルハム〟と表記されてきたが、この機会に、映画での発音に合わせて〝オーラム〟と改めた。

「くずれてしまえ」 “Pay for the Printer” サテライトSF誌一九五六年十月号　『悪夢機械』所収

舞台は文明崩壊後の荒廃した未来。人々は、ケンタウルス星系からやってきた生物、ビルトングがせっせと複製してくれる過去の遺物に頼って生活している。だが、ビルトングの能力はしだいに衰え、複製をくりかえすことでコピーは劣化。溶けてかたちがなくなる〝プディング化〟現象が頻繁に起きるようになる……。
オリジナルとコピーの問題も、ディックがこだわりつづけたテーマのひとつ。物質をコピーする生物は『死の迷路』や『ニックとグリマング』にも登場する。

「**消耗員**」“Expendable” F&SF誌一九五三年七月号 『パーキー・パットの日々』所収
ディックいわく、〈作家になってまもないころ、わたしのなによりの楽しみは、短いファンタジーを——アンソニイ・バウチャーの雑誌に——書くことだった。中でも、この作品はいちばん気に入っている。このアイデアを思いついたのは、ある日一ぴきのハエに頭のまわりをブーンと飛びまわられて、こいつ、おれのことを笑っているんじゃないかと（まさしくパライノアだ！）想像したときだった〉（前出「著者による追想」より）

「**おお！　ブローベルとなりて**」“Oh, to Be a Blobel!” ギャラクシー誌一九六四年二月号『時間飛行士へのささやかな贈物』所収ディック好みの状況設定でアイデンティティの問題を描く短篇。〈この作品でいいたかったのは、究極的に無意味な戦争の皮肉である。人間がブローベルに変わり、敵のブローベルは人間に変わり、そこに戦争のすべてが――無益さ、ブラック・ユーモア、愚劣さが――浮き彫りになる。そして、この物語の中では、みんなが幸福な結末を迎える〉（前出「著者による追想」より）

「ぶざまなオルフェウス」“Orpheus with Clay Feet” エスカペード誌（一九六四年ごろ）『模造記憶』所収

SF作家が登場する（ちょっと楽屋落ちっぽい）愉快なタイムトラベル・コメディ。初出時には、作中人物のジャック・ダウランド名義で発表された。同じくSF作家たちが登場する「水蜘蛛計画」（『マイノリティ・リポート』所収）の姉妹篇といえなくもない。

「父祖の信仰」“Faith of Our Fathers” 『危険なヴィジョン』（一九六七年刊）『時間飛行士へのささやかな贈物』所収

ハーラン・エリスン編の伝説的なオリジナル・アンソロジーのために書き下ろされ、ヒューゴー賞候補にもなったディック中期の代表作。著者いわく、〈この題名は古い賛美歌からとったものである。この作品で、わたしはあらゆる人たちの機嫌をそこねたらしい。

当時はいい考えに思えたのだが、以来ずっとそれを後悔している。共産主義、ドラッグ、セックス、神——それらを一まとめにしてここへぶちこんだ〉（前出「著者による追想」より）

「**電気蟻**」“The Electric Ant” F&SF誌一九六九年十月号　『時間飛行士へのささやかな贈物』所収

これまた、人間とアンドロイドの関係をストレートに描く短篇。「にせもの」の進化形ともいえる。二〇〇九年のヒューゴー賞ショート・ストーリー部門に輝くテッド・チャンの「息吹」（SFマガジン二〇一一年一月号）は、この「電気蟻」にインスパイアされた作品だとか。

ディック自身は、本篇について、〈この物語の結末が、いつもわたしは怖くてならない……吹きすさぶ風のイメージ、空虚の音。まるで主人公が、世界そのものの最後の運命を聞いているかのようだ〉と書いている（前出「著者による追想」より）。

「**凍った旅**」“Frozen Journey” プレイボーイ誌一九八〇年十二月号　『悪夢機械』所収

『ヴァリス』の出版を待つあいだに書かれたディック最晩年の短篇。インタビューによると、著者自身も気に入っている作品だったらしい。のちに、原稿執筆時のタイトルだった

"I Hope I Shall Arrive Soon" に改題され、晩年のディック短篇を集めたマーク・ハースト&ポール・ウィリアムズ編の作品集の表題作に選ばれた。

浅倉久志氏は『悪夢機械』の解説で本篇についてこう書いている。

〈晩年になって、おそまきながらようやく正当な評価を受け、経済的にも余裕の生まれたディックは、短い一時期だが満ちたりた日々を送ることができた。円熟した筆致で書かれた、このビタースイートでノスタルジックな作品は、畑ちがいのプレイボーイ誌に掲載され、読者の選ぶ最優秀作品に与えられるプレイボーイ賞を受けた〉


「さよなら、ヴィンセント」 "Goodbye, Vincent" *The Dark-Haired Girl*（1988）※本邦初訳

人形と、そのモデルになった女性とに関する風変わりな掌篇。今風にいえばディック流のストレンジ・フィクションか。なんとなく、ミランダ・ジュライやレイ・ヴクサヴィッチを連想させる部分もある。ディック・ファンなら当然、パーキー・パット人形を思い出すところだろう。

一九七二年五月に書かれた未発表の草稿（タイプ原稿のカーボン・コピー）を遺稿管理人だったポール・ウィリアムズが発掘し、ディックのエッセイ、詩、手紙などを集めた作品集 *The Dark-Haired Girl* に収録したことで初めて日の目を見た。短篇全集にも収録され

ていないので、いまのところ、最後に発表されたディック短篇ということになる。

同書表題作の「黒い髪の娘」（〈銀星倶楽部〉12号に抄訳あり）は、ディックが実在の人物に宛てて書いた実際の手紙と夢に関するメモをみずから編集したもの（ただし未完）。「さよなら、ヴィンセント」は、「黒い髪の娘」にも登場するリンダに宛てられたもの。原稿の冒頭には“To Linda”、末尾には“Love”と記されていたというから、短篇小説を手紙として送ったらしい。

末尾で唐突に言及される歌は、ドン・マクリーンがヴィンセント・ヴァン・ゴッホのことを歌った一九七二年春のヒット曲「ヴィンセント（スターリー・スターリー・ナイト）」を指す。「黒い髪の娘」に収められているリンダ宛の最初の手紙で、ディックはこの曲の歌詞を引用している。

「人間とアンドロイドと機械」“Man, Android, and Machine”『解放されたSF』（1976）

オーストラリアのSF批評家ピーター・ニコルズが企画したSF作家連続講演企画のために書かれたスピーチ原稿。ディックは、ロンドンのICA（インスティテュート・オブ・コンテンポラリー・アート）で七五年三月に開かれる講演会に登壇するはずだったが、体調不良のために渡英を断念。講演はロバート・シェクリイが代打をつとめた。講演録の出版予定があるので草稿だけでも送ってほしいというニコルズの求めに応じ、すでに着手していたスピーチ用の原稿を完成させたのが本篇。ニコルズ編のSF論アンソロジー『解放されたSF』（浅倉久志他訳／東京創元社）の巻末を飾った。同書には、アーシュラ・K・ル・グィン「SFとミセス・ブラウン」やトマス・M・ディッシュ「SFの気恥ずかしさ」など、歴史に残るSF論が収録されているが、本篇はその中でも圧倒的な異彩を放っている。

中身は、ディックが生涯かけて小説に書きつづけたテーマを正面から論じたもの。いまでこそ、このテーマに関するディックの〝本気〟ぶりは、『ヴァリス』以降の作品群やさまざまなエッセイ、伝記、インタビューなどによって周知の事実となっているが、本稿が発表された七五年当時は、読者に絶大なインパクトを与えた。編者のピーター・ニコルズもこれには驚いたらしく、本篇に寄せた前書きの中で、予想される反発に対し、以下のように予防線を張っている。

〈……いまでもまだわたしは、いくつかの箇所に迷いを感じている。いったいディックは隠喩を使って話しているのだろうか、それとも自分で文字通りの真実と信ずることを話しているのだろうか。わたしとしては、彼の発言の一部を隠喩と受け取りたいのだが、実のところ、それは重要ではない。

なかには、このディックの講演の非正統性を、気ちがいじみているとしてあっさり撥ねつける読者もいるだろうことは予想できるが、わたしがここに見出しているのは、たんなる奇矯さよりも、もっと深遠なものである。（中略）ディックの小説は、極度の精神分裂症や緊張病や偏執病の圧力にうちひしがれた世界をたえず作り上げるが、語り手の声はつねに落ちつきと人間性をたもっており、プロットが呼びおこす容赦ない分裂と崩壊の圧力に断じて屈しようとしない。ディックは危険な領域で創作をつづけ、そしてこれまでに再三再四その勇気と才能を立証して、読者から注目される権利、真剣に受けとられる権利をかちとったのだ〉（浅倉久志訳『解放されたＳＦ』より）

その後、ローレンス・スーチン編『フィリップ・Ｋ・ディックのすべて　ノンフィクション集成』（飯田隆昭訳／ジャストシステム）や、前出 *The Dark-Haired Girl* にも収録されている。

最後にひとこと。本書『アジャストメント』は、本来であれば当然、ディック翻訳の第一人者である浅倉久志氏が編纂されるはずだった。しかし、その浅倉さんは、二〇一〇年二月十四日、七十九歳で世を去った。浅倉さんがいなければ、この日本でディックがこれほど長く読まれ、これほど広く愛されることはなかっただろう。

「五冊本ディック全集持ち上げて　おまえ一番好きなのは俺」（『悪夢機械』解説より）と冗談半分に詠むほど、浅倉さんはディックに惚れ込んでいた。みずから企画を持ち込んで翻訳した『アンドロイドは電気羊の夢を見るか？』は、『高い城の男』や『ユービック』ともども、いまも版を重ねている。そして、本書収録作を読んでもわかるとおり、浅倉さんが訳したディック作品の魅力は何年経っても色褪せることがない。本書を浅倉さんの思い出に捧げるとともに、この一冊によって浅倉ディックの愛好者が新たに少しでも増えることを祈りたい。

二〇一一年三月

カート・ヴォネガット

タイタンの妖女
浅倉久志訳

富も記憶も奪われ、太陽系を流浪させられるコンスタントと人類の究極の運命とは……？

プレイヤー・ピアノ
浅倉久志訳

すべての生産手段が自動化された世界を舞台に、現代文明の行方を描きだす傑作処女長篇

母なる夜
飛田茂雄訳

巨匠が自伝形式で描く、第二次大戦中にヒトラーを擁護した一人の知識人の内なる肖像。

猫のゆりかご
伊藤典夫訳

シニカルなユーモアにみちた文章で描かれる奇妙な登場人物たちが綾なす世界の終末劇。

ローズウォーターさん、あなたに神のお恵みを
浅倉久志訳

隣人愛にとり憑かれた一人の大富豪があなたに贈る、暖かくもほろ苦い愛のメッセージ！

アイザック・アシモフ

われはロボット〔決定版〕

小尾芙佐訳

陽電子頭脳ロボット開発史を〈ロボット工学三原則〉を使ってさまざまに描きだす名作。

ロボットの時代〔決定版〕

小尾芙佐訳

ロボット心理学者のキャルヴィンを描く短篇などを収録する『われはロボット』姉妹篇。

〈銀河帝国興亡史1〉

ファウンデーション

岡部宏之訳

第一銀河帝国の滅亡を予測した天才数学者セルダンが企てた壮大な計画の秘密とは……？

〈銀河帝国興亡史2〉

ファウンデーション対帝国

岡部宏之訳

設立後二百年、諸惑星を併合しつつ版図を拡大していくファウンデーションを襲う危機。

〈銀河帝国興亡史3〉

第二ファウンデーション

岡部宏之訳

第一ファウンデーションを撃破した恐るべき敵、超能力者のミュールの次なる目標とは？

タイタンの妖女

The Sirens of Titan

カート・ヴォネガット・ジュニア

浅倉久志訳

すべての時と場所に波動現象として存在するラムファードは、さまざまな計画をたて、神のような力で人類を導いていた。その計画で操られる最大の受難者が、全米一の大富豪コンスタントだった。富も記憶も奪われて、太陽系を流浪させられるコンスタントの行く末と人類の究極の運命とは？　解説／爆笑問題・太田光

ハヤカワ文庫

火星の人〈新版〉（上・下）

The Martian

アンディ・ウィアー
小野田和子訳

有人火星探査隊のクルー、マーク・ワトニーはひとり不毛の赤い惑星に取り残された。探査隊が惑星を離脱する寸前、思わぬ事故に見舞われたのだ。奇跡的に生き残った彼は限られた物資、自らの知識と技術を駆使して生き延びていく。宇宙開発新時代の究極のサバイバルSF。映画「オデッセイ」原作。　解説／中村融

ハヤカワ文庫

編者略歴　1961年生，京都大学文学部卒，翻訳家・書評家　訳書『犬は勘定に入れません』『ドゥームズデイ・ブック』ウィリス　編書『ここがウィネトカなら、きみはジュディ』（以上早川書房刊）　著書『現代ＳＦ1500冊』他多数

HM=Hayakawa Mystery
SF=Science Fiction
JA=Japanese Author
NV=Novel
NF=Nonfiction
FT=Fantasy

ディック短篇傑作選

アジャストメント

〈SF1805〉

二〇一一年四月二十五日　発行
二〇二四年八月二十五日　四刷

（定価はカバーに表示してあります）

著者　フィリップ・K・ディック
編者　大《おお》森《もり》望《のぞみ》
発行者　早川浩
発行所　株式会社　早川書房
郵便番号　一〇一 - 〇〇四六
東京都千代田区神田多町二ノ二
電話　〇三 - 三二五二 - 三一一一
振替　〇〇一六〇 - 三 - 四七七九九
https://www.hayakawa-online.co.jp

乱丁・落丁本は小社制作部宛お送り下さい。送料小社負担にてお取りかえいたします。

印刷・中央精版印刷株式会社　製本・株式会社フォーネット社
Printed and bound in Japan
ISBN978-4-15-011805-1 C0197

本書は活字が大きく読みやすい〈トールサイズ〉です。